생사의 게임

시드니 셸던 장편 소설

생사^{生死}의 게임

문지사

이 소설은 어느 날 아침 갑자기 시작해서
단 3일만에 완성했다.
그 만큼 내 스스로 만족했으며,
두 번 다시 이와 같은 소설을 쓸 수 없을 것 같아
온 열정을 다하였다.

- 시드니 셀던 -

CONTENTS

제 1 장

노란 레인 코트의 겨울

오전 11시 10분 전.

눈이 내리기 시작하자, 하늘은 온통 하얀 눈꽃송이로 가득 차 버렸다. 부드러운 눈송이는 이미 얼어붙어 있는 맨하턴 거리를 회색의 진창으로 만들었고, 차거운 12월의 바람은 크리스마스를 며칠 앞두고 일찍부터 쇼핑 나온 사람들의 발걸음을 따뜻함과 포근함이 선물처럼 있는 그들의 집으로 서둘러 귀가시켜주고 있었다.

이때 키가 크고 깡마른 한 사나이가 철 늦은 노란 빛깔의 레인 코트를 걸치고 밀리는 인파의 흐름에 따라 렉싱턴가街를 바삐 걷고 있었다.

그의 발걸음이 약간 성급한 듯싶었으나, 다른 사람들이 추위를 피해 서두르는 것과는 어딘가 달랐다. 똑바른 자세로 앞을 바라보며 걷는 그에게 맞은편에서 부딪쳐 오는 사람들에게는 전혀 관심이 없는 듯싶었다.

다만, 그는 지옥 같은 지난날의 생활로부터 해방되었다는 소식을 아내 메리에게로 달려가 전하고 싶은 성급한 마음에 들떠 있었다.

그의 시야를 뿌옇게 가리우며 쌓이는 저 눈의 깊이 만큼이나 어둡고 암울했던 과거를 묻어 버리고, 이제는 그의 앞날에는 밝고 건강한 미래가 기다리고 있는 것처럼 느껴졌다.

이 행복한 소식을 메리가 들으면 얼마나 기뻐할까, 그의 마음은 작은 행복감으로 들떠 있었다.

이윽고 59번 가에 다다랐을 때 신호등 불빛이 빨강색으로 바뀌었다. 그는 행인들 틈에 끼어 다시 신호가 바뀌기를 기다렸다.

바로 옆 보도에는 산타클로스 모양을 한 구세군이 커다란 자선 남비를 걸어놓고 찬송가를 소리 높여 부르며 서 있었다. 그는 주머니에서 동전 한 닢을 꺼내 자선 남비에 던져 넣었다.

바로 그때, 어떤 사람이 그의 등을 가볍게 툭 치자 갑자기 예리한 충격이 온몸을 휩쌌다.

어떤 술 주정꾼이 성탄이라도 축하한다는 몸짓이었을까? 아니면 브루스 보이드일까?

'브루스!'

그는 자신이 얼마나 힘이 센지를 모르고 늘 그에게 약간의 고통을 주는 심한 장난으로 괴롭혀 온 친구였다. 그러나 그는 브루스를 1년 이상이나 만나지 못했다.

그는 누가 자기를 쳤는지 보려고 머리를 돌렸으나 이상하게도

몸을 가눌 수 없도록 무릎에 힘이 빠지면서 두 다리가 휘청거려
왔다.

그는 자신의 몸이 찬 눈에 젖어 있는 보도 위로 천천히 쓰러지
는 것을 마치 옆에서 지켜보는 것 같은 깊은 환상에 빠졌다. 그와
동시에 등으로부터 묵직하게 전해 오는 아픔을 느꼈고, 그것이
점차 온몸으로 퍼지는 것을 의식할 수 있었다. 숨 쉬기가 매우
힘들었다.

"도대체 무슨 일이 일어난 것일까?"

그는 찬 보도 위에 엎어진 채 수없이 많은 행인들의 발걸음과
신발들이 그의 옆을 지나가는 것을 보았다.

뺨이 얼어붙은 보도에 닿자 멀어져 가는 듯한 의식과 함께
감각은 점점 무디어져 갔다.

그는 일어나야만 했다. 빨리 달려가 아내에게 전할 소식이
있었다.

그는 도와 달라는 말을 하려고 입을 열자 빨간 피가 하얗게
쌓인 보도 위의 눈을 물들이면서 번져갔다. 격렬한 고통이 겨울
바람처럼 밀려왔으나 아내에게 전할 소식을 생각하고는 가슴이
다시 뛰기 시작했다.

그는 아내 메리에게 이제는 자신이 악몽에서 영원히 해방
되었다는 것을 꼭 말해 주고 싶었다. 그러나 희미한 의식 속에
하늘이 너무 하얗게 보여 두 눈을 감아 버렸다.

함박눈이 진눈깨비로 변했으나 그는 아무것도 느낄 수가
없었다. 노란 레인 코트와 하얀 죽음이 피빛으로 물들고 있었다
.

제 2 장

인형의 욕망

캐롤 로버츠는 부속실의 문이 여닫히며 사람들이 들어오는 인기척을 들었다. 항상 그랬듯이 그녀는 고개를 들지 않고서도 그들이 어떤 종류의 사람들인지 직감적으로 알 수 있었다.

두 사람이었다. 한 사람은 40 대 중반의 키가 크고 아주 건장했으며, 약간 큰 머리에 파란 눈이 깊숙이 빛나고 있었다. 꽉 다문 입술은 어떤 위압감마저 주었다.

그와 함께 온 사람은 매력이 있을 정도로 젊고 부드러운 갈색 눈을 갖고 있었다.

두 사람의 외모는 서로 달랐으나 캐롤에게는 마치 그들이 쌍둥이처럼 느껴졌다.

그들이 그녀의 책상 곁으로 다가왔을 때, 그녀는 자기의 겨드랑이 밑으로 땀방울이 흐르는 것을 느꼈다.

순간 그녀의 마음은 알 수 없는 쫓김에 움직이기 시작했다.

'무슨 일일까? 첵 때문일까? 글쎄? 그는 반 년 동안이나 아무 말썽이 없었는데…….'

그녀에게 구혼을 한 후부터는 갱단에서 손을 떼겠다고 약속하지 않았던가?

'세미 때문일까? 지금 그는 공군에 입대해서 해외에 나가 있는데, 혹시 그의 동생에게 무슨 일이 일어났다는 것일까? 그렇다고 해서 날 찾아올 리가 없는데…… 아니야, 그들은 나를 잡으러 온 걸 거야. 내가 핸드백에 대마초를 넣고 다닌다고 누가 불어버렸는지 모르지. 그런데 왜 두 사람이나 왔을까?'

캐롤은 이제 할렘의 거리를 배회하는 창녀가 아니었다. 그녀는 미국에서도 이름난 정신분석 전문의의 개인 비서였다.

그들 두 사람이 그녀 곁으로 다가오자 캐롤은 어쩔 줄을 몰랐다. 그러나 그녀의 표정은 담담하였다.

수사관들의 눈에는 그녀가 재단이 잘 된 베이지색 양복을 맵시 있게 입고 있는 한 젊은 흑인 여자로 보일 뿐이었다.

그녀의 목소리는 차가웠고 감정이 없었다.

"뭘 도와드릴까요?"

나이 많은 수사관인 앤드류 맥그리비는 그녀의 겨드랑이에 땀이 번지는 것을 놓치지 않고 보았다. 그는 직감적으로 나중에 그 사실에 대해 확인해 보라고 생각했다.

의사의 여비서는 신경을 곤두세우고 있었다. 맥그리비는 신분증을 꺼냈다.

"18번 파출소의 맥그리비요. 이쪽은 함께 근무하는 안젤리고. 강력반에서 나왔소."

"강력반?"

캐롤은 흠칫 놀랐다.

'쳌이 사람을 죽였구나. 약속을 어기고, 또 갱단에 가담하다니. 어떤 사건에 휘말려 살인을 했단 말인가. 아니면 총상을 입었단 말인가? 죽었다는 것은 아닌지……'

그녀는 땀이 점점 더 많이 흐르는 것을 느꼈다.

맥그리비가 그녀의 표정을 하나도 놓치지 않으려는 듯 날카로운 시선으로 쏘아봤다. 그들은 별로 말이 필요 없었다.

"저드 스티븐스 선생을 만나러 왔소."

젊은 수사관이 말했다. 그의 음성은 침착하고 부드러웠다.

캐롤은 처음으로 그가 종이 꾸러미를 들고 있다는 것을 발견했다.

그녀는 잠깐 그의 말이 무엇을 뜻하는지를 생각해야 했다.

'아, 쳌 때문이 아니었구나. 세미도 아니고, 대마초도 아니고……'

"죄송해요, 환자가 와 있는데요."

그녀는 안도의 한숨을 내쉬며 말했다.

"잠깐이면 되는데…… 뭘 좀 물어 보고 싶어서 그렇소. 여기가 곤란하다면 경찰서로 가는 수밖에 없지."

맥그리비가 단호한 어조로 말했다.

그녀는 이상한 표정으로 그들을 쳐다보았다. 강력반 수사관들이 무슨 일로 선생님을 뵙자는 것일까?

경찰이 어떻게 생각하든 간에 선생님은 잘못한 일이 없을 것이라고 그녀는 확신하고 있었다.

얼마나 오래 전 일인가? 4년 전이었다. 선생님과의 인연은 야간 재판정에서 시작되었다.

그것은 새벽 3시였다. 재판정의 흐린 불빛에 모든 사람들의 얼굴은 납덩이처럼 피곤하고 음침해 보였다. 실내는 마치 벽의 낡은 페인트 껍질처럼 누적된 공포로 가득차 있었다.

머피 판사가 재판을 맡게 된 것부터가 캐롤에게는 불운이었다. 그녀는 겨우 이 주일 전에 바로 여기서 재판을 받았으나 그때는 집행유예로 풀려났었다. 처음이기 때문이었다. 그러나 이제는 사정이 달랐다.

그녀에 앞서 한 건의 재판이 거의 끝나가고 있었다. 키가 크고 조용해 보이는 사람이 판사 앞에서 뭔가를 얘기하고 있었다. 그가 담당한 피고는 수갑을 찬 채 온몸을 떨고 있었다. 캐롤은 키 큰 남자가 변호사일거라고 추측했다. 그에게는 쉽게 의지할 수 있는 그런 분위기가 엿보였다.

그녀는 뚱뚱한 체구의 그 피고가 복이 많은 사람처럼 보였다. 그녀에게는 변호사가 없었기 때문이었다.

캐롤의 이름이 호명되었다. 그녀는 떨리는 무릎을 바싹 붙이고 일어났다. 간수가 피고석으로 그녀를 밀었다. 서기가 공소장을 판사에게 건네 주었다. 머피 판사는 그녀를 한 번 건너다보고는 앞에 놓인 소장을 들여다보았다.

캐롤 로버츠. 거리에서 유객 행위, 마리화나 소지.
체포 완강하게 반항했음.

마지막 혐의는 거짓말이었다. 경찰이 그녀를 밀쳤기 때문에 그녀가 경찰의 사타구니를 걷어 찬 것에 불과했다.

어쨌든 그녀는 미국 시민이었다.

"여기에 몇 주일 전에도 왔었지? 캐롤 양!"

그녀는 분명하지 않은 목소리로 말했다.

"그런 것 같아요, 판사님!"

"그리고 집행유예를 받았지?"

"그래요."

"몇 살인가?"

그런 질문이 나오리라는 것은 예측한 대로였다.

"열 여섯 살이예요. 바로 오늘이 열 여섯 번째 생일이지요. 해피 버스데이 투 미!"

그녀는 말을 끝내자 울음을 터뜨렸고 온몸을 떨며 통곡을 하기 시작했다.

키가 큰 변호사 같은 사람은 옆에서 뭔가를 가죽 가방에 넣고 있었다. 캐롤이 울고 서 있자, 그는 그녀를 돌아보며 한참동안 쳐다보고 있었다. 그리고는 머피 판사에게 뭔가를 말했다.

판사는 휴정을 선언하고는 곧 판사 대기실로 사라졌다.

15분쯤 후에 간수가 캐롤을 판사 대기실로 데리고 들어왔다. 거기에는 조금 전에 키 큰 사람이 판사에게 뭔가를 열심히 이야기하고 있었다.

"캐롤, 아주 복이 많구나. 또 한번 기회를 주지. 본 재판정은 피고를 스티븐스 박사의 개인 보호하에 둘 것을 명한다."

머피 판사가 말했다.

'이 키 큰 남자는 변호사가 아니라 돌팔이 의사였구나?'

그러나 그녀에게는 상관없는 일이었다. 다만 오늘이 그녀의 생일이 아니라는 것이 밝혀지기 전에 여길 빨리 떠나기만 하면 그만이었다.

의사는 그의 아파트로 그녀를 데리고 가면서 별로 대답이 필요 없는 말을 조용히 했다.

그는 이스트 강을 굽어보는 71번가의 한 현대식 아파트 건물 앞에서 차를 세웠다. 그 건물에는 문지기가 있었고 엘리베이터에도 안내양이 있었다.

그들은 모두 의사를 정중하게 대하였으므로 그녀도 의사 선생이 새벽 3시에 열 여섯 살짜리 창녀를 데리고 들어오는 것이 예사인가 보다 하고 생각했다.

캐롤에게 있어 이런 아파트는 처음이었다. 거실은 흰색과 엷은 베이지색이 혼합된 낮고 긴 소파로 장식되어 있었고, 중앙에는 두꺼운 유리가 깔려 있는 타이 테이블이 놓여 있었다. 그 위에는 커다란 체스판이 얹혀 있었고 벽에는 한 폭의 추상화가 조화있게 걸려 있었다. 정문에는 건물 현관을 비치는 폐쇄회로 텔레비전 모니터가 설치되어 있었다.

또 거실 한구석에는 크리스탈 술잔과 술병으로 가득 채워진 홈바가 근사하게 진열되어 있었다.

창문 밖으로 새벽 어스름 속에 정지된 듯 흐르는 이스트 강변에 보우트가 회색빛으로 엎드려 있었다.

"재판정으로 가면 늘 배가 고프단 말야. 생일 저녁을 차릴까?"

그는 그녀를 주방으로 데리고 가서 그 자신이 직접 멕시코

옴렛트와 프렌치 포테이토, 토스트, 사라다 그리고 커피를 준비했다.

"홀아비가 되면 언제나 먹고 싶을 때 요리를 할 수 있어 좋단 말이야."

스티븐스가 말했다.

'아! 이 사람에게는 집 지키는 여편네가 없구나. 잘만 하면 한몫 잡을 수 있겠는데.'

그녀가 음식을 허겁지겁 먹고 나자, 그는 그녀를 손님용 침실로 데리고 갔다.

침실은 온통 푸른빛으로 장식되어 있었고, 한쪽에 푸른빛의 체크 무늬가 있는 커다란 침대가 놓여 있었다. 침대 머리에는 놋쇠로 장식한 고급 스페인 풍의 옷장이 맵시있게 달려 있었다.

"여기서 밤을 지내도 좋아. 잠옷을 찾아 주지."

캐롤은 화려하게 장식된 방을 둘러보며 혼자 중얼거렸다.

'캐롤! 넌 잭팟을 마쳤어. 이 사람은 아마 법정에서 늘 흑인 창녀를 끌어들이는 모양이지……'

그녀는 옷을 벗고 샤워를 30분간이나 한 후 싱싱하고 김이 피어오르는 몸에 타월을 두르고 욕실을 나왔다.

침대 위에는 의사의 잠옷이 한 벌 놓여 있었다. 그녀는 그것을 보고 미소를 짓고 손도 대지 않은 채 타월을 벗어 버리고 알몸으로 거실로 들어갔다.

의사는 거실에도 없었다. 그녀가 서재로 통하는 문을 들여다보니까, 그는 오래된 램프가 놓여 있는 커다란 책상 앞에 앉아 있었다. 서재는 온통 책으로 가득 채워져 있었다.

그녀는 살금살금 그의 뒤로 다가가서 목에다 입을 맞추면서 낮은 음성으로 속삭였다.

"자. 이제 슬슬 시작해 볼까요. 견딜 수가 없어요."

그녀는 그에게 더욱 몸을 밀착시켰다.

"뭘 망설이죠. 빨리 시작하지 않으면 마음이 변할지도 몰라요."

그는 짙은 갈색의 눈을 들어 조용히 그녀를 한참 동안이나 올려다보았다.

"말썽은 충분히 부렸을 텐데, 흑인으로 태어난 건 어쩔 수 없는 숙명적인 거야. 하지만 누가 열 여섯 살짜리 보고 마약에 손대고 몸을 팔라고 하던가?"

그녀는 그를 멍하니 쳐다보고는 자기가 뭔가를 잘못 말한 것이 있는가를 순간적으로 생각해 보았다.

자기가 무슨 성자聖者인 것처럼 설교를 하며 그녀를 갱생시키려 하는 것일까?

그녀는 더욱 그에게 몸을 맡기면서 한 손으로는 그의 다리 사이에 손을 집어 넣으며 속삭였다.

"이봐요. 어서 날 사랑해 줘요."

그러자 그는 가볍게 몸을 떼며 그녀를 의자에 앉혔다. 그녀는 놀라며 한순간 어리둥절해졌다.

"어떻게 해 줘야 제일 좋죠?"

"됐어. 이제 그만 가는 게 좋겠어."

"그럼, 우리 그냥 이야기만 해요."

"그럴까?"

그들은 밤새도록 이야기를 나누었다. 캐롤이 지금까지의 삶을 통해 경험한 가장 이상스러운 하룻밤이었다.

스티븐스 박사는 화제를 바꿔가며 그녀를 실험했다. 그는 그녀에게 2차대전 당시 폴란드의 나치 수용소 게토, 월남전과 그리고 대학의 시위 문제 등에 관해서도 질문을 했다. 또 그녀가 전혀 들어 보지 못한 일에 대해서도 이야기를 해주기도 했다.

그는 마치 그녀가 모든 세상사에 대해 잘 알고 있는 것처럼 대해 주었다.

그로부터 몇 달이 지난 후에도 그녀는 잠들기 전 그때의 말들과 새로운 삶의 방법, 그리고 그녀를 변화시킨 기적 같은 문구들을 되새겨 생각해 보곤 하였다.

그러나 마법과 같은 말들은 없었다. 또 스티븐스 박사의 행동은 한결같은 것이었다. 그녀와 침착하고 조용한 음성으로 이야기를 나눈 것뿐이었다.

일찍이 아무도 그녀를 그와 같이 대해 준 적이 없었다. 그는 그녀를 한 인간으로 대해 주었고, 그녀의 의견과 감정을 존중해 주었다.

그날 밤 그녀는 갑자기 자신이 알몸이었다는 것을 깨닫고는 침실로 달려가 그의 잠옷을 걸쳤다. 그 역시 캐롤을 따라 들어와서 침대 끝에 앉아 계속해서 이야기를 나누었다.

그들은 모 택동과 흘라후프 그리고 피임약에 대해서도 서로의 의견을 나누었다. 그때 전에는 아무하고도 결코 이야기해본 적이 없는 사실에 대해 모두 털어놓았다. 그것들은 그녀의 무의식 속에 깊이 잠재해 있던 것들이었다.

오랜 이야기 속에서 그녀는 곧 깊은 잠에 떨어졌으며, 모든 것이 텅 빈 것처럼 느껴졌다. 마치 큰 수술을 받고 난 후 온몸에서 독소가 다 빠져나간 느낌과 같았다.

아침 식사를 끝낸 후, 그는 그녀에게 백 달러를 쥐어 주었다.

캐롤은 잠시 망설이다가 입을 열었다.

"저는 거짓말을 했었어요. 어제가 제 생일이 아니었어요."

"알고 있어."

그는 웃음을 지으며 말했다.

"그러나 판사에게는 아무 말도 하지 말자구. 자, 이 돈 받아둬. 그럼 다음번에 경찰에 붙잡힐 때까지는 아무도 성가시게 굴지 않을 테니까. 그런데 난 접수를 봐 줄 비서가 꼭 필요하거든. 캐롤이라면 훌륭히 해낼 수 있을 것 같은데. 어때?"

그녀는 믿을 수 없다는 표정을 지었다.

"농담이시겠죠. 전 속기도 모르고 타이프도 못 쳐요."

"학교엘 다시 들어가면 할 수 있을 거 아냐?"

캐롤은 한동안 그를 바보스럽게 쳐다보고 나서 약간 흥분된 어조로 말했다.

"그걸 생각 못 했군요. 아주 훌륭한 말씀이예요."

그녀는 백 달러를 들고 어서 빨리 이 아파트를 빠져나가 할렘의 피쉬맨 상점으로 달려가서 친구들에게 자랑하고 싶었다. 이 돈으로는 대마초를 사면 일 주일은 피울 수 있었다.

그녀가 피쉬맨 상점 안으로 들어섰을 때, 그녀는 조금도 변하지 않은 침울한 얼굴들과 상스러운 농담, 의기소침한 지껄임 속에 또다시 파묻혀 버렸다. 이제 그녀는 자기의 집으로 돌아온 것이다.

그러나 그녀에게는 웬일인지 의사의 아파트가 뇌리에서 떠나지 않았다. 가구의 화려함이나 크기가 문제가 아니었다. 그곳은 아주 깨끗하고 조용한 섬과 같이 생각되었다. 마치 다른 세상에 존재하는 작은 섬 같았다. 그리고 의사는 그녀에게 그 섬에로의 여권을 내밀지 않았던가?

어쨌든 잃은 것은 없었다. 그녀는 그 일을 웃어 넘기려고 애쓰며 노력했다.

그리고 놀랍게도 캐롤은 야간 학교에 등록을 했다. 그녀는 녹이 슨 세면대와 부서진 변기, 색이 바랜 커튼이 처진 파멸의 아파트로부터 뛰쳐 나온 것이다.

그녀는 지난날 환상 속에서 런던이나 파리를 왕래하는 돈 많은 공주였으며, 그녀의 알몸 위에서 헐떡이는 남자들은 그녀에게 결혼을 간청하는 돈 많은 사람으로 보였다.

그러나 그들이 매번 몸을 부르르 떤 다음 미련없이 그녀에게 몇 푼의 지폐를 던져주고 떠날 때, 그녀의 꿈은 자취도 없이 사라져 버렸다.

그녀는 겨울 햇살이 곱게 빛나던 어느 날, 얼룩진 아파트를 나와 부모들에게로 돌아갔다.

스티븐스 박사는 그녀가 공부하는 동안 학비를 빌려 주었다. 그녀는 최우수 학생으로 고등학교를 마쳤다. 박사는 그의 짙은 회색 눈에 자랑스런 표정을 잔뜩 담고 졸업식에 참석했다. 이제야 그녀를 신용하는 사람이 나타난 것이다.

이제 그녀는 딴 사람으로 변한 것이다. 그녀는 낮에 일을 하고, 밤에는 다시 비서 학원에 다녔다.

학원을 수료한 다음 날부터는 그녀는 스티븐스 박사 사무실에 출근하기 시작했고, 아파트를 얻어 혼자 새로운 삶을 개척해 가기로 했다.

4년이 지나는 동안 스티븐스 박사는 첫날 그들이 만났을 때와 꼭 같은 태도로 그녀를 대해 주었다. 처음에 그녀는 어떤 기대를 갖고 대했으나, 결국 그가 그녀를 있는 그대로밖에 더 이상 다르게 취급하지는 않는다는 사실을 깨닫게 되었다.

그가 원하는 것은 그녀 자신이 완성되는 것뿐이었다, 그녀에게 어떤 문제가 생기면 그는 언제나 시간을 내주었다. 최근에는 그녀의 연인 책과의 사이에 일어난 일을 이야기하고 의견을 구했다. 그러나 간단히 책에게는 말하지 말라는 말만 들었을 뿐이었다.

그녀는 스티븐스 박사가 자기를 자랑스럽게 생각해 주기를 바랐다. 사실 그녀는 그를 위해 무슨 일이든지 하고 싶었다. 그와 잠자리도 같이 할 수 있음은 물론, 필요하다면 그를 위해 목숨까지 바칠 각오를 갖고 있었다.

그런데 강력반에서 나온 두 명의 수사관이 그를 만나러 온 것이다.

맥그리비가 초조한 듯이 말했다.

"어떻게 생각하나, 아가씨?"

"환자와 함께 있을 땐 결코 방해하지 말라는 분부가 계셨습니다."

그녀는 말을 하면서 맥그리비의 눈에 비친 표정을 살펴보았다.

"인터폰을 해보죠."

그녀는 전화를 들고 벨을 눌렀다. 30초 정도가 지나자 스티븐스 박사의 목소리가 들려 왔다.

"무슨 일인가?"

"선생님을 뵙자고 수사관 두 분이 오셨어요. 강력반에서 나왔다는데요."

그녀는 그의 목소리에서 어떤 이상한 점을 찾으려고 신경을 썼다. 그러나 아무렇지도 않았다.

"좀 기다려야 하겠는데."

그는 곧 전화를 끊어 버렸다. 자랑스러운 기분이 그녀를 휩쌌다.

'이 사람들은 나를 못살게 굴 수는 있어도 선생님한테는 그렇게 하지 못할걸.'

그녀는 고개를 번쩍 쳐들었다.

"들으셨죠?"

"얼마나 오래 걸릴까?"

젊은 수사관이 말했다.

그녀는 책상 위의 시계를 보며 말했다.

"아직 25분이 남았어요, 오늘의 마지막 환자예요."

"그럼 기다리지."

맥그리비가 한숨을 내쉬며 말했다. 그들은 의자에 앉았고 맥그리비는 계속 그녀를 응시했다.

"낯이 많이 익은데."

그녀는 속지 않았다. 이 사람이 낚시밥을 던지는 것이라고 재빨리 생각했다.

"누구나 다 비슷하게 보일 때가 있어요."

정확하게 25분 후. 복도로 연결되는 문이 열리는 소리가 들리는가 싶더니 사무실 문이 열리면서 저드 스티븐스 박사가 나타났다.

그는 맥그리비를 보자, 잠시 머뭇거렸다.

"어디서 뵌 것 같은데요."

그러나 그는 기억하지 못했다.

맥그리비가 고개를 끄덕였다.

"맥그리비 경사입니다. 이쪽은 프랭크 안젤리고……"

저드와 안젤리는 악수를 했다.

"자, 들어오시지요."

그들이 의사의 사무실로 들어가자, 곧 문이 닫혔다.

캐롤은 그들의 뒷모습을 보며 잠시 생각에 빠졌다. 키가 큰 수사관은 스티븐스 박사에게 적대감을 갖고 있음이 분명했다. 그러나 그것이 그의 직업 의식인지도 모른다.

어쨌든 캐롤에게는 분명한 일이 하나 남아 있었다. 그녀는 땀에 젖은 자신의 옷을 세탁소에 보내야만 했다.

저드 박사의 사무실은 마치 프랑스의 한 조용한 농가의 거실처럼 꾸며져 있었다. 책상 대신에 편안한 의자들과 낮은 테이블이 여러 개 놓여 있고, 청동제 골동품 램프가 여기저기 흩어져 알맞게 자리 잡고 있었다. 사무실 한쪽에는 곧장 복도로 통하는 문이 달려 있었고, 마루 바닥에는 값비싼 융단이 곱게 깔려 있었다.

맥그리비는 벽에 수료증이나 자격증이 걸려 있지 않은 것을 발견했다. 그러나 그는 여기에 오기 전에 이미 자세하게 알아보았다. 박사는 그가 원한다면 벽 전체를 자격증이나 수료증 또는 그 비슷한 것으로 가득 채울 수 있을 만큼 많은 학위와 자격증을 갖고 있다는 사실을 말이다.

"정신과 의사 사무실에는 처음입니다."

안젤리가 몹시 인상 깊다는 표정으로 말했다.

"아! 죄송합니다, 무슨 차이가 있습니까?"

"한 시간에 50달러 차이지요. 내 동료는 별로 견문이 넓지 못해서요."

맥그리비가 약간 높은 음성으로 말했다.

'동료?'

저드는 어떤 생각이 떠올랐다. 그 당시 맥그리비의 동료는 총격전으로 죽었으며, 그는 부상을 입고 있었다. 4년인가 5년 전, 주류 판매소에서 일어난 사건이었다. 아모스 지프린이 범인으로 체포되었다. 지프린의 변호사는 그가 정신 이상자이기 때문에 무죄라고 주장했다.

그때 저드는 전문가로서의 지프린을 진단해 주도록 요청받았다. 그는 지프린이 국부 마비로 인해 거의 절망적으로 정신 이상이 된 상태라고 판정했었다. 저드의 증언에 의해 지프린은 사형을 면하고 정신 병원으로 보내진 사건이 떠올랐다.

"아! 이제 기억나는군요, 지프린 사건이죠. 당신은 총알을 세

발이나 맞았고, 동료는 죽었죠."

저드가 퉁명스럽게 말했다.

"나도 당신을 잘 알고 있소. 당신이 그 살인자를 놓아 주었잖소?"

맥그리비가 볼멘 소리로 말했다.

"그런데 무슨 일로 이렇게 오셨습니까?"

"협조를 좀 얻어야겠습니다, 선생."

맥그리비는 말을 마치자, 안젤리에게 고개를 끄덕였다. 그러자 안젤리는 기다렸다는 듯이 그때까지 들고 있던 종이 꾸러미를 풀었다.

"이걸 좀 확인해 주셨으면 합니다."

맥그리비의 어조는 아주 조심스러웠다.

안젤리는 종이 꾸러미에서 노란색 레인 코트를 꺼냈다.

"이걸 전에 본 적이 있습니까?"

"내 것처럼 보이는데요."

저드는 놀란 표정으로 말했다.

"당신 거죠? 속에 이름이 새겨져 있던데요."

"어디서 이걸 발견했소?"

"어디서 발견했을 것 같소?"

두 수사관은 이제 아주 냉담해졌다.

저드는 잠깐 맥그리비를 쳐다보고는 낮은 테이블에서 파이프 담배를 한 개 꺼내 피우기 시작했다.

"도대체 무슨 일인지 모르겠소."

"이 레인 코트에 관한 일입니다, 스티븐스 박사! 당신 것이라면 어떻게 해서 다른 사람이 사용할 수 있었는지에 대해 말해 줄 수 없겠소?"

맥그리비가 강경한 어조로 말했다.

"그건 뭐, 그리 신기한 일은 아닙니다. 아침에 나올 때 진눈깨비가 내렸지요. 내 겨울 코트가 세탁소에 가 있어서 이 노란 코트를 대신 입고 나왔지요. 낚시용입니다. 오늘 아침에 환자 한 사람이 그냥 왔어요. 눈이 점점 많이 오길래 이걸 빌려 주었습니다."

그는 갑자기 근심스런 표정으로 말을 뚝 끊었다.

"그에게 무슨 일이 일어났소?"

"무슨 일이냐구?"

맥그리비가 반문했다.

"내 환자 존 핸슨 말입니다."

"핸슨 씨가 죽었기 때문에 그가 이걸 직접 들고 오지 못했습니다."

안젤리가 퉁명스럽게 말했다.

저드는 그 어떤 충격이 온몸을 휩싸는 것을 느꼈다.

"죽었다고요?"

"어떤 사람이 예리한 나이프로 등을 찔렀오."

저드는 믿을 수 없다는 표정으로 맥그리비를 건너다보았다.

그가 안젤리에게서 코트를 받아 펴보이자 예리하게 찢겨진 자국과 함께 불그레한 얼룩이 눈에 띄었다. 그 어떤 역겨움이 저드를 휩쌌다.

"누가 그를 죽였나요?"

"선생께서 말해 줄 수 있을 것 같은데요. 피해자를 담당한 사람이 더 잘 알게 아니오?"

저드는 가볍게 고개를 저었다.

"언제쯤 일어난 일입니까?"

"오늘 열 한시경, 이 사무실에서 한 블록 떨어진 렉싱턴 가에서였오. 몇 사람이 그가 당하는 것을 본 모양인데, 모두들 심한 눈보라와 성탄절 준비에 바빠 그냥 지나쳐 버려 아직까지 목격자를 발견하지 못하고 있소."

저드는 책상 한쪽 끝을 꽉 움켜 잡았다.

"몇 시에 핸슨이 여기에 왔었습니까?"

안젤리가 물었다.

"열 시쯤이었습니다."

"얼마나 오랫동안 같이 있었나요?"

"한 오십 분 동안……"

"끝나자 곧 바로 나갔나요?"

"그렇습니다. 다른 환자가 기다리고 있었소."

"부속실을 통해 나갔나요?"

"아니오. 환자들이 들어올 때는 부속실을 통해 들어오지만 나갈 때는 저 문을 통해 나갑니다."

그는 복도로 통한 문을 가리켰다.

"그래야 환자들끼리 만나지 못하게 되니까요."

맥그리비가 고개를 끄덕이며 말했다.

"그러니까 핸슨은 여길 떠난 후 곧 살해된 거로군. 무슨 일로 여길 찾았왔었소?"

28

저드는 망설였다.

"미안하오. 의사는 환자와의 관계를 밝힐 수 없습니다."

"얼마나 오랫동안 여길 다녔습니까?"

이번엔 안젤리가 물었다. 전형적인 경찰 심문의 수법이었다.

"아마 3년쯤 됐을 겁니다."

"무슨 문제로 왔었나요?"

저드는 망설이며 또다시 생각에 잠겼다.

오늘 아침에 이곳을 찾아온 핸슨은 무척 흥분해 있었다. 돌연한 자기 변화에 적응하지 못한 데서 온 흥분 상태였던 것이다.

"그는 호모였습니다."

"아! 점입가경이군."

맥그리비가 입맛 쓴 표정으로 중얼거리듯 말했다.

"호모였었소. 그러나 핸슨은 치료되었소. 오늘 아침 나는 그에게 더 이상 여기 오지 않아도 좋다고 말했지요. 그러자, 그는 기뻐하며 곧 가족들에게로 돌아가겠다고 했소. 그에게는 아내와 두 아이가 있소."

"호모한테 가족이라?"

맥그리비가 비웃듯이 말했다.

"가끔 있는 일이오."

"아마 그의 호모 상대자가 그를 놓치기 싫었는지도 모르지. 싸움이 벌어지자 화가 나서 칼을 꽂았을 수도 있겠고······"

저드는 잠깐 생각에 잠겼다.

"가능한 일입니다만, 믿을 수 없는 일이오."

"왜 그런 생각을 하시지요. 스티븐스 박사?"

안젤리가 물었다.

"왜냐 하면 핸슨은 1년 이상이나 호모 관계를 갖지 않았소. 내 생각엔 불량배에게 당한 것 같소. 핸슨은 싸움을 할 그런 사람이 못 되오."

맥그리비는 시거를 꺼내 불을 붙였다.

"불량배 설에 대해선 이상한 게 있소. 그의 지갑에는 100불도 더 되는 돈이 그대로 있었소."

그는 저드의 반응을 지켜보았다.

"그렇게 단정할 수는 없지요."

저드는 창문 쪽으로 걸어가 거리를 내려다보며 말했다.

"저기 저 아래 사람들이 보이죠. 스무 명 중 한 사람은 정신병원 신세를 지고 있지요."

"정신 이상자의 증세는?"

"겉으로는 잘 나타나지 않소. 확실한 증거라도 열 명은 진단이 불가능한 경우가 많소."

맥그리비는 저드의 말에 흥미를 보였다.

"인간의 본성에 대한 깊은 이해심을 가지셨군요, 박사님!"

"인간에게 본성이란 없소. 또 동물적 본능이라는 것도 없소. 토끼와 호랑이, 아니면 다람쥐와 코끼리를 비교해 보시오."

"얼마 동안을 정신분석의로 일했습니까?"

맥그리비가 말했다.

"한 12년은 됐소. 왜 그러시오."

맥그리비는 어깨를 추스렸다.

"아주 미남이십니다. 환자들이 사랑을 느낄 것 같은데요?"

순간, 저드의 눈에 싸늘한 기운이 돌았다.

"질문의 요지가 뭔지 모르겠소."

"이봐요 선생, 잘 알잖소. 환자가 여길 와서 의사가 근사하게 생긴 걸 발견했다고 가정해 보십시다."

그의 어조가 은밀하게 낮아졌다.

"그래 지난 3년 동안 호모인 핸슨이 한 번도 당신에게 흥분을 느끼지 않았다고 장담할 수 있소?"

저드는 무표정하게 그를 쳐다보았다.

"그게 세상만사 다 겪었다는 당신의 추측이오?"

"일어날 수 있는 일이잖소? 내가 말하는 요점은 그런 일이 가능하지 않느냐 이 말이요. 핸슨에게 더 이상 올 필요가 없다고 했죠? 호모인 핸슨이 그걸 싫어했는지도 모르잖소. 지난 3년 동안 당신에게 굉장히 의지했을 텐데요. 두 사람이 싸움도 했을 거고……."

저드는 분노를 감출 수 없었다.

그때 안젤리가 침묵을 깨뜨렸다.

"선생님, 오랫동안 핸슨을 대해 왔으니까, 누가 그를 증오할 사람이 있을 거라는 생각이 들지 않습니까? 그렇다면, 그가 누구를 증오하고 있었다는 사실이 없는지……."

"그런 사람이 있다면 벌써 말했을 거요. 핸슨에 대해서는 모든 걸 다 알고 있다고 생각하오. 그는 오늘 아침 여기를 떠날 때 행복감에 젖어 있었소. 그는 아무도 미워하지 않았고, 또 내가 알기로는 아무도 그를 증오하지 않았소."

"아주 칭찬이 대단하시군요. 그럼 그에 대한 인적 사항을 기록한 카드를 주실 수는 없소?"

맥그리비가 말했다.

"그건 안 되오."

"법원의 영장을 갖고 오겠소."

"그렇게 하시오. 참고가 될 만한 게 없을 테니까요."

"그러면 우리에게 못 내줄 이유가 없잖습니까?"

안젤리가 위협하듯 말했다.

"헨슨의 아내와 아이들 때문이오. 잘못 짚은 거 같소. 아마
전혀 엉뚱한 데서 범인이 나타날 거요."

"그걸 거 같지 않은데……"

맥그리비가 툭 쏘았다.

안젤리는 레인 코트를 다시 싼 다음 끈으로 묶었다.

"좀더 감정을 한 다음에 돌려드리겠습니다."

"그냥 가지시오."

그러자 맥그리비는 복도로 통하는 문을 열었다.

"다시 연락하겠소. 선생."

안젤리는 저드를 보고 고개를 한 번 끄덕인 후 맥그리비를
따라 나갔다.

캐롤이 들어왔을 때, 저드는 그 자리에 그냥 서 있었다.

"괜찮으세요?"

그녀가 머뭇거리며 물었다.

"존 핸슨이 살해당했대."

"살해됐다고요?"

"칼에 찔렸다는구만……"

"어머나, 저런! 누가 그랬대요?"

"경찰에서도 아직 모르고 있어."

"끔직해라."

그녀는 저드의 눈에 고통이 서리는 것을 보았다.

"제가 도울 일이 없을까요, 선생님?"

"이제 그만 사무실을 닫지, 캐롤 양! 핸슨 부인을 만나러 가겠어. 내가 직접 소식을 전해 주는 게 좋을 것 같군."

"여긴 걱정 마세요."

"고마워."

저드는 사무실을 나섰다.

30분 후, 캐롤이 서류들을 정리하고 그녀의 책상을 잠그고 있을 때 복도의 문이 열렸다. 여섯 시가 조금 지나 있었고, 빌딩의 정문이 닫힌 후였다.

캐롤이 올려다보자, 그 사람은 그녀에게 다가오며 야릇한 웃음을 띠우고 있었다.

<ант
〈제 3 장〉

흐르는 죽음의 순간들

메리 핸슨은 자그마하고 예쁘게 생긴 인형 같은 여인이었다. 겉으로는 남부 여인 특유의 부드러움과 여성다움이 엿보였으나 그 내면에는 강직한 성격을 지닌 듯 싶었다.

저드는 핸슨을 치료하기 시작한 1주일 후 처음으로 그녀를 만 났었다. 그때 그녀는 남편의 치료에 대해 매우 신경질적으로 저 항해 왔다.

"왜 그렇게 남편의 치료에 반대하십니까?"

"친구들한테 어떻게 그런 미친 사람과 결혼했다고 말할 수 있 겠어요. 자기가 하고 싶은 건 뭐든지 할 수 있잖아요?"

그녀는 아주 완강하게 말했다. 저드는 그녀에게 이혼을 하면 핸슨을 영원히 파괴하는 결과가 된다고 설명했다.

"파괴될 건 아무것도 없어요. 그가 그런 줄 알았더라면 결혼하 지 않았을 거예요. 그는 남자가 아니라 여자예요."

메리는 고함을 질렀다.

"모든 남자들에게는 여성적인 면이 있습니다. 역시 여자들에게도 남성적인 면이 있다는 것을 아셔야 합니다. 당신 남편의 경우 극복해야 할 정신적인 어려운 점이 있습니다. 그는 지금 그것을 해결하려고 자기 자신과의 투쟁을 하고 있는 것입니다. 내 생각엔 당신과 아이들이 그에게 도움을 줄 수 있으리라고 믿고 있습니다."

그는 세 시간 이상이나 그녀를 설득해야만 했다. 결국 그녀는 이혼을 보류했고, 점차 핸슨의 치료에 흥미를 갖고 많은 도움을 주었다.

저드는 결혼한 부부를 동시에 치료하지는 않는 것을 원칙으로 했으나 메리의 요청에 따라 그녀도 치료하기 시작했다. 그녀가 자기 자신을 이해하여 아내로서 실패한 점을 찾아내기 시작하면서 핸슨의 치료는 급속히 진전되었다.

그러나 이제 저드는 그녀의 남편이 무참하게 살해된 것을 말하려 하고 있었다. 그녀는 저드를 바라보고는 그의 말을 믿지 못했을 뿐만 아니라, 무슨 농담인가 의아해 했다.

그러나 결국 저드의 말뜻을 알아 듣고는 마치 상처 입은 동물처럼 자신의 옷을 찢으며 고함을 질렀다.

"내게 돌아오지 않는다는 말이죠?"

여섯 살짜리 쌍둥이들이 들어오자, 집안은 온통 수라장이 되어 버렸다. 저드는 겨우 아이들을 진정시켜 이웃집에 맡기고, 핸슨 부인에게는 안정제를 먹인 다음 단골 의사를 불렀다.

그는 돌아오는 길에 깊은 생각에 잠겨 목적없이 차를 몰았다.

핸슨은 자신을 극복하기 위해서 피나는 노력을 했고, 드디어 승리의 순간에 의미없는 죽음을 당하고 만 것이다.

그를 죽인 자는 호모일까?

핸슨이 그의 곁을 떠나자 죽였을 가능성도 있었다. 그러나 저드는 그것을 믿지 않았다. 맥그리비는 그가 사무실에서 한 블록 떨어진 곳에서 살해됐다고 하지 않았던가?

핸슨을 죽인 자가 만약 동성애를 나누던 친구라면 그를 조용한 곳으로 불러내서 그를 설득한 다음 말을 듣지 않으면 살해했을 가능성이 더 설득력이 있었다.

길모퉁이에 서 있는 공중 전화통을 보자, 저드는 피터 해들리 박사와 그의 부인 노라와의 저녁 약속을 한 것이 생각났다. 그들은 그와 가장 가까운 친구들이었으나, 오늘은 그럴 기분이 나지 않았다. 그는 차를 세우고 전화를 걸었다. 노라가 대답했다.

"벌써 늦었잖아요. 지금 어디 계세요?"

"이봐요, 노라. 오늘은 일이 좀 있어 못 가겠소."

"못 온다고요? 지금 기가 막힌 금발 미녀가 당신을 보고 싶어 죽겠다고 기다리는데……"

"다음 번에 합시다. 대신 양해를 구해 줘요."

"의사들은 다들 그런가요? 잠깐만요."

노라가 불평스럽게 말했다. 피터가 전화를 바꾸었다.

"저드, 뭐 잘못된 게 있나?"

저드는 잠시 머뭇거렸다.

"아니, 그냥 힘든 하루였네. 내일 이야기하지."

"아주 멋있는 스칸디나비아 미녀가 기다리는데, 아주 미인

인걸."

"다음에 만나지."

저드는 전화기 저쪽에서 한동안 수근거리는 소리를 들을 수 있었다. 다시 노라가 전화를 바꾸었다.

"저드, 이 아가씨가 크리스마스 이브에 또 오겠다는데 올 수 있어요?"

"나중에 얘기합시다, 노라. 오늘은 미안하게 됐어요."

그는 전화를 끊었다. 저드는 대학 상급반 때 결혼을 했었다. 그때 그가 사귀고 있던 엘리자베스는 밝고 명랑한 성격의 아가씨로 사회학을 전공하고 있었다.

그들은 젊음 속에 서로 사랑했으며 장래 태어날 아이에 대해서 아름다운 꿈을 키웠었다. 그들이 결혼한 후 첫 번째 맞은 크리스마스 날 엘리자베스와 뱃속의 아이가 자동차 충돌 사고로 죽어 버렸다.

저드는 그 이후 일에만 몰두했으며, 그 결과 미국 내에서 가장 유명한 정신분석의로 발돋움했다.

그러나 그는 아직도 다른 사람들과 어울려 크리스마스를 맞을 마음의 준비가 되어 있지 않았다. 어쨌든 그런 자신의 생각이 옳지 않다고 생각했으나, 해마다 이때가 되면 불행한 크리스마스의 아픔은 엘리자베스와 아이에게 속죄하는 일이라고 믿고 있었다.

그는 전화 박스의 문을 밀었다. 밖에는 어떤 여자가 전화를 걸려고 기다리고 있었다. 그녀는 젊고 예뻤으며 몸에 꼭 맞는 스웨터와 짧은 스커트를 입고 겉에는 밝은 빛깔의 코트를 걸치고 있었다. 그는 그곳을 나오며 미안하다고 사과했다.

그러자 그녀는 따뜻한 미소를 지었다.

"괜찮아요."

그녀의 얼굴에는 동경의 빛이 서렸다. 그는 그런 표정을 여러 번 보았었다.

그에게 여자를 끄는 매력이 있다면, 그것은 그의 잠재의식 속에 감춰진 것이었으리라. 그는 그것을 분석해 본 적도 없었으나, 여자 환자들이 그에게 사랑을 느끼는 감정은 그에게 득보다는 커다란 장애 요소였다. 그것은 가끔 큰 골치거리가 되기도 했다.

그는 고개를 숙여 친밀감을 보이고는 그녀를 지나쳐 버렸다. 여자는 그가 차에 올라 떠나는 모습을 빗속에 서서 지켜 보고 있었다.

그는 차를 비교적 한적한 이스트 강변 도로를 따라 메릿 파크 웨이로 향했다. 한 시간 반 후에 그는 코네티컷 광장에 와 있었다. 뉴욕은 눈이 내려서 질척거리고 지저분했으나 광장은 아주 평화로운 은세계로 변해 있었다.

그는 일부러 길과 주위의 경치에 신경을 쓰려고 노력했다. 존 핸슨의 생각이 떠오를 때마다 그는 다른 일들을 생각하려고 애썼다.

그는 어둠에 잠긴 코넷티컷 교외를 목적없이 한동안 돌아다니다가 다시 감정이 가라앉자 집으로 차를 돌렸다.

그는 늘 반갑게 맞이하던 붉은 얼굴의 작업부 마이크는 뭔가 생각에 잠겨 무뚝뚝하게 그를 대했다. 집안 일 때문일까?

보통 때 같으면 저드는 마이크에게 그의 아들과 결혼한 딸에 대한 얘기를 나누었으나, 오늘 저녁은 그럴 기분이 나지 않았다.

그는 마이크에게 차를 차고에 넣어 달라고 부탁했다.

"알겠습니다, 박사님!"

마이크는 뭔가를 더 얘기하려다 그만두어 버리는 눈치였다.

저드는 아파트 현관으로 들어섰다. 관리인인 벤카츠가 복도를 지나가고 있었다. 그는 저드를 보자, 어색한 손짓을 해보이곤 그의 아파트로 서둘러 들어가 버렸다.

'오늘 저녁은 모두들 왜 그러지? 아니면 내가 신경이 날카로워져서 그런 건가?'

저드는 생각해 보았다. 그는 엘리베이터로 들어섰다.

엘리베이터 안내양인 에디가 고개를 가볍게 끄덕이며 인사를 했다.

"안녕하세요, 스티븐스 박사님?"

"뭐가 잘못된 게 있나? 에디?"

저드가 물었다. 에디는 얼른 그를 외면해 버렸다.

'이런, 여기 환자가 또 한 명 있군.'

저드는 속으로 생각했다. 이 건물 안엔 갑자기 이상한 사람들로 꽉 차버린 듯한 기분이었다.

에디가 문을 열어주자, 저드는 엘리베이터를 나왔다. 그가 자기의 아파트로 걸어가려 할 때 엘리베이터의 문이 닫히는 소리가 나지 않아 뒤를 돌아보았더니 에디가 그를 바라보고 있다가 저드가 무슨 말을 하려 하자, 황급히 엘리베이터 문을 닫아버렸다. 의아해 하며 저드는 그의 아파트로 가서 문을 열고 안으로 들어갔다.

방안의 전등은 모두 켜져 있었다. 맥그리비가 거실의 서랍을 뒤지고 있었고, 안젤리는 침실에서 나오고 있었다.

저드는 분노가 온몸에 확 번지는 격렬함을 느꼈다.

"지금 뭘 하고 있는 거요?"

"기다리고 있었소, 스티븐스 선생!"

맥그리비가 차갑게 말했다.

저드는 열린 서랍을 쾅! 하고 소리가 나게 닫아버렸다. 맥그리비가 얼른 손을 뺐다.

"어떻게 여길 들어왔오?"

"수색영장을 갖고 왔습니다."

안젤리가 사무적으로 말했다.

저드는 믿기 어렵다는 표정으로 그를 건너다보았다.

"수색영장? 내 아파트를 말이요?"

"질문에 답할 필요는 없소. 당신이 말하는 것이 증거가 될 수 있으니까. 변호사를 구하는게 좋을 겁니다."

맥그리비가 동정어린 표정을 지으며 물었다.

"변호사는 필요없소. 오늘 아침 그 코트를 존 핸슨에게 빌려준 후 당신들이 다시 그것을 갖고 올 때까지 전혀 보지 못했다고 말하지 않았소? 그를 죽일 이유가 없고, 또 하루 종일 환자들과 함께 있었소. 로버츠 양이 그 사실을 증언할 수 있소."

맥그리비와 안젤리는 묵묵히 시선을 교환했다.

"오늘 오후 늦게 사무실을 나간 후 어디로 갔었습니까?"

안젤리가 물었다.

"핸슨 부인을 만나러 갔었소."

"그건 이미 알고 있습니다. 그 후엔?"

맥그리비가 물었다.

저드는 잠시 망설였다.

"그냥 차를 몰고 다녔소."

"어디로?"

"코네티컷에 갔었소."

"저녁은 어디서 먹었소?"

"배가 고프지 않아 먹지 않았소."

"그럼 아무도 당신을 보지 못했겠구료."

저드는 또다시 생각에 잠겼다.

"그럴 거요."

"차에 기름을 넣기 위해 어디선가 멈췄을 수도 있을 텐데."

안젤리가 심문하듯 말했다.

"아니오. 그런데 내가 오늘 저녁에 어디에 있었던지 간에 그게 무슨 상관이요? 핸슨은 오늘 아침에 살해당하지 않았소?"

"오늘 오후 사무실을 나간 후 다시 들르지 않았소?"

맥그리비는 지나가는 말인 것처럼 물었다.

"아니오, 왜 그러오?"

저드가 의아하게 되물었다.

"침입자가 있었소."

"뭐라구요? 누가요?"

"아직 누군지 모르오. 같이 가서 보는 게 어떻겠소? 뭔가 없어진 게 있을지도 모르니까."

맥그리비가 말했다.

"아, 물론 가고 말구요. 그런데 누가 신고했소?"

"야간 경비원이 신고를 했습니다."

안젤리가 말했다.

"뭐, 귀중한 것이 사무실에 없었나요? 현금이나 약품 같은 것 말입니다."

"현금이 약간 있었을 뿐 훔쳐 갈 만한 것은 전혀 없소. 도대체 이해할 수가 없는데요."

"그건 우리도 마찬가지요. 자, 갑시다."

맥그리비가 방안을 나서며 말했다.

엘리베이터 안에서 에다는 저드에게 미안하다는 표정을 지었다. 저드는 그녀의 눈을 조용한 시선으로 바라보고는 알겠다는 듯이 고개를 끄덕였다.

'설마 내가 사무실을 부수고 들어갔다고 의심하지는 않겠지.'

저드는 생각했다. 그의 생각에는 맥그리비가 그의 동료 일로 하여 자기를 옭아 넣으려 하는 것처럼 보였다.

그러나 그 일은 벌써 5년 전의 사건이 아닌가? 그 동안 맥그리비는 늘 그걸 생각하고 있었던 것일까?

현관에는 경찰 표시가 없는 차가 세워져 있었다.

사무실 건물에 도착하자, 저드는 로비 출입자 명부에 싸인을 했다. 경비원 바글로가 이상한 눈초리로 그를 바라보았다.

그들은 엘리베이터로 15층에 있는 저드의 사무실로 갔다. 정복을 입은 경찰이 문 앞에 바른 자세로 서 있다가 맥그리비를 보자 거수 경례를 하고는 옆으로 비켜섰다. 저드는 열쇠를 꺼내려 했다.

"문은 열려 있습니다."

안젤리가 말했다.

저드가 앞장 서서 문을 밀고 안으로 들어갔다. 부속실은 엉망으로 어질러져 있었다. 책상 서랍은 모두 빠져 있었고 진료카드며 종이가 바닥에 잔뜩 흩어져 있었다. 저드는 믿을 수 없다는 표정으로 실내를 둘러보았다.

"그들이 뭘 찾으려 했는지 짐작가는 게 없소?"

맥그리비가 쏘아보며 물었다.

"전혀 알 수가 없는데요."

그는 자기의 사무실 문을 열었다. 맥그리비가 뒤따라 들어오며 문을 닫았다.

실내에는 낮은 책상 두 개가 뒤엎어져 있고 램프가 깨어진 채 뒹굴고 있는 카페트 위에 핏자국이 검게 얼룩져 있었다.

방 한쪽 구석에 이상한 자세로 캐롤 로버츠의 시체가 놓여 있었다. 그녀는 알몸이었다. 두 손은 피아노 줄로 뒤로 묶여 있었고 얼굴과 젖가슴 그리고 다리 사이에는 강한 초산이 뿌려져 있었다. 오른쪽 손가락은 모두 부러졌고 얼굴은 얻어맞아서 퉁퉁 부어 있었으며, 입은 뭉친 손수건으로 틀어막혀 있었다.

두 명의 수사관들은 캐롤의 시체를 쳐다보는 저드의 모습을 주의 깊게 바라보고 있었다.

"아주 창백하시군요, 좀 앉으시지요."

안젤리가 무덤덤하게 말했다.

저드는 고개를 흔들고는 숨을 몇 번 깊이 들이마셨다. 그의 목소리는 분노로 떨렸다.

"도대체 누가…… 누가…… 이런 짓을 했소?"

"그걸 우리에게 말해 줘야겠소, 스티븐스 선생."

맥그리비가 싸늘하게 말했다.

저드는 그를 올려다보았다.

"누가 캐롤에게 이런 짓을 할 수 있소? 그녀는 남을 해친 적이 없소."

"자, 이제부터는 좀 다른 종류의 고백을 하실 차례인데요."

맥그리비가 위협하듯 말했다.

"핸슨을 해치려고 한 사람은 아무도 없는데, 그의 등에 칼이 꽂혔소. 역시 캐롤도 해치려는 사람이 없는데, 그녀의 몸에 온통 초산을 뿌리고, 고문을 해서 죽였소."

그의 목소리는 차갑게 변해 가고 있었다.

"그런데 당신은 거기 버티고 서서 겨우 그런 말밖에 못한단 말이오? 도대체 당신은 귀도 눈도 없는 벙어리요? 캐롤은 4년 동안이나 당신을 위해 일해 왔잖소? 또 당신은 정신분석의가 아니오. 그런데도 그녀의 사생활에 대해 전혀 모르고 있었단 말이오?"

"물론 관심은 있었소. 다만 그녀에게는 곧 결혼할 남자 친구가 있었소."

"책이지요? 그를 만났었소?"

"아니오. 그러나 그가 이런 짓을 할 리 없소. 진실한 젊은이고 또 캐롤을 몹시 사랑했소."

"캐롤이 살아 있는 걸 마지막 본게 언제쯤인가요?"

안젤리가 물었다.

"조금 전에 말하지 않았소. 핸슨 부인을 만나러 떠날 때였소. 사무실을 정리하라고 일러 두고 내가 먼저 사무실을 나왔소."

그의 목소리는 떨렸고, 가쁜 숨을 몰아 쉬고 있었다.

"오늘은 그 이상 환자가 없었나요?"

"없었소."

"미친 사람의 짓이라고 보십니까?"

안젤리가 말했다.

"그럴지도 모르오. 그러나 미친 사람이라 하더라도 동기는 있게 마련이오."

"나도 그걸 생각하고 있었소."

맥그리비가 말했다.

저드는 캐롤의 시신을 다시 바라보았다. 그것은 마치 찢어진 인형처럼 쓸모없이 한쪽 구석에 버려져 있었다.

"계속 저렇게 놓아둘 거요?"

저드가 화가 나서 큰 소리로 말했다.

"곧 옮길 겁니다. 검사관과 강력반에서는 이미 조사를 다 끝냈으니까."

안젤리가 사무적으로 말했다.

저드는 맥그리비를 향해 돌아섰다.

"그럼 나를 보게 하기 위해서 캐롤을 저렇게 놔뒀단 말이오?"

"그렇소. 다시 한번 묻겠는데, 누군가 캐롤을 저렇게 만들면서까지 이 사무실에서 가져 가야 할 중요한 것이 있소?"

"없소."

"환자의 기록은?"

저드는 고개를 가로 저었다.

"아무것도 없소."

"별로 협조적이 못 되는데요, 박사."

맥그리비가 불멘 소리로 말했다.

"내 기록에 도움이 될 만한 게 있다면, 왜 진작 말하지 않았겠소? 난 내 환자들을 잘 알아요. 그들 중에 그녀를 죽일만한 사람은 아무도 없소. 외부인의 짓이 틀림없어요."

"어떻게 당신의 기록을 찾으려는 사람이 없다고 장담할 수 있소?"

"내 기록에는 전혀 손대지 않았다는 것이 그 증거요."

맥그리비가 흥미롭다는 듯이 그를 바라보았다.

"어떻게 그것을 알고 있소? 당신은 들쳐보지도 않았잖소?"

저드는 벽 쪽으로 걸어갔다. 그가 패놀의 아랫부분을 누르자 벽이 열렸다. 거기에는 여러 칸의 선반이 있었고 테이프가 가득 쌓여 있었다.

"나는 환자와의 대화를 모두 녹음해서 여기에 보관하고 있소."

"혹시 캐롤을 고문해서 테이프가 어디 있는지 알려고 하지 않았을까요?"

"테이프에는 다른 사람들이 필요로 하는 중요한 자료란 아무 것도 없소. 이 사건에는 다른 동기가 있을 거요."

저드는 다시 캐롤의 시체가 있는 쪽으로 시선을 던지자, 새로운 분노가 다시금 치밀어 올랐다.

"누가 이런 짓을 했는지 꼭 알아내야 하오."

"그럴 작정이오."

맥그리비는 저드를 쏘아보며 말했다.

찬바람이 거세게 불고 지나다니는 행인도 없는 사무실 빌딩 앞에서 맥그리비는 안젤리에게 저드를 태워다 주라고 일렀다.

"난 아직 볼일이 있소"

그는 저드를 향해 잘 가라는 인사를 했다.

저드는 커다란 체구의 맥그리비가 거리를 향해 걸어가는 뒷모습을 지켜보았다.

"가시지요. 굉장히 추운데요."

안젤리가 말했다. 저드는 운전석 옆 자리에 앉았다.

"캐롤의 가족에게 소식을 전해야겠는데요."

저드가 힘없이 말했다.

"우리가 먼저 다녀왔습니다."

저드는 피곤한 듯이 조용히 고개를 끄덕였다. 저드는 이 시간에 맥그리비가 무슨 볼일이 있는지 사뭇 궁금했다.

그의 깊은 생각을 알기라도 한 듯이 안젤리가 입을 열었다.

"맥그리비는 좋은 사람입니다. 그는 지프린이 자기의 동료를 죽인 죄로 사형에 처해져야 한다고 믿고 있거든요."

"그 당시 지프린은 정상이 아니었소."

"박사님 말을 믿겠습니다."

그러나 맥그리비는 그렇지 않을 것이라고 저드는 생각했다.

그는 복잡한 머리로 잠시 동안 캐롤에게로 돌리면서 그녀의 명랑함과 사랑스러움, 그리고 일에 대해 가졌던 열정과 자랑스러움에 대해 생각했다.

저드는 아파트로 돌아왔으나 잠을 이룰 수가 없었다. 그는 브랜디를 한 잔 따라 들고는 서재로 갔다.

처음 캐롤을 데리고 오던 날, 그녀가 알몸으로 서재로 들어와서는 그를 유혹하던 생각이 생생하게 되살아났다. 그는 그때 전혀 동요하는 기색 없이 냉정하게 행동했었다. 그것이 그녀를 구할 수 있는 유일한 기회라고 판단했기 때문이었다.

그러나, 그녀는 그가 그녀를 애무하고 싶은 충동을 참기 위해 얼마만한 의지의 힘이 작용했는지 몰랐을 것이다.

그는 브랜디 잔을 들어 단숨에 술을 마셨다.

시립 시체 안치소는 을씨년스러웠다. 맥그리비는 시체 해부가 끝나기를 기다리고 있었다. 검사관이 손을 들어 신호를 하자, 그는 병적일 만큼 하얀 빛이 가득한 해부실로 들어섰다. 검사관은 커다란 싱크대 앞에서 손을 씻고 있었다.

그는 자그마한 체구를 가진 사람으로 목소리는 가늘고 높았으며 동작은 아주 민첩했다. 그는 맥그리비의 질문에 짧고 간결하게 대답하고는 얼른 사라져 버렸다.

맥그리비도 그를 따라 밖으로 나와 택시를 기다렸으나 한 대도 눈에 띄지 않았다.

모두들 버뮤다로 휴가를 간 모양인가?

그때 경찰차 한 대가 달려오고 있었다. 그는 차를 세우고는 자기의 신분증을 보여주며 19번 파출소로 데려가 달라고 요청했다. 이런 일은 규칙에 어긋났지만, 어쩔 수가 없었다.

아주 길고 추운 밤이 그를 기다리고 있었던 것이다.

맥그리비가 파출소로 들어서자, 안젤리가 기다리고 있었다는 듯이 맞았다.

"캐롤 로버츠의 해부가 방금 끝났네."

"그런데요?"

"임신 중이었어."

안젤리가 놀란 표정으로 그를 다시 바라보았다.

"3개월째래. 안전하게 중절해 버리기에는 이미 늦었고, 겉으로 나타나기에는 좀 이르고……"

"그녀의 죽음과 관계된다고 생각하나요?"

"좋은 질문이군. 캐롤의 친구 녀석이 그녀를 임신시켜 버리고 곧 결혼을 해야 할 처지였다고 생각해봐. 결혼 후 몇 달도 지나지 않아 애기가 태어나고…… 그런 건 늘 일어나는 일이지. 하지만 반대로 그녀를 임신시켰는데, 결혼을 하기 싫다, 또 애는 있는데 남편이 없다, 그것은 아주 흔한 일이잖나?"

"그렇다면 첵과 얘기해 보셨습니까? 그녀와 결혼할 생각이었다는데……"

"알고 있어."

맥그리비가 말했다

"그럼 우린 어디에 와 있지? 결국은 임신한 흑인 여자에게로 이야기가 되돌아왔군. 그녀는 애의 아버지에게로 가서 결혼을 요구한다. 그러자, 그 친구가 여자를 살해한다?"

"정신병자가 아니고서는 어떻게 살인까지?"

"아주 간교하다고 할까? 이렇게 생각해 보세. 캐롤이 남자에게 가서 소식을 전하고 낙태하지 않고 애를 낳겠다고 말야. 결혼 하자는 조건으로 말이지. 그런데 이미 그 친구는 결혼해 버려서 결혼할 수 없는 처지라면? 아니면 백인이거나? 또 달리 보면 명성이 자자한 백인 의사라면? 그래서 이 일이 탄로나면 모든 게 끝장이라! 어느 환자가 흑인 비서를 임신시켜 결혼하려는 정신과 의사를 찾겠나?"

"스티븐스는 의사이지 않습니까? 의심을 사지 않도록 그녀를 죽일 수 있는 방법은 많을 텐데요."

안젤리가 납득할 수 없다는 태도로 물었다.

"그럴지도 모르지. 또 그렇지 않을 수도 있겠지. 의심이 그에게 까지 미친다면 이 사건에서 빠져 나오기는 힘들 거야. 독약이나 흉기 등은 곧 출처가 밝혀지기 쉽고, 그런데 우리 경우를 보세. 어떤 미친놈이 사무실에 들어와 의사의 여비서를 죽였다, 그리고 슬픔에 젖은 고용주인 의사가 경찰에게 범인을 잡아달라고 요구한다……"

"좀 비약이 심한 거 같은데요."

"아직 이야기가 안 끝났네. 존 핸슨의 경우를 보세. 전혀 생소한 정신병자에 의해 하루에 두 번씩이나 우연한 사건이 일어나다니 이상하지 않은가? 그래서 캐롤과 핸슨의 죽음과의 사이에 어떤 함수 관계가 있는가를 생각해 보았다네. 그런데 그게 전혀 우연이 아니란 말야. 이렇게 상상해 보세. 캐롤이 의사의 사무실에 들어가 임신한 사실을 말했다고 하세. 그러자 곧 그들 사이에 싸움이 벌어지고 캐롤이 그에게 협박을 했다, 그녀와 결혼해 달라거나 돈을 달라거나 말야. 그때 존 핸슨이 부속실에서 모든 걸 다 들어버렸다고 가정해 보세. 핸슨이 그것을 폭로하겠다고 했다면? 아니면 자기와 호모 관계를 갖자고 협박했던가."

"그건 너무 추측이 심한 것 같은데요?"

"그러나 딱 들어맞잖아? 핸슨이 떠나자, 의사도 사무실을 빠져나와 핸슨을 거리에서 다른 사람에 의해 살해된 것처럼 위장하고 곧장 사무실로 돌아와서 캐롤까지 처치해 버린다. 그리고 마치 정신병자가 한 짓처럼 꾸민 다음 핸슨 부인에게 달려간다. 그리고 난 다음 코넷티컷으로 드라이브를 하고…… 그러면 그의 문제는 깨끗이 해결되지 않나? 그런 다음 점잖을 빼고 앉아 있는 거지. 자네나 나는 범인을 찾아 이리저리 허둥대고 말야."

"별로 설득력이 없는데요. 확실한 증거 없이 살인죄를 꾸미고 있는 것 같은 느낌입니다."

안젤리가 신통치 않다는 듯한 애매모호한 표정으로 말했다.

"무엇이 확실한 증거라고 하는가? 우리에겐 시체 두 구가 있잖아? 그중 하나는 그의 환자로서 사무실 근처에서 살해됐고, 그는 호모이기 때문에 그의 치료를 받지 않았나? 그에 관한 테이프를 들어보자니까 거절하지 않던가? 스티븐스가 누구를 두둔하려는 것이지? 내가 그에게 누가 사무실을 부수고 어떤 것을 찾으려 했는지 물어보았잖아? 그런데 이상한 건 아무 것도 없었고, 그의 테이프는 별 도움을 못 준다지 않던가? 사무실에 약도 돈도 없었고…… 우린 알지도 못하는 정신병자를 찾아 이렇게 긴 겨울밤을 새우고 있지 않은가? 난 아무래도 저드 스티븐스가 범인 같네."

"제 생각엔 당신이 그를 옭아넣으려는 것 같은 느낌이 더 강해요."

안젤리가 조용히 말하자, 순간 맥그리비의 얼굴이 분노로 붉게
변했다.

"왜냐 하면, 그 친구가 가장 용의점이 많으니까 그렇지!"

"그를 체포할 건가요?"

"아직은 좀 두고 보겠네. 그의 소지품을 모두 뒤져서라도 꼭
증거를 찾고 말겠네. 그런 다음에 그를 옭아넣을 거야."

맥그리비는 몸을 돌려 다시 어둠과 추위가 있는 밖으로 달려
나갔다.

안젤리는 깊은 생각에 빠지면서 넓직한 맥그리비의 잔등을
보았다. 만약 자기가 그냥 놔두면 맥그리비는 스티븐스 박사를
옭아넣을 것이 틀림없었다. 그는 그런 일이 벌어지기 전에 미리
막아야 한다고 생각했다.

그는 날이 밝으면 곧 베르텔리 서장에게 모든 사건의 전말을
보고해야 하겠다고 마음먹었다.

제 4 장

종이로 만든 사람들

조간신문에는 캐롤 로버츠의 살해 사건에 대해서 대서특필로 보도되어 있었다. 저드는 전화국에 연락해서 오늘의 약속을 모두 취소하려고 마음먹었다. 그는 지난 밤에 잠을 제대로 자지 못해 눈이 무거웠고, 온몸이 뻐근했다.

그러나 오늘 자기가 만나야 할 환자 명단을 훑어보고는 두 명의 환자는 꼭 치료해야 했고 크게 염려되지 않는 환자는 부득불 취소하여야겠다고 생각했다.

항상 저드는 정상적인 근무를 하는 것이 환자를 위해서나 자신을 위해 좋은 사명감으로 느끼고 있는 터였다.

저드는 사무실에 다른 날보다 조금 일찍 나갔다. 그러나 복도에는 벌써 신문 기자와 텔레비전 기자 및 사진 기자들이 몰려와 그를 기다리고 있었다.

그는 어느 누구도 사무실에 들어오지 못하게 하고 그들의 질문에는 아무런 대답도 하지 않았다.

그는 사무실 문을 조용히 열었다. 사무실은 아무 일도 없었던 것처럼 평상시와 같았다. 그러나 캐롤의 모습이 눈앞에 가득히 다가왔다.

그때 저드는 복도의 문이 열리는 소리를 들었다. 그의 첫 번째 환자가 온 것이다.

해리슨 버케는 은빛 머리의 점잖은 사업가 타입의 사람이었다. 실제로 그는 국제철강공업의 부사장이었다.

저드가 버케를 처음 보았을 때는 그의 외모 때문에 크게 당혹한 적이 있었다. 사실 저드는 언제가 사람들의 외모에 대해 책을 쓸 작정이었다.

즉 의사들의 몸가짐과 변호사들의 법정에서의 화려한 변론, 여배우의 미모, 즉 실질적인 모습보다는 겉으로 나타나는 이미지에 관한 연구를 하고 싶어서였다.

버케가 소파에 앉자, 저드는 그에게 관심을 집중했다. 버케는 두 달 전 피터 해들리 박사의 소개로 그에게 왔다.

저드는 그와 10분간 이야기를 나눈 후 그가 살인을 할 편집광적인 증세가 있다고 진단했다.

조간신문에는 어제밤 이 사무실에서 일어난 살인 사건에 대한 기사로 가득 차 있었으나, 버케는 그것에 대해서는 전혀 언급을 하지 않았다. 그것은 버케의 전형적인 성격이었다. 그는 그 자신의 일에서 늘 헤어나지 못하는 것이 병의 원인이기도 했다.

"전에 날 믿지 않았죠? 그러나 이젠 그들이 나를 쫓아내려고 한다는 증거를 잡았소."

버케가 감정을 섞어서 말했다.

"그 점에 대해서는 서로 숨기지 말자고 했는데요, 해리슨 씨. 어제 우린 그런 환상을 갖지 말자고 약속했을 텐데요."

저드는 조심스럽게 말했다.

"상상이 아니오."

버케가 고함을 질렀다. 그는 일어나 주먹을 불끈 쥐었다.

"그들은 날 죽이려 한단 말이요."

"자, 몸을 뉘이고 좀 긴장을 풀어요."

저드가 부드럽게 말했다.

그때 버케가 벌떡 일어섰다.

"그것이 내게 할 수 있는 모든 일이란 말이요? 당신은 내가 갖고 있는 증거가 무엇인지도 알고 싶지 않소? 당신도 그들 중의 한 사람이구만……"

그는 미간을 찌푸렸다.

"당신은 내가 그들 중의 한 사람이 아니란 걸 잘 알지 않소. 난 당신의 진정한 친구로 도움을 주려는 것이오."

저드는 실망을 느꼈다. 지난 두 달 동안의 치료가 허사가 된 느낌이었다.

그는 두 달 전, 이 사무실에 들어섰던 공포에 젖은 편집증 환자 그대로였다.

버케는 국제철강공업사에 들어가 심부름 소년으로 출발했다. 그후 25년간 그의 출중한 외모와 사람 사귀는 재주로 최고 경영진에까지 올라간 인물이며 차기 사장 후보이기도 했다.

그러나 4년 전, 그의 아내와 세 아이가 사우스햄턴의 여름

별장 에서 화재로 죽어 버렸다. 그때 버케는 그의 정부와 함께 바하 마에서 휴가를 즐기고 있었다.

버케는 다른 사람들보다 훨씬 더 민감하게 그 사건을 받아 들였다. 천주교 신자로 자라난 그는 죄의식에서 헤어날 수가 없 었다. 그는 갈수록 의기 소침해지고 친구들과도 거리가 멀어졌 으며 저녁마다 홀로 집에 틀어박혀 자기의 아내와 아이들이 고통 속에서 죽은 모습을 되새겼다.

그때 그는 그의 정부와 침대에서 뒹굴었던 그 모든 것을 상상 했다. 그런 모습은 그의 뇌리에서 영화의 장면들처럼 끊임 없이 되풀이되었다.

그는 가족의 참사가 전적으로 자신의 책임이라고 믿었다. 만 약 자신이 그곳에 있었더라면, 그들을 구할 수 있었을 것이라는 생각을 좀체로 떨칠 수가 없었다.

이런 탓에 그는 자신을 괴물로 생각하게 되었다. 사람들은 그 런 그에게 동정을 보냈으나 그에게는 그러한 태도가 자기에게 올가미를 씌우려 한다고 믿었다.

어리석게도 그는 사람들의 그러한 간교에 절대 빠지지 않겠다 고 다짐했다. 마침내 그는 누구와도 어울리지 않게 되었다. 점심 때가 되면 중역 식당에 가는 것조차 거부하고 가능한 사람들을 피하면서 자기만의 견고한 성을 쌓아 갔다.

2년 전에 이사회에서 새로운 사장을 선출할 때, 해리슨을 제 치고 회사 밖의 인물을 초빙해 왔다. 그로부터 일 년이 지난 후 에는 수석 부사장의 자리가 비었는데도 서열로 보아 그가 적임 자였으나 다른 사람이 그 자리에 올랐다. 이 모든 것을 그는 주위 사람들이 꾸미는 음모로 생각한 것이다.

그는 주위의 사람들을 의심하기 시작했다. 밤이 되면 다른 중역실에 녹음기를 설치하기까지 했다. 6개월 전 그 사실이 탄로되었으나 그가 파면당하지 않은 것은 그의 오랜 근무 연한과 위치 때문이었다.

그를 돕고 그에게 지워진 무거운 임무를 덜어주기 위해 사장은 버케의 업무량을 감해 주기 시작했다. 그러나 그것이 그를 돕기보다는 버케로 하여금 회사에서 그를 쫓아내려 한다는 또다른 의구심을 불러일으켰다.

그는 자기가 그들보다 훨씬 더 능력이 있기 때문에 자리에서 쫓아내려 한다는 것이다. 자기가 사장이 될 경우 모두 실직자가 되는 게 두려워서 그를 외면한다고 믿게 되었다.

날이 갈수록 그는 점점 더 많은 실수를 저질렀다. 또 그런 잘못이 발견될 때마다 그는 자신이 한 일이 아니라고 부인했다. 누군가가 자기가 작성한 보고서를 바꾸고 숫자와 자료를 속인다고 주장했다. 또 그는 그를 두려워하며 제거하려는 사람들이 회사 안에 있을 뿐만 아니라 외부의 산업 스파이까지 고용한다고 생각했다.

그는 자신이 거리에서 미행당하고, 전화는 도청되며, 편지는 미리 뜯어져 검열당한다고 믿었다. 심지어는 음식에 독을 넣었을까봐 회사 안에서 음식 먹기를 거부했다.

마침내 눈에 띄게 그의 체중이 점점 줄어들자, 걱정이 된 사장은 피터 해들리 박사에게 버케를 치료해 달라고 부탁했다. 버케와 30분간 이야기를 나눈 해들리는 저드를 전화로 불렀다.

저드는 스케줄이 꽉 찼으나 해들리의 요청에 따라 그를 치료하기로 마음먹었다. 버케는 주먹을 양 옆에 꼭 붙인 채 쇼파에 반듯이 누워 있었다.

"증거가 뭔지 말해 봐요."

"어제 저녁 우리 집에 침입자가 있었어요. 날 죽이려고 말입니다. 그러나 난 그들보다 더 영리해서 침실에서 자지 않고 서재에서 자고 있었소. 그리고 문의 자물쇠를 모두 바꾸었기 때문에 그들이 날 죽이지 못했던 거요."

"경찰에 신고를 했나요?"

"물론 하지 않았지. 경찰에도 그들의 끄나불이 있어요. 날 죽이라는 명령을 받고 있소. 그러나 사람들이 많은 곳에서는 총을 쏘지 못하기 때문에 나는 늘 군중 속에 파묻힌다오."

"정보를 주어서 고맙소."

저드가 말했다.

"어떻게 했으면 좋겠소?"

버케가 공포에 찬 음성으로 말했다.

"당신이 말하는 것을 늘 주의 깊게 듣고 있소."

저드는 녹음기를 가리켰다.

"보다시피 모든 걸 다 녹음하기 때문에 그들이 당신을 죽인다면, 이 녹음 테이프로 음모를 파헤칠 수가 있소."

순간 버케의 안색이 밝아졌다.

"그렇군, 테이프란 말야. 그게 있으면 그들을 잡아낼 수가 있지!"

"자! 다시 좀 누워요."

저드가 그의 상체를 밀며 말했다.

버케는 고객를 끄덕이고 소파에 다시 누워 깊게 눈을 감았다. 공포와 고통스러움이 죽음처럼 그의 얼굴에서 잠들고 있었다.

"지쳤소, 벌써 몇 달 동안 잠을 통 못 잤소. 눈을 감기가 무서워서요. 당신은 이런 나를 잘 이해하지 못할 거요."

'그럴까?'

순간 저드는 맥그리버가 머리에 떠올랐다.

"집 지키는 소년은 아무것도 못 들었나요?"

"이미 일 주일 전에 그를 해고시켰소."

저드는 최근 해리슨 버케와의 대화를 생각해 보았다. 바로 3일 전 버케는 그의 집 지키는 소년과 싸웠다는 것을 말했었다. 이제 버케는 시간 관념까지도 흐려지고 있는 상태였다.

"당신은 그런 사소한 것까지 기억을 못하는군요. 그를 내보낸 것이 2주일 전이 틀림없소?"

저드가 슬쩍 물었다.

"틀림없어요. 당신은 내가 어떻게 해서 세계에서 가장 큰 강철 회사의 부사장이 되었는지 모를 거요? 난 아주 명석한 두뇌를 가졌단 말이오. 그 점을 명심하시오."

"왜 그를 해고했나요?"

"나를 독살하려고 했기 때문이오."

"어떻게?"

"햄 에그에 비소를 넣었소."

"맛을 봤나요?"

저드가 물었다.

"천만에요."

"그럼 어떻게 독이 있는지를 알아냈소?"

"냄새로……"

"그래 뭐라고 했소."

그때 만족한 표정이 버케의 얼굴에 피어 올랐다.

"아무 말도 하지 않았소. 그냥 쫓아냈소."

혼란된 감정이 저드를 엄습했다. 좀더 시간만 있다면 버케를 치료할 수 있었다.

그러나, 너무 시간이 없었다. 정신 분석 과정에는 항상 진전이 있다가 갑자기 한밤중 공포에 젖은 야생 동물에게 덮쳐오는 듯한 원시적인 감정과 갈등이 촉발되어 모든 것을 망쳐놓는 위험성이 늘 잠재해 있게 마련이다.

치료에 있어 초보 단계는 자유로운 대화다. 버케의 경우에 있어서도 이러한 대화는 그의 심층에 박힌 증오감을 말을 통해 점차로 없애는 방법이었다.

매번 회견 때마다 버케는 저드의 의견에 따라, 그를 모함하는 사람들이 없으면 단순한 과로로 인해 피곤하며 심리적으로 불안하다고 동의하게 되었다.

이제 저드는 버케를 잘 인도해서 심층 분석 단계에 왔으며 문제의 근원에 대해 분석을 시작하려 했다.

그러나 그 동안 버케는 교묘하게 거짓말을 한 것이다. 그는 저드를 시험해서 그가 그들 중에 한 사람인지 아닌지를 알아보려고 한 것이다.

버케는 언제 어디서 터질지 모르는 움직이는 폭탄과 같았다.

저드는 버케의 회사 사장에게 이런 것을 얘기해야겠다고 마음먹었다. 버케의 미래를 파괴하는 결과가 되겠지만, 그를 정신병원에 넣어야 한다고 결론지었다. 그는 결론을 내리기 전에 다시 한번 그를 시험해 보기로 했다.

"해리슨, 내게 약속을 좀 해주시오."

"무슨?"

버케가 말했다

"그들이 당신을 옭아넣으려고 한다면, 당신이 어떤 난폭한 짓을 하도록 만들 거요. 그들이 어떻게 해서라도 당신을 흥분시키든 간에 그들에게 아무런 짓도 하지 않겠다고 약속을 해주시오. 그래야만 그들이 당신에게 손을 댈 수 없을 테니까 말이오."

그때 그의 눈이 무섭도록 빛났다.

"아, 그렇지! 당신 말이 맞아요. 그게 그들의 계획이라면, 우린 그들보다 더 영리한 셈이군. 그렇죠?"

그때 저드는 바깥 부속실 문이 닫히는 소리를 들었다. 그는 시계를 들여다보았다. 그의 다음 번 환자가 온 것이다.

저드는 조용히 녹음기를 껐다.

"자, 오늘은 이만합시다."

"전부 다 녹음했소?"

버케가 열심히 물었다.

"모두 다요. 아무도 당신을 해치지 않을 거요."

저드는 잠깐 망설였다.

"오늘은 사무실에 가지 말고 집에 가서 쉬는 게 어떻겠소?"

버케가 실망에 가득찬 음성으로 말했다.

"그럴 수는 없소. 내가 사무실에 없으면 그들은 문에서 내 이름을 떼고 다른 사람 것을 붙일 거요."

그는 저드에게 몸을 바싹 들이밀었다.

"조심하시오. 그들은 당신이 내 친구라는 것을 알면 당신까지 죽이려들 거요."

버케는 복도로 통하는 문을 조금 열고는 복도 양편을 잽싸게 살핀 후 민첩하게 빠져 나갔다.

저드는 암담한 기분으로 해리슨 버케의 인생을 생각해 보았다. 버케가 육 개월만 일찍 그에게 왔더라도 모든 일은 가능했다. 그러자 갑자기 몸서리 나는 생각이 떠올랐다.

이미 해리슨 버케가 살인을 저지른 것이 아닐까? 그가 핸슨과 캐롤이 죽음에 관련이 있지 않을까? 버케와 핸슨은 모두 그의 환자이며, 서로 만날 기회도 있음 직했다.

지난 몇 주일 동안 버케 다음에 핸슨이 오곤 했으며, 서너 번은 버케가 늦게 왔다. 그는 복도에서 핸슨과 마주쳤을 가능성도 많았다. 그를 몇 번 보았다면 버케의 과대망상증이 작동해서 핸슨이 그의 뒤를 밟는다고 생각할 수 있었을 것이다.

또 캐롤은 그가 사무실에 올 때마다 만났으며, 그의 병든 마음이 그녀를 위험한 인물로 받아드리자, 결국 죽인 것이 아닐까? 버케의 행동에 이상이 온 것을 왜 관찰하지 못하였을까? 그의 아내와 아이들은 과연 화재 사고로 죽은 것일까? 어쨌든 알아봐야겠다고 생각했다.

저드는 부속실 문을 열었다.

"들어오시오."

앤 블레이크가 대기실 의자에서 우아한 몸짓으로 일어나 얼굴에 환한 웃음을 띠우고 그에게 다가왔다.

저드는 그녀를 처음 보았을 때 느꼈던 감정이 다시 생각났다. 아내 엘리자베스가 죽은 후 여자에게서 이런 감정을 느껴 보기는 처음이었다.

그들 둘은 서로 닮은 데는 없었다. 엘리자베스는 작은 몸집에 금발이었고 푸른색 눈이었다. 그러나 앤 블레이크는 검은 머리에 길고 짙은 속눈썹에 싸인 보라색 눈을 갖고 있었다.

또 그녀의 체격은 탄복하리만큼 아름다움이 깃든 따뜻함을 제외하고는 감히 근접할 수 없는 고전적인 지성미와 품위가 있었다. 그녀의 목소리는 낮고 부드러웠으며, 약간 탁한 느낌이 있었다.

앤은 이십대 중반이었으며, 저드가 만난 여자 중에 가장 아름다운 여자였다.

그러나 저드의 관심을 끄는 것은 그녀의 아름다움뿐만이 아니었다. 그녀에게는 어쩔 수 없이 빨려 들어가는 묘한 매력이 있었다. 마치 그녀를 진즉부터 잘 알고 지냈던 것 같은 그런 느낌이었다.

그녀는 3주일 전에 아무런 약속도 없이 불쑥 그에게 찾아왔다. 그때 캐롤은 스케줄이 차서 새 환자를 받을 수 없다고 했으나 앤은 조용히 기다리겠다고만 말했다.

앤은 부속실에서 두 시간을 기다렸으며, 결국은 캐롤이 동정을 해서 저드에게 안내를 했다.

저드는 너무 강렬한 인상을 받고 심적 동요를 느껴 앤이 처음 몇 분 동안 무슨 말을 했는지조차 기억하지 못했다. 그는 다만 그녀에게 앉으라고 했으며, 그녀가 이름을 말하는 것밖에 기억할 수 없었다.

'앤 브레이크……'

그녀는 한 가정의 주부였다. 저드는 그녀가 무슨 문제를 갖고 있는가를 물어 보았다. 그녀는 잠깐 망설이다가 확실하지 않다고 애매하게 대답했다.

그녀는 자기 자신이 문제를 갖고 있는지조차 확실하지 않았다. 그녀의 의사 친구로부터 저드가 유명한 정신분석의라는 것을 듣고 찾아왔노라고 말했다.

저드는 그 의사가 누구냐고 물었으나 앤은 어물어물 넘겨 버렸다. 그때 저드는 직감으로 그녀가 전화 번호부에서 그의 주소를 알아냈음이 틀림없다고 생각했다.

그는 그녀에게 자신이 너무 시간에 쫓기고 바빠서 환자를 더 이상 받을 수 없다고 강조했다. 그는 다른 훌륭한 의사를 추천해 주겠다고도 했다.

그러나 앤은 차분한 자세로 저드에게 치료해 달라고 말할 뿐 물러설 기미가 조금도 없어 보였다. 결국 저드는 그녀에게 항복해 버리고 말았다.

외모로 볼때 앤은 일종의 스트레스를 갖고 있는 것처럼 보였으나 아주 정상이었고, 그녀의 문제는 간단해서 곧 해결할 수 있으리라고 믿었다.

그때 저드는 다른 의사의 추천 없는 새 환자를 받지 않는다는 스스로의 규칙을 깨뜨린 것이다. 그는 앤을 치료하기 위해 점심 시간까지 넘기지 않으면 안 되었다.

그녀는 지난 3주 동안 일 주일에 두 번씩 찾아왔다. 그러나 그녀가 처음 왔을 때보다 더 많은 것을 알아내지는 못했다.

하지만 저드 그에게 변화가 온 것이 더 문제였다. 엘리자베스가 죽은 후 처음으로 사랑에 빠진 것이다.

그들의 첫번째 만남에서 저드는 그녀의 남편을 사랑하느냐고 물었다. 그녀는 저드의 기대와 달리 남편을 사랑한다고 했다. 그러고는 이렇게 덧붙였다.

"그래요. 그는 친절하고 아주 강한 사람이에요."

"당신 생각에는 그가 아버지의 이미지를 갖고 있다고 믿습니까?"

앤은 짙은 보랏빛 눈으로 그를 건너다보며 말했다.

"아뇨, 꼭 그렇지 않아요. 전 어린 시절에 행복한 날들을 보냈어요."

"태어난 곳은 어딥니까?"

"레비어, 보스턴 근처의 작은 마을이에요."

"부모님은 다 살아계신가요?"

"아버지만 살아계세요. 어머니는 제가 열 두 살 때 심장마비로 돌아가셨어요."

"부모님의 사이는 좋았나요?"

"네, 두 분 서로 사랑했어요."

그녀의 따사로움이 섞인 말에 저드는 행복한 감정에 젖어들었다. 늘 참혹한 경우와 과대망상증 환자들을 대해 온 저드에게 있어서 앤은 4월의 신선함과 같은 삶의 향기를 주었다.

"형제는?"

"없어요. 혼자였어요. 그래서 좀 버릇이 없나 봐요."

그녀는 고혹적인 미소를 지었다.

그것은 가식이 없고 밝고 따뜻한 웃음이었다.

그녀는 국무성에 근무하는 아버지를 따라 외국에서 오랫동안 살았으며, 아버지가 재혼하여 캘리포니아에 정착했는데, 불어, 이탈리아어, 스페인어까지 구사하는 외국어 실력이 있어 유엔에 통역관으로 일자리를 얻었다고 했다. 그리고 지금의 남편은 바하마에서 휴가 중에 만났다고 했다.

당시 그녀의 남편은 건설회사를 운영하고 있었으며, 처음에는 별로 관심 없이 보았으나 끈질기게 구혼해 오자, 만난 지 두 달 만에 결혼을 하게 되었다. 그녀는 이제 결혼 6개월째였고, 그들은 뉴저지의 교외에서 신혼 살림을 하고 있다고 했다.

"남편과 관계되는 일인가요, 블레이크 여사?"

대답이 없었다

"남편과는 서로 잘 조화가 된다고 생각하십니까? 육체적으로 말입니다."

"네."

약간 당황한 듯한 대답이었다.

"남편이 다른 여인과 관계가 있을 것이라는 의심은 없었나요?"

"아뇨."

그녀는 재미있다는 표정을 지었다.

"그럼 다른 남자와 관계가 있나요?"

"아뇨."

순간, 그녀의 맑은 표정이 분노로 변했다.

그는 그녀와의 장애물을 깨뜨리기 위해 어떻게 해야 할까를 곰곰이 생각했다.

"돈에 대해 다투었나요?"

"아뇨. 그 점에는 굉장히 너그러워요."

"그럼 시댁 식구와 문제라도?"

"그는 고아예요. 제 부친은 캘리포니아에 살고 있고요."

"당신이나 남편이 혹시 마약에 손을 댔나요?"

"아뇨."

"남편을 호모라고 의심하나요?"

"아, 아뇨."

낮고 부드러운 대답이었다. 그는 좀더 깊은 곳을 찔렀다.

"혹시 딴 여자와 성관계라도 있나요?"

"아네요."

그는 그가 생각할 수 있는 모든 것, 즉 알코올 중독, 성적 무감각들에 대해서 질문을 퍼부었다. 그러나 그녀는 예쁘고 사려 깊은 눈으로 그를 쳐다보며 고개를 흔들었다. 그가 집요하게 질문을 할 때마다 그녀는 그에게 말했다.

"좀더 차근차근 말해 봐요."

다른 사람이었다면, 그는 벌써 포기했을 것이다. 그러나 그는 그녀를 돕고 싶었으며, 또 그녀를 계속 만나고 싶었다.

저드는 그녀에게 무엇이든 말하고 싶은 것을 얘기하도록 했다.

어렸을 때부터 그녀는 아버지를 따라 여러 나라를 여행했으며 많은 사람들을 만났다.

그녀는 판단 능력이 매우 빨랐으며, 유우머 감각도 아주 훌륭했다. 그녀가 자기와 같은 종류의 음악, 책, 희곡에 대한 깊은 관심을 갖고 있다는 것도 알았다.

그녀는 다정하고 친절했으나 저드를 의사 이상으로는 생각하지 않고 있는 것 같았다. 그 점에 대해서는 저드의 가슴을 허전하게 해주었다.

사실 그는 몇 년 동안 앤과 같은 여자를 찾았던 것이다. 그런데 이제 제 발로 걸어 들어왔는데도 그는 그녀의 문제를 해결해서 남편에게로 되돌려 보내야 하다니, 저드는 인생의 기묘함을 새삼 느끼지 않을 수가 없었다.

앤이 사무실로 들어오자 소파 옆에 놓인 옆 의자로 다가가 그녀가 눕기를 기다렸다.

"오늘은 그냥 왔어요."

그녀는 조용한 음성으로 말했다.

그는 잠시 말없이 그녀를 쳐다보았다.

지난 이틀 동안 그의 감정은 너무나 큰 충격을 받은 터라 갑작스런 동정의 말이 오히려 혼란스러웠다.

그녀를 보자, 그는 그에게 일어난 지금까지의 모든 일을 모두 말하고 싶은 강렬한 충동을 느꼈다. 그러나 그는 의사이며, 그녀는 환자였다.

더구나 그는 그녀를 사랑하고 있었으며, 그녀는 그가 알지도 못하는 남자의 아내가 아닌가?

앤은 그를 쳐다보며 그냥 서 있었다.

"캐롤을 무척 좋아했어요. 누가 그를 죽였을까요?"

앤이 슬픔에 찬 음성으로 말했다.

"나도 모르고 있소."

"경찰에서도 전혀 단서를 못 잡았나요?"

앤이 이상하다는 표정으로 그를 바라보았다.

"경찰은 뭔가 알고 있는 모양이오."

"얼마나 충격을 받으셨는지 잘 알아요. 그냥 들려서 위로해 드리고 싶었어요. 사무실에 나오시는지조차 몰랐는 걸요?"

"나올 생각이 없었소. 자, 이렇게 오셨으니 얘기나 좀 할까요?"

앤이 잠시 망설였다.

"더 이상 얘기할 게 없는 것 같아요."

저드는 가슴이 철렁하는 것을 느꼈다.

"다음 주에 남편과 함께 유럽 여행을 떠나요."

"아, 그거 잘 됐군요."

그는 겨우 말을 받았다.

"공연히 선생님의 시간만 빼앗았나 봐요. 죄송해요."

"그렇게까지 생각할 필요는 없어요."

저드의 목소리는 깊숙이 가라앉고 있었다.

그녀가 영원히 떠난다는 생각에 미치자, 가슴 한구석으로 밀려오는 뜨거운 것이 느껴졌다.

앤은 지갑을 열고 돈을 꺼냈다. 그녀는 다른 환자들과는 달리 늘 현금을 내곤 했었다.

"그러지 마시오. 친구로서 온 것이니까."

저드가 서둘러 말했다. 그는 다른 환자들에게는 해보지 않은 말을 했다.

"다시 한번만 더 와주셨으면 좋겠는데요."

"왜 그러시죠?"

그녀는 조용히 그를 올려다보았다.

'그렇게 빨리 떠난다는 건 견딜 수 없는 노릇이고, 당신 같은 여자를 다시 만날 수가 없을 것 같아 그러오. 당신을 사랑하기 때문입니다.'

속으로는 그런 말을 하고 있었으나, 전혀 다른 말을 하고 있는 자신을 보며 당황하고 있었다.

"여러 가지에 대해 정리도 하고 또 문제가 극복됐는지 의논도 하고 싶어서요."

그녀는 수줍은 웃음을 띠었다.

"졸업장을 받으러 오라는 말씀이신가요."

"그런 거죠. 와 주겠소?"

"원하신다면 그렇게 하겠어요."

그녀는 이제 일어섰다.

"제가 마음을 열지 못했던 것 같아요. 선생님은 훌륭하신 분이에요. 도움이 필요하면 또 오겠어요."

그녀가 가늘고 흰손을 내밀자, 그는 그 손을 덥석 잡았다. 손은 단단하고 따뜻했다.

"금요일에 꼭 오십시오."

그는 그녀가 복도로 나가는 모습을 보고는 그대로 의자에 털썩 주저앉았다.

그는 지금까지 자기의 생애에서 가장 고독한 순간을 맛보았던 것이 다.

그러나 그는 그렇게 자리에 멍하니 앉아서 시간을 보낼 수가 없었다. 맥그리비가 자신을 파괴해 버리기 전에 빨리 서둘러야만 했다. 사실 그는 자신이 두 건의 살인을 저지르지 않았다는 확실한 증거가 없었던 것이다.

맥그리비는 언제라도 마음만 먹으면 그를 체포할 수 있었으며, 그러면 그의 생애는 끝나는 것이었다.

그는 밝고 미래가 있는 쪽으로 생각을 돌리려고 했으나 아무 것도 머리에 떠오르지 않았다. 절망과 고독감이 더욱 그를 외롭게 만들었다.

〈제 5 장〉
검은 목소리

저드는 물 속에 잠긴 듯한 기분으로 하루를 보냈다.

몇몇 환자들은 캐롤에 대해 말을 했으나 대부분의 환자들은 자신들의 문제에 몰두하고 있어서 그녀에 대해서는 더 이상 묻지 않았다.

저드는 일에 온 정신을 집중시키려 했으나 사건의 해답을 찾느라고 생각이 자꾸 흩어졌다. 그는 조용한 시간에 테이프를 돌려서 다시 정리하리라고 마음먹었다.

마지막 환자가 나가 버리자, 그는 선반 위에 있는 술병을 꺼내 스카치 위스키를 한 잔 따랐다. 술이 목 안을 적시자 온몸이 화끈해졌고, 그제서야 아침과 점심을 먹지 않은 것이 생각났다, 음식 생각을 하자, 헛구역질이 났다.

그는 의자에 파묻혀서 두 건의 살인사건에 대한 깊은 생각에 빠졌다. 아무리 기억을 더듬어도 그의 환자 중에는 살인을 할 만한 동기를 가진 사람이 없었다.

"협박꾼들일까?"

그러나 협박꾼들은 겁쟁이들이라 다른 사람의 약점만을 이용하는 것이 특징이고, 캐롤이 협박당했다면 사무실에 침입하자마자 일격에 그녀를 찔렀을 것이다. 그녀를 고문할 리가 없었다. 정말 알 수 없는 일이었다.

저드는 지난 이틀 동안의 사건들을 생각하며 그대로 한참 동안을 의자에 앉아 있었다. 그는 한숨을 깊이 내쉬고는 시계를 들여다보았다. 벌써 많은 시간이 지나고 있었다.

그가 사무실을 떠날 때는 밤 아홉 시가 거의 다 되어가고 있었다. 사무실을 나와 거리로 나서자 살을 에이는 듯한 찬 바람이 그를 때렸다. 거리에는 눈이 내리기 시작했다.

눈은 빌딩 숲을 헤치고 흩날려 마치 캔버스에 물감이 녹아내리듯 도시의 정경을 환상의 그림으로 만들어 놓고 있었다.

렉싱턴 가의 상점 쇼윈도 유리에 붙은 광고 안내 표지가 눈에 들어왔다.

크리스마스 바겐세일 6일간

크리스마스의 아픈 기억이 긴 겨울밤의 추위보다 더 춥게 그를 엄습해 왔다.

그는 천천히 거리를 걸어갔다. 집에서 기다리고 있을 아내나 아이들, 혹은 연인 곁으로 돌아가려는 바쁜 걸음의 행인들 외에 비교적 거리는 한산했다. 불현듯 앤의 조용한 모습이 가로등 불빛처럼 그의 뇌리 깊숙이 명멸해 왔다.

지금쯤 남편과 함께 따뜻한 난로 옆에서 진한 한 잔의 커피를 놓고 회사와 집안 일을 이야기하며 무한한 행복의 시간을 즐기고 있을 것 같은 생각이 들었다. 아니면 이미 잠자리에 들어갔거나 그리고는……

'더 이상은 생각하지 말아야지.'

하며 속으로 자신을 달래고 있었다.

거리에는 차가 한 대도 보이지 않았다. 잠시 보도 위에서 서성거리던 그는 차고로 가기 위해 차도로 내려섰다. 그가 도로 한복판에 다다랐을 때 들려 오는 이상한 소리에 뒤를 돌아보는 순간 육중하게 보이는 승용차 한 대가 헤드라이트를 끈 채 빙판이 된 도로 위를 질주해 왔다. 그와 차의 거리는 불과 4미터 정도였다.

술 취한 자의 취중 운전이라는 생각이 순간적으로 떠올랐다. 저드는 몸을 날려 다시 보도 위로 뛰어가려 했다. 그와 동시에 차가 달려와 그를 덮쳤으나 시간이 맞지 않았다.

저드의 기억에 남는 것은 가슴에 와닿은 강렬한 충격과 뇌성 같은 아픔이었다. 어두운 거리가 갑자기 휘황찬란한 성탄절 불빛으로 환하게 폭발하는 것 같았다.

그때 저드는 모든 것이 명백하게 머리 속에 그려졌다. 그는 존 핸슨과 캐롤 로버츠가 살해당한 이유를 알 것 같았다. 그는 이상한 상승감에 휩싸였다.

그 순간 그는 맥그리비에게 말해야겠다고 마음먹었다. 그러자 순식간에 빛이 사라지면서 축축한 어둠만이 그를 감쌌다.

겉으로 보기에 19번 파출소는 오래되고 비바람에 찌든 4층

짜리의 학교 건물처럼 보였다.

건물은 붉은 벽돌로 되어 있었고, 수십 년 동안 비둘기의 똥으로 더럽혀져 더욱 볼상 사나웠다. 이 19번 파출소는 맨하탄의 59번가에서 86번가까지, 또 5번가에서 이스트 강변까지의 지역을 경계 관찰하고 있었다.

자동차 사고를 신고하는 전화는 밤 10시가 좀 지나 한 병원에서 걸려 왔다. 기후 때문에 그날은 강간과 폭행 사건이 다른 때보다 더 많이 발생되어 정신이 없었다.

대부분의 경찰관들은 범죄 신고를 받고 곧바로 달려갔는데, 안젤리와 한 경찰관이 앉아 방화범을 심문하고 있었다.

전화벨이 울리자, 안젤리가 받았다. 시립병원의 간호사가 뺑소니 차를 신고해 왔다. 피해자는 맥그리비 경감을 찾는다고 했다.

그때 맥그리비는 기록실에 가고 없다고 하자, 간호사는 안젤리에게 피해자의 이름을 말해 주었다. 안젤리는 간호사에게 곧 병원으로 가겠다고 말했다.

안젤리가 전화를 놓자, 맥그리비가 사무실로 들어섰다. 안젤리는 조금 전의 전화건에 대해 말했다.

"어서 병원엘 가봤으면 좋겠는데요."

안젤리가 말했다.

"잠깐만, 먼저 소장에게 어디서 사고가 났는지 알아봤으면 좋겠구먼."

안젤리는 맥그리비가 전화를 돌리는 것을 지켜보고 있었다. 그는 베르텔리 서장이 맥그리비에게 오늘 아침 자기와 오고간 대화를 귀띔했는지가 궁금했다. 그 대화는 간단 명료했다.

"맥그리비는 훌륭한 수사관입니다. 그러나 그는 5년 전에 일어난 사건 때문에 편견에 젖어 있는 것 같습니다."

베르텔르 서장은 한동안 안젤리를 물끄러미 바라보았다.

"스티븐스 박사를 옭아넣는다고 불평하는 건가?"

"서장님! 그를 불평하는 게 아니라, 서장님께서 사태를 명확히 봐 주십사고 부탁드리는 겁니다."

"좋아, 알았네."

대화는 그것이 전부였다.

그때 맥그리비는 중얼거리면서 뭔가 메모를 열심히 하면서 5분간이나 전화로 지시를 받고 있었다. 안젤리는 안절부절하며 그의 옆에서 서성댔다.

그러나 맥그리비는 전혀 눈치를 채지 못한 것 같았다. 10분 후 두 사람은 병원으로 차를 몰았다.

저드가 입원해 있는 병실은 소독약 냄새가 풍기는 긴 복도 끝의 6층에 있었다. 전화를 했던 간호사가 안내를 했다.

"상태는 어떻소, 간호사?"

"의사 선생님이 말씀하신 대로예요. 그분이 죽지 않은 게 기적 같아요. 아마 뇌진탕에 갈비뼈가 부러지고 왼손에 부상을 입었어요."

"의식은 있나요?"

안젤리가 질문했다.

"네. 침대에 붙들어 두느라고 애를 먹었어요."

그녀는 맥그리비 쪽을 보며 말했다.

"그리고 그는 계속 당신을 만나야 한다고 야단이었어요."

병실에는 여섯 개의 병상이 있었고, 모두 환자들로 차 있었다.

간호사는 한쪽 구석에 커튼이 쳐져 있는 곳을 가리켰다. 그들은 커튼을 걷고 그의 곁으로 다가갔다.

저드는 침대에 몸을 반쯤 일으킨 자세로 누워 있었는데, 얼굴은 창백하게 공포에 질린 모습이었다. 이마에는 커다란 반창고가 붙어 있었고, 왼쪽 팔은 끈으로 천장에 묶여 있었다.

맥그리비가 입을 열었다.

"사고를 당했다고요?"

"사고가 아니었소. 누군가 날 죽이려 했소."

저드가 저항하듯 말했다. 그의 목소리는 힘이 없고 떨리기까지 했다.

"누구라고 생각하십니까?"

안젤리가 들뜬 음성으로 물었다.

"모릅니다. 그러나 모든 게 다 맞아들어 갑니다."

그는 맥그리비를 돌아보았다.

"살인자들은 존 핸슨이나 캐롤이 목표가 아니었소. 그들은 날 죽이려 했던 거요!"

맥그리비는 놀란 눈으로 저드를 바라보았다.

"어떻게 그런 생각을 했소?"

"핸슨은 내 노란 레인 코트를 입었기 때문에 살해된 거요. 그들은 내가 그 옷을 입고 출근하는 것을 보았기 때문이오. 나중에 핸슨이 그 코트를 입고 나오는 것을 보고 나로 오인한 게 틀림없소."

"가능한 이야기입니다."

안젤리가 말했다.

"그래? 그래서 그들이 엉뚱한 사람을 죽인 걸 알고 당신 사무실에 들어와 옷을 벗기고 보니까, 자그마한 흑인 소녀였더라, 이건가요? 그래서 손으로 때려 죽이고……"

맥그리비가 빈정대듯 말했다.

"캐롤은 그들이 나를 해치러 왔다가 내가 없었기 때문에 당한 거요."

저드가 외치는 듯 큰 소리로 말했다.

맥그리비는 주머니에서 메모용 사건 수첩을 꺼냈다.

"조금 전에 서장에게 전화해서 사고가 났던 장소를 알아보았소."

"그건 사고가 아니라니까요."

"동료 경찰관의 보고에 의하면 당신은 차도를 무단으로 건넜다던데요."

저드는 멍한 시선으로 그를 바라다보았다.

"무단 횡단이요?"

그는 꺼져 가는 소리로 되물었다.

"차도를 그냥 건넜다던데요. 선생?"

"차는 없었소. 그래서……"

"차가 있었소."

맥그리비는 그의 말을 정정했다.

"당신이 보지 못했을 따름이오. 눈이 오고 있어 시야가 좋지 않았소. 그냥 뛰어든 거요. 운전사가 급브레이크를 밟았으나 미끄러져서 당신을 친 거요. 그러자, 운전사는 겁을 먹고 도망가 버린 겁니다."

"그렇지가 않습니다. 헤드라이트가 꺼져 있었소."

"그 사실이 핸슨과 캐롤을 살해한 증거라도 된단 말이오?"

"누군가 나를 죽이려 했던 거요."

저드는 완강하게 고집을 부렸다.

"그런다고 누가 믿을 것 같소?"

맥그리비가 고개를 저었다.

"뭐라고요?"

"당신이 혐의를 벗으려 한다고 내가 오리무중의 살인자를 찾아 여기저기를 기웃거릴 줄 아시오?"

그의 목소리는 아주 차가웠다.

"당신은 캐롤이 임신한 사실을 알고 있었나요?"

저드는 눈을 감고 머리를 베개에 깊이 파묻었다. 그것이 바로 캐롤이 나에게 말하고 싶어했던 것이구나 하는 짐작은 했었지만 말이다.

그런데 이제 맥그리비는 내가……, 그는 눈을 번쩍 떴다.

"아니오. 몰랐었소."

천천히 그러나 단호하게 말했다.

저드는 머리가 다시 지끈거리기 시작했다. 고통이 되살아오는 것이다.

그는 뱃속에서 울렁거리는 매스꺼움을 삼키려고 숨을 깊이 들이마셨다. 간호사를 부르고 싶었으나 맥그리비에게 그런 자기의 모습을 보여주기가 싫었다.

"시청에서 기록들을 모두 훑어보았소. 당신의 임신한 흑인 비서가 전에 거리의 창녀였다는 것을 알았나요?"

"······."

저드의 머리가 점점 더 아파왔다.

"스티븐스 선생, 굳이 대답할 필요는 없소. 내가 대신 말해 주지. 4년 전, 당신은 그녀를 야간 즉심에서 데려왔소. 자, 존경받는 박사님이 창녀를 데려다가 비서로 삼는다······?"

"태어날 때부터 창녀인 사람은 이 세상에 아무도 없소. 난 16세의 소녀에게 재생의 기회를 주려 했을 뿐이오."

"그리고 틈틈이 공짜로 즐기려 했고?"

"이런 지저분한 망나니 같으니!"

맥그리비는 빈정대듯 웃음을 머금었다.

"야간 즉심에서 캐롤을 데려다 어디에 재웠소?"

"내 아파트요."

"정말 거기서 재웠나요?"

"그렇소."

맥그리비가 만면에 웃음을 지었다.

"아. 잘 하셨군. 당신은 예쁜 흑인 창녀를 즉심에서 끌어내서 당신 아파트에서 같이 잤다고? 당신이 그녀와 즐기지 않았다면, 혹시 호모일지도 모르겠군. 그럼 누가 당신과 삼각관계인가? 존 핸슨? 만일 캐롤과 같이 잤다면, 그 이후도 관계를 맺었다가 임신을 시켰을 거고, 그리고 거기 누워서 어떤 미치광이가 당신을 차로 치고 도망갔다고 꾸며대고 있는 거요?"

맥그리비의 얼굴은 분노와 조소로 붉게 얼룩졌다.

그는 다시 한번 주의 깊게 저드를 쏘아보고는 병상을 떴다.

저드의 머리가 몹시 고통스럽게 쑤셔댔다.

안젤리가 걱정스런 표정으로 그를 바라보았다.

"괜찮습니까?"

"날 좀 도와 주시오. 누군가 날 죽이려 했소."

저드가 괴로운 표정으로 겨우 말을 했다.

"당신을 죽일 만한 동기를 가진 사람이 있나요, 선생님?"

"모르겠소."

"원한 관계를 맺을 만한 일이라도 있었나요?"

"없소."

"혹시 유부녀나 여자 친구와 관계를 가진 일은……?"

저드는 고개를 저었다. 그런 질문에 답하는 자신이 매우 후회스러웠다.

"당신 가족이나 친척들 중에 돈 문제로 싸운 사람은 없었습니까?"

"없소."

안젤리는 한숨을 내쉬었다.

"좋습니다. 당신을 살해할 동기를 갖고 있는 사람이 없단 말씀이죠. 그럼 환자들은 어떠했습니까? 내게 리스트를 주면 검토해 보겠습니다."

"그렇게는 할 수 없소."

"내가 원하는 건 환자의 명단뿐입니다."

"미안하오. 내가 치과의사라든가, 물리요법사라면 그럴 수 있소만, 잘 알다시피 내 환자들은 심각한 문제를 가진 사람들이오. 당신이 일일이 찾아 심문하면 그들을 파괴할 뿐만 아니라, 그들이 내게 갖고 있는 신뢰마저도 잃게 하는 결과가 되오. 그들을 더 이상 치료할 수 없게 만드니까, 절대로 리스트만큼은 줄 수 없소."

그는 지친 듯이 몸을 깊숙이 침상에 묻었다.

안젤리는 그를 조용히 바라보다가 입을 열었다.

"모든 사람들이 자기를 죽이려 한다고 생각하는 사람을 의학상으로는 뭐라고 부르는가요?"

"편집증이라 하오."

저드는 안젤리의 얼굴을 올려다보았다.

"그럼 당신은 내가……?"

"입장을 바꿔놓고 생각해 보면 어떨까요. 내가 지금 선생님처럼 병상에 누워 그와 같은 말을 하고 있다고 가정해 보면 말입니다. 당신은 나의 의사이고……."

저드는 머리 속의 통증을 이기지 못해 아예 눈을 감아버렸다.

그는 안젤리의 계속되는 목소리를 아득하게 듣고 있었다.

"맥그리비가 날 기다리고 있습니다."

저드가 눈을 떴다.

"기다려요. ……내가 진실을 말한다는 것을 증명할 기회를 주시오."

"어떻게 말입니까?"

"날 죽이려 하는 자는 또다시 시도해 올 거요. 누구든지 나와 함께 있도록 조치해 주시오. 다음 번에 그런 일이 일어나면, 그들을 잡을 수 있을 거 아니요?"

안젤리는 저드를 연민의 눈으로 바라보았다.

"스티븐스 선생, 누군가 당신을 죽이려든다면 이 세상의 모든 수사관이나 경찰도 그를 막을 수가 없습니다. 오늘 당신을 해치우지 못하면 내일이 있고, 이곳에서 해내지 못하면 또 다른 어떤 곳에서라도 일을 저지를 겁니다. 당신이 대통령이거나 왕이거나 아니면, 평범한 사람이거나 간에 생명이란 가느다란 한 올의 실낱에 불과합니다. 순간이예요. 그걸 끊는다는 것은……"

"그럼 전혀 방도가 없다는 말인가요?"

"충고를 해드리지요. 아파트 문에 새 자물쇠를 달아요. 그리고 창문은 잘 잠겨져 있는지 늘 확인하고…… 아는 사람 이외엔 절대로 아파트에 들여놓지 마십시오. 물건이나 음식은 직접 주문하지 않은 이상 배달원을 아파트에 들여놓거나 물건을 받지 않도록 세심한 주의를 하십시오."

저드는 목이 마르고 통증이 왔다. 그는 고개를 끄떡였다.

"당신의 아파트 빌딩에는 경비와 엘리베이터 안내양이 있던데 신용할 만한가요?"

"경비는 그 건물에서 십 년 동안 있었고, 엘리베이터 안내양은 8년이나 됐소. 믿을 만한 사람들입니다."

안젤리는 알겠다는 듯이 고개를 끄덕였다.

"좋습니다. 그들에게 잘 감시해 달라고 부탁하세요. 그들이 신경만 써주면 범인들이 당신의 아파트로 올라가기는 힘들어요. 사무실은 새로운 비서를 채용할 작정인가요?"

저드는 캐롤의 자리에 모르는 여자가 앉아 있는 모습을 상상해 보았다. 알 수 없는 분노가 치밀었다.

"좀더 있다가……."

"사람을 고용해 보는 건 어떻겠습니까?"

"생각해 보겠소."

안젤리는 그에게서 떠나려다가 다시 돌아섰다.

"한 가지 의문점이 있습니다."

그는 잠시 머뭇거렸다. 그러다가 말을 이었다.

"좀 이야기가 비약이 되는지는 몰라도……."

"뭐가요?"

저드는 자신의 큰 목소리에 스스로 놀랐다.

"맥그리비의 파트너를 죽인 그 친구 말입니다."

"지프린 말인가요?"

"그는 정말 미쳤나요?"

"그렇소. 맨하턴 주립병원에 정신 이상자로 입원해 있소."

"그가 혹시 선생님게 원한을 가진 게 아닐까요? 한 번 참고삼아 알아보겠습니다. 그냥 그가 도망가거나 치료 후 풀려났을지도 모르니까. 아침에 전화해 주시기 바랍니다."

"고맙소."

저드는 그의 보살핌에 진정으로 고마워했다.

"그게 제 일이지요. 선생님이 이 사건에 관계되어 있는 이상 맥그리비는 어떻게 해서라도 옭아넣으려 할 겁니다."

그러다가 다시 돌아서며 말했다.

"맥그리비에게는 내가 선생님을 위해 지프린에 대해 알아봤다는 이야기는 절대 하지 마시기 바랍니다."

"물론이지요."

두 사람은 웃음을 나누었다. 안젤리가 떠나고 저드는 다시 혼자 남았다.

그날 아침의 사정보다도 이제는 모든 정황이 더욱 불리해져 버렸다. 저드는 맥그리비의 야비한 성격이 아니라면, 이미 체포되었을 것이라고 생각했다.

맥그리비는 복수를 원하고 있으며, 모든 증거가 다 갖추어질 때까지 기다리고 있는 중이었다.

'뺑소니 사건은 우연한 사고일까? 거리에는 눈이 깔려 있었고, 그 승용차가 우연한 사고로 그를 칠 수도 있었을 것이다. 그런데 어째서 헤드라이트가 꺼져 있었단 말인가? 도대체 그 차는 어디에 있다가 그토록 맹렬한 속도로 접근해 온 것일까?'

그는 이제 그 살인자들이 다시 그를 공격할 것이 틀림없다고 믿었다. 그런 생각을 하며 저드는 깊은 잠에 빠졌다.

다음날 일찍 해들리 부부가 병문안을 왔다. 저드의 교통 사고를 조간신문에서 읽은 것이다.

피터는 저드와 같은 나이였으나 조그맣고 아주 깡마른 체구의 소유자였다. 두 사람은 같은 네브레스커 출신으로 의과대학도 함께 다녔다.

그의 아내 노라는 영국 태생의 여자로 금발이며, 작은 키에 비해 크고 육감적인 가슴을 가진 여자였다.

그녀는 매우 활달하고 친근한 성품을 갖고 있어서 그녀와 5분간만 대화를 나누고 나면 누구든 오랫동안 사귄 것 같은 착각이 들 정도였다.

"꼴이 형편없군."

피터가 저드를 자세히 뜯어보며 말했다.

"너무 그러지 말게."

저드의 두통은 그들 부부를 보자 말끔히 가셨고, 새로운 힘이 솟는 듯했다.

노라는 저드에게 붉은 카네이션 한 묶음을 건네 주었다.

"꽃을 좀 갖고 왔어요. 딱하기도 하시지."

그녀는 몸을 기울여 저드의 뺨에 입술을 가볍게 갖다 댔다.

"도대체 어떻게 된 일인가?"

피터가 매우 궁금하다는 듯이 물었다.

저드는 잠시 주저했다.

"그냥 뺑소니 사고야."

"그런데 왜 모든 일들이 한꺼번에 다 닥쳐오나? 캐롤에 대해서도 읽었지."

"엄청난 일이에요. 캐롤을 참 좋아했는데."

노라가 덧붙였다.

저드는 목이 메이는 아픔을 느꼈다.

"나도 같은 생각입니다."

"그 못된 짓을 한 놈을 잡을 수는 없겠나?"

"지금 수사 중이야."

"오늘 아침 신문을 보니까, 맥그리비는 거의 범인을 체포할 단계에 있다던데…… 뭐, 아는 것 좀 없나?"

"그냥 조금밖에 몰라. 맥그리비가 수시로 수사 상황을 알려준

다네."

저드는 씁쓸하게 말했다.

"경찰이 필요할 때는 얼마나 그들이 고마운 존재인지, 보통 때는 모르는 거예요."

로라가 말했다.

"해리스가 엑스 레이를 보여주더군. 상처는 심하지만 장파열 같은 것은 없다는군. 며칠이면 퇴원하겠지."

그러나 저드는 시간이 없다는 것을 잘 알았다.

그들은 30분 정도 이런저런 이야기를 나누었다. 그러나 캐롤에 관한 이야기는 입밖에 내지 않았다.

피터와 노라는 존 핸슨이 그의 환자라는 사실을 모르고 있었다. 무슨 이유인지는 몰라도 맥그리비는 신문에서 그 이야기를 하지 않았던 것이다.

그들이 자리에서 일어나려 할 때, 저드는 피터에게 단 둘이 이야기하고 싶다고 했다. 노라가 밖에서 기다리는 동안 저드는 피터에게 해리슨 버케에 대한 이야기를 했다.

피터가 말했다.

"미안하네. 내가 그를 자네에게 보낼 때 상태가 좋지 않다는 건 알고 있었으나 가능성이 있다고 믿어서였지. 물론 자네 의견에 이의가 없네. 언제 그의 사장에게 이야기하려 하나?"

"여길 나가는 즉시……"

그러나 저드는 그에게 거짓말을 하고 있었다.

그는 해리슨 버케를 정신 병원에 보낼 생각이 없었다. 무엇보다도 먼저 저드는 버케가 두 건의 살인을 저지르지 않았는가를 알아낼 작정이었다.

"여보게 친구, 내가 도울 일이 있으면 연락하게."

피터는 가 버렸다.

저드는 그의 다음 행동을 계획하며 누워 있었다. 그를 죽일 만한 동기를 가진 사람이 없다면, 그 살인은 틀림없이 정신 이상인 자가 아니면, 그에게 막연한 반감을 가진 사람의 짓임이 틀림 없었다.

그런 범주에 속하는 사람은 그의 주위에 해리슨 버케와 맥그리비의 파트너를 죽인 아모스 지프린 두 사람밖에 없었다.

만일 핸슨이 살해된 날 아침 버케의 알리바이가 확실치 않으면 안젤리에게 그의 행방을 추적해 달라고 요청할 생각이었다. 이제껏 그를 휩쌌던 절망감이 어느 정도 가벼워지는 기분이었다.

드디어 그 역시도 어떤 일을 할 수 있는 단계에 와 있음을 깨달았다. 어서 병원을 빠져나가야 한다고 결심했다.

그는 간호사에게 해리스 선생을 좀 보자고 부탁했다.

10분 후, 세이무어 해리스가 병실로 들어왔다. 그는 맑은 푸른 눈의 소유자로 검은 머리가 뺨까지 덮인 장발의 모습을 하고 있었다.

저드는 그와 오랜 지기였으며, 늘 그를 존경했다.

"이거야… 잠자는 미남이 깨셨나? 보기 흉하군."

"괜찮다네, 여길 나가고 싶어."

"언제?"

"지금 곧……"

해리스는 저드를 의아한 시선으로 쳐다보았다.

"입원한 지 얼마나 된다고…… 며칠 쉬는 게 어때? 아주 멋진 간호사를 보내주겠네."

"고맙네, 세이무어. 그러나 곧 퇴원할 일이 있어."

해리스는 한숨을 쉬었다.

"좋아, 자넨 의사며, 박사님이니까. 그러나 아무리 병원 생활이 고생이라도 현재 자네와 같은 상태라면 걷지도 못할 걸세."

그는 저드를 유심히 바라보며 말했다.

"혹시 내가 도울 일이라도……?"

저드는 머리를 흔들었다.

"심부름하는 아이에게 옷을 가져오라고 시키지."

30분 후, 접수실의 여직원이 택시를 불렀다.

그는 10시 15분에 그의 사무실로 아픈 몸을 끌고 돌아왔다.

<제 6 장>

빛과 그림자

테리 와쉬번이 약속한 대로 복도에서 기다리고 있었다. 20여 년 전, 테리는 헐리우드 영화계에서 최고의 명성과 영예를 한몸에 누렸던 여배우였다.

그러나 하룻만에 그녀의 생애에 변화가 왔다. 오래곤 출신의 목재상과 결혼한 후 돌연 자취를 감춘 것이다.

그 이후 테리는 다섯 번인가, 여섯 번인가 이혼과 결혼을 번갈 아 섭렵했고, 지금은 수입상을 경영하는 남편과 함께 뉴욕에서 비교적 안정된 생활을 보내고 있었다.

저드가 맞은편 복도를 걸어오는 것을 보자, 그녀는 화가 난 표정으로 그를 쳐다보고 있었다.

"왠일이에요?"

"사고 때문에 늦어서 미안합니다."

그는 문을 열고 테리를 부속실로 안내했다.

캐롤의 자리가 텅 비어 있어 그 어떤 안타까움이 또다시 그를 순간적으로 고통을 주었다.

"캐롤에 대한 기사를 읽었어요, 섹스와 관계되는 살인인가요?"

테리의 목소리는 흥분으로 들떠 있었다.

"아니오."

저드는 짧고 냉담하게 대답하면서 사무실 문을 열었다. 그리고는 나직한 음성으로 그녀에게 말했다.

"십 분만 기다려 주십시오."

저드는 자기 책상 위에 놓여 있는 그날의 진료 명단을 보고 전화를 걸어 약속을 취소하기 시작했다.

세 명의 환자를 제외하고는 모두 연락이 닿았다. 다시 온몸이 쑤셔 왔고 통증과 함께 머리 속이 울리기 시작했다.

그는 응급용 약제함에서 진통제 두 알을 꺼내 단숨에 삼켜버렸다. 그리고는 부속실 문을 열고 테리를 들어오도록 했다.

저드는 앞으로 약 50분 동안은 일체의 잡념을 버리고 환자의 제반 문제에 대해 전념해야 했다.

테리는 스커트를 아무렇게나 걷어 올린 채 소파에 누워 이야기를 시작했다.

20년 전.

테리 와쉬번은 헐리우드 여배우들 중에서도 가장 손꼽는 미녀로 선망의 대상이었다. 아직도 그런 아름다움이 여름 저녁의 햇살처럼 그녀에게 남아 있었다.

그녀의 두 눈은 매우 크고 부드러웠으며 천진스럽게 맑고 명랑해 보였다. 육감적인 입술 가장자리에는 약간의 주름이 잡혀 있으나 아직도 도전적이였으며, 젖가슴은 몸에 꼭 끼는 쁘지 블라우스 밑에 둥글고 탄력 있는 모양을 그대로 지니고 있었다.

저드는 그녀가 유방에 성형용 실리콘을 주입하지 않았나 하는 의심을 갖고 있었으나, 그 문제는 그녀가 그 사실을 스스로 털어놓을 때까지 기다리기로 했다.

어쨌든 그녀의 육체는 젊음을 그대로 간직하고 있는 듯 매우 훌륭해 보였으며, 두 다리 역시 균형과 탄력을 자랑하고 있었다.

대개의 경우 저드의 여성 환자들은 자신들이 미남 의사와 사랑에 빠지는 감정을 느끼고 있었다.

즉 그것은 환자와 의사의 관계에서 환자→보호자→연인의 관계로 발전하는 자연스런 감정의 흐름이었다.

그러나 테리의 경우는 달랐다. 그녀는 처음 본 순간부터 저드와 관계를 갖자고 했다. 때때로 그녀는 모든 것을 동원해서 저드를 유혹하려고 적극적으로 도전해 왔다. 사실 육체는 그녀의 강력한 무기였다.

그럴 때마다 그는 그녀에게 점잖게 행동하지 않으면 다른 의사에게 보내겠다고 반 으름장을 놓았다. 그러고 나면 그녀는 주인한테 혼난 강아지처럼 곧 얌전해졌으나 저드의 약한 곳을 찾아 다음 공세를 위해 부단히 노력하는 것처럼 보였다.

한 영국의 유명한 의사가 안티베에서 테리와 스캔들을 일으키고는 결국 그녀를 저드에게 의뢰하였던 것이다.

또 프랑스의 한 신문 가십 기사는 그녀가 약혼한 희랍의 해운 왕과 요트로 휴가를 즐기는 동안, 약혼자가 로마로 출장을 간 사이에 그의 세 형제와 잠자리를 같이 했다고 폭로했다.

그러나 그 기사는 곧 자취를 감추었고, 기사를 쓴 기자는 얼마 후에 파면당하고 말았다.

그 후에도 그녀에 대한 염문은 쉴사이 없이 꼬리를 물었다.

저드와 처음 만났을 때 테리는 그것이 사실이었다고 자랑삼아 말했다.

"아주 황홀했어요. 난 늘 만족한 섹스가 필요하다구요. 그런데 충분히 만족을 느낄 수가 없었어요."

그녀는 손으로 엉덩이를 쓰다듬으며 스커트 자락을 슬쩍 걷어올리고는 저드를 향해 순진한 눈길을 보냈다. 그러면서 그녀는 들뜬 음성으로 속삭이듯 말했다.

"뭘 의미하는지 아시겠어요?"

그때 저드는 아예 두 눈을 감아버리고 싶은 심정이었다.

그녀의 첫 방문 이후 저드는 테리에 대해 보다 많은 것을 알아낼 수 있었다.

그녀는 펜실베니아의 작은 탄광촌 빈민 가정에서 태어났다.

"아버지는 일자 무식꾼의 폴란드계 이민이었어요. 그는 늘 술에 젖어 있었고 밤이면 고래고래 소리를 지르며 엄마를 때렸어요. 난 늘 무서움과 배고픔에 떨었죠."

그녀가 열 여섯 살이 되자, 타고난 미모와 성숙한 몸매는 즐길 것이라고는 아무것도 없는 가난한 탄광촌의 젊은 광부들과 갱속에서 적당히 놀아주면 돈푼이나 얻어낼 수 있다는 사실을 터득하기 시작했다.

그런 딸의 부정한 행동을 안 그녀의 아버지는 어느 날, 술에 만취되어 돌아와서는 알아들을 수 없는 폴란드 말로 온갖 욕설을 퍼부으며 어머니를 밖으로 내쫓아 버리고는 문을 안으로 걸어 잠갔다.

그리고는 테리의 상의를 강제로 벗긴 다음 자기의 가죽 허리띠를 풀어 그녀를 매질하기 시작했다.

금새 그녀의 잔등에는 뱀이 지나간 자리처럼 피멍울이 졌고 아픔과 고통의 비명이 울릴 때마다 그의 행동은 더욱 난폭했다. 실컷 때리고 난 후 그는 실신해 있는 딸을 강간해 버린 것이다.

저드는 그녀가 남의 일처럼 이야기를 하며 누워 있는 것을 조용히 지켜보았다. 하지만 그녀의 표정에는 아무것도 나타나 있지 않았다. 그는 암울한 공기가 머리 속을 흘러들어오는 것 같은 아련한 현기증을 순간적으로 느꼈다.

"그러고는 끝이었어요."

"도망을 했소?"

테리는 놀란 듯이 소파에서 몸을 일으켰다.

"뭐라구요?"

"아버지가 당신을 강간한 후에 말이오?"

"도망을 갔느냐구요?"

그녀는 고개를 뒤로 젖히고 커다랗게 웃음을 터뜨렸다.

"난 그걸 즐겼다구요. 날 쫓아낸 건 우리 엄마였어요."

저드는 녹음기를 틀었다.

"오늘은 무슨 이야기를 하고 싶소?"

"섹스에 대해서 말하고 싶어요. 당신이 왜 그렇게 무감각한지 서로 좀 진지하게 분석해 봐요."

저드는 그녀의 말을 무시해 버렸다.

"캐롤의 죽음이 성과 관계가 있다는 것을 어떻게 생각하게 되었소?"

"왜냐 하면 제 견해로는 모든 문제는 다 섹스와 연결된다고 봐요."

그녀가 몸을 뒤척이자, 스커트가 더 올라갔다.

"스커트를 좀 내려요, 테리."

그녀는 예의 그 순진한 표정을 지었다.

"미안해요. 지난 토요일 저녁에는 아주 근사한 생일 파티가 있었어요, 선생님."

"그것에 대해 말해 봐요."

그녀는 뭔가 망설였다.

"절 미워하지 않으시겠죠?"

"내 허락을 받을 이유는 아무것도 없어요. 당신이 말하고 싶은 것은 무엇이든지 안심하고 말하시오. 옳고 그른 것은 늘 상대적이니까. 세상에 무슨 규칙이란 건 없소. 있다 해도 규칙이란 사람들이 만드는 거고……"

잠시 뭔가 망설이듯 생각에 빠져 있던 그녀가 입을 열었다.

"굉장한 파티였어요. 남편이 6인조 악단을 초청했어요."

저드는 그녀의 다음 말을 기다렸다. 그러자 그녀가 그를 올려다보았다.

"절 형편 없는 여자라고 욕하지 않으시겠죠?"

"난 늘 당신을 도우려는 사람입니다. 우린 누구나 부끄러운 일을 저지르게 마련이오. 그렇다고 그런 짓을 계속해도 좋다는 뜻은 아니오."

그녀는 잠시 저드를 눈여겨보고는 다시 소파에 몸을 눕혔다. 스커트가 아슬하게 그곳을 가렸다.

"남편 해리가 무능력자라는 걸 말하지 않았던가요?"

"했소."

그녀는 늘 이야기를 되풀이해서 말하곤 했었다.

"결혼한 후 지금까지 한 번도 제대로 일을 치르지 못했다구요. 늘 무슨 핑계만 대고……"

그녀의 입이 이상하게 삐뚤어졌다. 그러나 저드는 아무 말도 할 수 없었다.

"저어, 토요일 저녁에 해리가 지켜보는 데서 악사들과 그걸……"

그녀는 울기 시작했다.

저드는 그녀에게 크리넥스를 건네주고는 옆의 의자에 앉은 채로 그녀의 다음 행동을 지켜보았다.

그녀가 처음으로 헐리우드에서 한 일은 드라이브언 극장의 급사 자리였다. 그리고는 몇푼 안 되는 급료를 몽땅 삼류 연극 학원에 갖다 바쳤다.

어느 날, 테리의 담당 연극 선생은 자기의 집안 일을 보살펴 주는 대신 특별히 개인 지도를 하여 주겠다고 유혹해서는 집으로 끌고 갔다. 그리고는 배드 신의 연기를 가르친다면서 그녀의 육체를 즐겼다.

그런 생활이 몇 주일 계속되자, 그 연극 선생이 자기에게 아무 것도 성취시켜 줄 수 없으리라는 것을 늦게나마 깨달은 그녀는 그의 집을 뛰쳐 나와 비벌리 헬스의 한 호텔가게 출납원으로 다시 취직했다.

그러던 어느 날, 영화 제작자가 아내에게 줄 크리스마스 선물을 사기 위해 한 가게에 들렀다. 그때 그녀의 천부적인 미모와 자태를 눈여겨보고는 테리에게 명함을 주며 시간이 나면 전화를 걸어 달라는 요청을 받았다.

그로부터 일 주일 후, 테리는 스크린 테스트라는 것을 받았다. 하지만, 그녀는 전혀 연기력이 없었고 행동까지 어색했다.

그러나 그녀에게는 세 가지 강점이 있었다.

즉, 천사와 같은 순진함과 어딘지 모르게 외로움이 깃들어 있는 듯한 창백한 얼굴과 어떤 남자라도 매료되지 않을 수 없는 육감적인 몸매를 가지고 있었으며, 특히 연기자의 생명이라고 할 수 있는 사진을 잘 받아 스튜디오 담당자들도 그녀를 탐냈다.

첫 해에 테리 와쉬번은 여러 편의 영화에 단역으로 출연했다. 그러자 팬레터가 오기 시작했고 차츰 그녀의 연기력이 쌓여 가면서 중요한 역을 맡기 시작했다.

1년 후 그녀의 후견인이 심장마비로 죽자, 테리는 영화사로부터 해고당할 것을 두려워하였으나 새 사장은 그녀를 불러 다음 영화 출연에 대한 새로운 교섭과 함께 출연료의 인상과 분장실이 달린 아파트까지 제공받았다.

이러한 모든 것은 그녀의 육감적인 육체로 인한 것이었으며, 그 대가를 착실히 지불받았던 것이다.

그 후 테리의 배역은 점점 높아져 2급 영화의 주연을 맡게 되었고, 그녀가 출연한 영화가 상영되기만 하면 관객수가 날로 늘어 성공을 거두었다. 이제는 일급 영화의 주역으로 탈바꿈하게 되었다.

이 모든 일들은 이미 지나간 과거의 단편들이었으며, 지금 자기 앞에서 울음을 터뜨리고 있는 늙고 나약한 한 여자의 일생을 보자, 저드는 측은한 감에 젖어 연민의 눈으로 바라보았다.

"물을 좀 갖다 드릴까요?"

"아아뇨. 괜찮아요."

그녀는 핸드백에서 손수건을 꺼내 코를 풀었다.

"바보같이 울어서 미안해요."

그녀가 일어나 앉았다.

저드는 자리에 가만히 앉아서 그녀가 마음을 진정시킬 때까지 기다렸다.

"어쩌자구 내가 해리 같은 사람과 결혼했는지 몰라요."

"아주 중요한 얘긴데요. 왜 그와 결혼했는지 특별한 이유라도 있었나요?"

그러자 그녀가 소리치듯 말했다.

"내가 그걸 어떻게 알아요. 당신은 정신분석의이시잖아요. 그런 사람이라는 걸 알았다면 왜 결혼했겠어요."

저드는 지지 않고 말했다.

"그럼 왜 그랬을까요?"

그때 그녀는 어떤 큰 충격을 받은 듯이 저드를 순간적으로 노려다보다 자리에서 발딱 일어섰다.

"내가 그걸 알 수 있다고 생각하시나요. 이런 더러운 망나니 같으니라구. 당신은 내가 밴드 맨들과 그 짓을 하고 싶었다고 믿는 거예요?"

"아! 그랬던가요?"

그녀는 분노에 차서 바로 옆에 놓인 꽃병을 들어 그에게 던졌다. 꽃병은 책상 위로 떨어지면서 산산조각이 나버렸다.

"이게 내 대답이에요."

"아니오. 이 꽃병은 이백 달러짜리요. 계산서에 포함시키겠소."

그녀는 넋을 잃고 그를 바라보았다. 한 마리의 순진한 고양이로 변해 있었다.

"내가 정말 그걸 좋아했다고 생각해요."

그녀가 속삭이듯 말했다. 순진한 음성이었다.

"나에게 진실을 말해 봐요."

이제 그녀의 목소리는 흐느낌 속으로 젖어들고 있었다.

"난, 아무래도 환자인가 봐요. 아! 하나님, 난 병이 들었어요. 절 도와 주세요. 선생님!"

저드는 그녀의 곁으로 천천히 다가갔다.

"당신을 도울 수 있도록 나를 먼저 도와줘야 합니다."

그녀는 힘없이 고개를 끄떡였다.

"자, 테리. 이젠 집에 가서 어떻게 그런 욕망을 느끼게 되는지 잘 생각해 봐요. 먼저 무슨 일을 하기도 전에 왜 그런 일을 저지르고 싶은 충동이 일어나는지 자신을 잘 관찰해 봐요. 그걸 알게 되면 당신은 그것으로부터 해방될 수 있습니다."

그녀는 잠시 그를 연민에 찬 시선으로 바라보며 안심이 된다는 표정을 지었다.

그녀는 손수건을 꺼내 다시 코를 풀었다.

"당신은 정말 근사한 사람이에요. 찰리 브라운 씨!"

그녀는 핸드백과 장갑을 집어들었다.

"그럼 다음 주에 올까요?"

"그렇게 해요."

그는 테리의 문제가 무엇인지 잘 알고 있었다. 그러므로 그녀 스스로가 그 문제에 부딪쳐서 극복하기를 기다렸다.

그녀에게 있어서 사랑이란 돈으로 사는 것이 아니라, 그냥 아낌 없이 주어야 한다는 맹목적인 사랑의 본성을 터득하는 것만이 치료의 지름길이었다.

또한 그녀의 끊임없이 반복되는 남성 편력으로 보아 항상 많은 주위 남성들로부터 열렬한 찬사와 달콤함으로 가장된 사랑을 받기만 해왔던 그녀로서는 한 남성에게 진실한 사랑을 줄 수 없다는 사실을 스스로가 깨닫지 않고서는 구제받을 수 없었다.

그때까지는 자기의 육체로 사랑을 사는 수밖에 없었다. 거기에 따르는 대가란 항상 암울한 터널과 같은 분열과 망상의 세계가 있을 뿐이었다.

저드는 그녀가 인생의 황혼 무렵에 치루어야 할 끝없는 절망의 늪을 생각하면 측은한 마음이 들었다.

그는 확고한 신념을 가지고 있어도 자기 환자의 문제에 대해서는 항상 초연한 태도를 취했다. 그것이 치료의 방편이라고 믿었기 때문이었다.

그러나 실제에 있어 그가 환자들의 문제로 악몽에 시달리는 정신적인 고통을 당하고 있었다는 사실을 안다면, 그를 잘 알고 있는 사람들은 놀라지 않을 수 없을 것이다.

그는 개업한 후 거의 반 년 동안을 심한 두통에 시달려야만 했다. 그는 자기를 믿고 찾아온 환자들의 증세를 자신이 직접 체험해야 했으며, 일 년이란 시간이 지나고 나서야 그런 고통스러움을 극복할 수 있었다.

텅 빈 사무실에 혼자 남게 되자 자신의 문제들이 어둠처럼 불안하게 몰려오기 시작했다.

그는 전화로 교환을 불러 19번 파출소를 부탁했다. 교환양은 곧 전화를 연결해 주었다.

맥그리비의 낮고 깊은 목소리가 저쪽 끝에서 울려 왔다.

"맥그리비 경사입니다."

"안젤리 형사를 부탁합니다."

"잠깐 기다리시오."

저드는 맥그리비가 수화기를 놓는 소리를 들었다.

잠시 후에 거리의 소음에 섞여 안젤리의 목소리가 들려왔다.

"19번 파출소, 안젤리입니다."

"나, 저드 스티븐스인데, 전에 부탁한 정보를 좀 확인해 보았소?"

잠시 뭔가 주저하는 듯싶더니 조심스럽게 대답했다.

"알아보았습니다"

"그러면 그렇다, 아니면 아니라고 대답해 주시오."

저드의 가슴이 마구 뛰었다. 그는 다음 질문을 하기에 무척 곤혹스러웠다.

"지프린은 아직도 메틴완에 있던가요?"

잠시 동안 침묵이 흐르고 난 뒤에 안젤리가 대답했다.

"아직도 거기에 있습니다."

순간 커다란 실망이 파도처럼 그를 감쌌다.

"아! 알았어요."

"미안합니다."

"수고했습니다."

저드는 천천히 수화기를 내려놓았다.

이제는 해리슨 버케밖에 남아 있지 않았다.

그는 지금도 과대망상증으로 주위의 사람들이 모두 자기를 죽이려 한다고 광분하고 있지 않은가? 과연 버케가 저지른 짓일까? 그것은 아직도 어둠 속 어딘가에 남아 있는 불꽃과 같은 미지수였다.

존 핸슨은 지난 월요일 아침 10시 50분에 사무실을 나가서 몇 분 후에 살해되었다.

저드는 무엇보다도 먼저 그 시간에 버케가 과연 자기 사무실에 있었는지를 알아내야 했다. 그는 버케의 전화번호를 찾아 다이얼을 돌렸다.

"국제철강입니다."

아무 감정도 없는 단조로운 목소리가 들려 왔다.

"해리슨 버케 씨를 부탁합니다."

"버케 씨요? 감사합니다. 잠깐 기다리세요."

저드는 버케의 비서가 자리를 비운 사이 그가 직접 전화를 받으면 뭐라고 변명할 것인가 하고 마음을 졸였다.

"버케 씨 사무실입니다."

다행히도 여자의 목소리였다.

"난 저드 스티븐스 박사입니다. 좀 알고 싶은 것이 있어서 전화 드렸습니다."

"아, 스티븐스 박사님……"

그녀의 친절한 목소리에는 벌써부터 그에 대해 잘 알고 있다는 안도감이 깃들어 있었다.

그녀는 버케가 저드의 환자임을 잘 알고 있다는 듯 말했다.

"버케 씨의 청구서에 대한 것을 알고 싶어서 그렇습니다."

저드가 먼저 말했다.

"그의 청구서요?"

전화 끝에서 실망한 듯한 그녀의 목소리가 매달리듯 들려왔다.

그는 재빨리 다음 말을 이었다.

"비서가 없어서 그래요. 다름 아니라 버케 씨의 미납금을 알고 싶어서 전화드렸습니다. 내가 알기로는 지난 월요일 아침 아홉 시 삼십 분에 약속이 있었던 모양인데, 혹시 아가씨가 그날 아침 버케 씨의 일정에 대해 알고 있나 해서……"

"잠깐 기다리세요."

그녀는 별로 흥미 없다는 듯이 중간에서 말을 잘라 대답했다.

저드는 그녀의 마음을 읽을 수 있었다. 그녀의 윗사람은 정신이 돌아 있는데, 의사라는 작자는 돈에만 관심이 쏠려 있으니 비서인 그녀의 실망을 직감할 수 있었다.

잠시 후에 그녀가 다시 전화기를 들었다.

"아마 박사님의 비서가 실수를 했나 봐요. 부사장님은 월요일 아침 선생님을 방문할 시간이 없었는데요?"

"확실한가요? 내 비서의 메모에는 아홉 시 사십 분에……"

"거기에 뭐라고 적혀 있든지 간에 부사장님께서는 월요일 아침 내내 중역 회의에 참석하고 계셨어요. 여덟 시부터 시작된 회의였으니까요."

이제 그녀의 목소리에는 짜증 속에 화가 난 음성으로 바뀌어 가고 있었다.

"한시간 정도 빠져 나왔을 가능성은 없었나요?"

"전혀 그럴 수가 없어요. 회의가 끝난 후에도 부사장님은 종일 사무실에 계셨어요."

그녀의 목소리에는 가시가 돋쳐 있었다.

"전화하셨더라고 전해 드릴까요?"

"그럴 필요까지는 없어요. 고맙소."

그는 뭔가 위로의 말을 하고 싶었으나 마지막 기대했던 것이 무너지는 듯한 허탈감에 빠져 아무 말없이 전화를 끊었다.

이제 그는 보이지 않는 높은 벽 속에 갇힌 기분이었다. 지프린과 해리슨 버케가 그를 죽이려 하지 않았다면, 그 누구도 그를 죽일 만한 이유가 없었던 것이다. 결국 그는 또다시 제자리로 돌아온 셈이었다.

그러나 실제 상황은 그렇질 못했다. 어떤 사람이 그의 여비서와 환자를 무참히 살해했다. 그렇다면 자동차 사고 역시 우연한 것이란 말인가? 그 당시의 일을 곰곰 생각해 보면 전혀 우연 같지가 않았다.

지난 며칠 동안 그의 주변에서 일어난 그 엄청난 일련의 사건들은 누군가에 의해 미리 계획되고 조정된 것이 아니라면, 지금

극도로 흥분되어 있는 그의 감정 상태로 보아서 우연히 연속된 사건을 고의적으로 생각할 수 있는 정신 질환에 해당된다는 말인가?

그러나 그를 죽일 만한 동기나 원한을 가진 사람은 그의 주위에는 아무도 없었다. 또한 그는 자기를 찾아오는 모든 환자들과 더할 나위 없는 의사라는 높은 직업 의식 속에 좋은 유대관계를 맺고 있었으며, 친구들과도 따뜻한 우정을 지속시키고 있었다.

또 그 자신이 자기의 행동을 판단해 보더라도 아무에게도 해를 입힌 일은 하지 않았던 것이다.

그때 전화벨이 울렸다. 저드는 즉시 앤 블레이크의 낮고 부드러운 목소리를 금방 알아들을 수 있었다.

"지금 바쁘세요?"

"아닙니다. 얘기해 보세요."

그녀의 낮고 부드러운 목소리에는 불안에 젖은 어둠이 깃들어 있었다.

"자동차 사고를 당했다는 신문을 읽었어요. 일찍 전화드리려고 했으나 어디 계신지 몰라 지금에서야 연락을 드리는 거예요."

저드는 아무렇지도 않다는 듯한 명랑한 목소리로 바꾸었다.

"별로 심각한 상태는 아닙니다. 길을 걸을 땐 항상 조심해야 한다는 교훈을 얻었어요."

"신문에는 고의적인 사고라던데요?"

"그건 그렇소."

"누가 그랬는지는 찾아냈어요?"

"아니오. 누군가 부주의한 운전수의 실수였던 것 같소."

"확실하세요?"

그녀의 질문에 저드는 자신도 모르게 깜짝 놀랐다. 그의 음성이 당황해졌다.

"무슨 뜻인가요?"

"잘 모르겠어요. 그냥 지난 주에는 캐롤이 죽고 또 이번에는……"

'아! 앤도 그 두 사건을 서로 연관시켜 생각하는구나.'

"마치 어떤 성난 미치광이가 선생님 주위를 떠돌아 다니는 느낌예요."

"그렇다면 경찰이 곧 잡겠죠, 뭐."

저드는 그녀를 안심시키려 했다.

"그렇지 않은 것 같아요."

잠깐 동안 어색한 침묵이 전화기 사이에서 흘렀다. 뭔가 이야기할 것이 많은 것 같았으나, 아무것도 머리에 떠오르지 않았다.

순간 저드는 환자가 의사에게 보내는 걱정 이상의 것을 기대해서는 안 된다고 강한 직업 의식을 느꼈다.

앤은 누구든지 곤란한 입장에 놓여 있는 사람을 동정하는 그런 타입의 여자였다. 그것 이외에는 아무것도 그녀에게서 찾아볼 수 없었다.

"금요일에는 꼭 나오는 겁니다."

"네…… 그러겠어요."

그러나 그녀의 목소리에는 자신이 없는 듯한 절박한 감정을 느끼게 해주었다.

마음이 변한 것은 아닐까?

"그냥 만나는 겁니다. 치료가 아니예요."

저드는 자기 쪽에서 재빨리 말해 버렸다. 하지만 그것은 어디까지나 환자와 의사의 만남이어야 옳았다.

"알겠어요. 안녕히 계세요, 스티븐스 선생님!"

"안녕! 블레이크 여사. 주신 전화 고마웠습니다."

그는 전화를 끊었다. 그리고는 앤을 생각했다. 또 그는 앤의 남편이 얼마나 운이 좋은 사람인가를 상상해 보았다.

'그녀의 남편은 어떤 사람일까?'

앤이 단편적으로 말한 것을 종합해 보면 그녀의 남편은 남자로서 자기의 할 일을 책임지는 매력적이고 사려 깊은 사람처럼 느껴졌다.

그는 열렬한 스포츠맨이며 명랑한 성격의 소유자로서 예술품에 대한 깊은 안목과 돈을 유효적절하게 쓸 줄 아는 사람의 이미지가 강했다.

저드는 자신의 친구로 삼을 만한 그런 층의 사람으로 생각했다. 물론 지금과 같은 상황과 위치에 떠난 입장에서 말이다.

그렇다면 그녀가 남편과 상의하지 못할 문제란 과연 무엇이란 말인가?

앤의 성격으로 보아 그녀가 결혼하기 전이나 결혼 후 다른 남자와 맺은 관계 때문이라는 것이 어느 정도는 확실했다.

저드는 단순히 그녀가 일시적인 쾌락이나 자기 만족을 위해 바람을 피울 여자로는 보지 않았다.

어쩌면 이번 금요일에 자기와 만날 때 그녀 자신이 모든 것을 내보일지도 모를 일이다. 그녀를 마지막으로 만나는 날 말이다.

그날 오후는 짧은 겨울 햇살처럼 지나가 버렸다.

저드는 약속을 취소할 수 없는 환자들과 대담했다. 마지막 환자가 다녀간 후, 그는 버케와의 대담 녹음 테이프를 꺼내 간간히 메모를 하며 다시 듣기 시작했다.

테이프가 다 돌아가고 끝나자 그는 녹음기를 껐다. 이제는 더 선택의 여지가 없었다.

내일 아침 버케의 사장을 전화로 불러 그의 상태를 통지해 주어야겠다고 마음 속으로 결정했다.

창밖을 내다보자, 이미 밖이 어둠에 싸여 있는 것을 보고 자신도 모르게 놀랐다. 거의 여덟 시가 다 되어가고 있었다.

일을 끝내자 갑자기 몸이 뻣뻣해지면서 피로가 창밖의 어둠만큼이나 강렬하게 엄습해왔다.

빨리 아파트로 돌아가서 따뜻한 욕조물에 몸을 담고 싶다는 작은 욕망에 사로잡혔다.

저드는 빠른 동작으로 녹음 테이프를 전부 파일에 넣은 다음 버케의 것만 책상 서랍에 넣고 열쇠를 채웠다. 이제 그가 할 일이라고는 법원 전속 전문의에게 버케의 녹음 테이프를 넘기는 일뿐이었다.

그가 막 코트를 입고 도어가 있는 쪽으로 다가갔을 때 전화벨이 울렸다. 그는 재빨리 달려가 수화기를 들었다.

그러나 전화 속에서는 아무 말도 없었다. 다만 무겁고 콧소리가 나는 거친 숨소리밖에 들리지 않았다.

"여보세요?"

대답이 없었다.

저드는 수화기를 놓고 미간을 찌푸리며 잠시 동안 멍하니 그 자리에 그림자처럼 서 있었다.

'잘못 걸려온 전화겠지.'

그는 스스로 자기 마음을 위로하며 사무실 불을 끈 다음 도어를 잠그고 엘리베이터가 있는 곳으로 걸음을 옮겼다. 다른 사무실의 직원들은 이미 다 떠난 뒤의 복도를 천천히 걸었다.

아직 야간 근무자들이 올 시간은 멀었고 경비원인 비글로우를 제외하고는 빌딩 안에는 아무도 없었다.

저드는 엘리베이터 앞으로 다가가 단추를 눌렀다. 표시등이 켜지지 않았다. 다시 단추를 눌렀으나 역시 마찬가지였다.

그 순간 복도의 모든 불들이 꺼져 버렸다. 암흑 속에 그만이 홀로 남았다.

〈제 7 장〉
어둠속의 침입자

저드는 엘리베이터 앞 어둠 속에서 망연히 서 있었다.

갑작스런 어둠이 마치 완강한 육체의 힘같이 그를 순식간에 휩싸며 공포 속으로 밀어넣었다. 심장의 고동이 잠시 멈추는가 싶더니 갑자기 빨리 뛰기 시작했다.

그는 주머니를 뒤져 성냥이나 라이터를 찾았다. 그러나 담배를 피우지 않는 그로서는 그와 같은 물건이 주머니 속에 있을 턱이 없었다.

'어쩌면 아래층에는 전기가 나가지 않았는지도 모르지.'

그는 천천히 그리고 조심스럽게 비상 계단으로 향하는 복도 끝을 향해 걸어갔다.

겨우 문을 열자, 계단 역시 암흑만이 몰려 있을 뿐이었다. 조심스럽게 계단의 손잡이를 더듬으며 한 계단씩 발을 옮겨 놓았다.

그때 아랫쪽에서 윗계단을 향해 번쩍이는 불빛이 어둠을 뚫고 그의 시야에 들어왔다.

　비로소 저드는 안도의 숨을 내쉬었다. 경비원 비글로우 같았기 때문이다.

　"비글로우?"

　그는 어둠 속을 향해 소리쳤다.

　"비글로우! 나 스티븐스 박사요!"

　그의 목소리는 울리지 않는 메아리가 되어 벽과 계단 사이에서 공허한 여운을 남겼다.

　손전등을 든 사람은 아무 대답도 없이 계속해서 계단을 올라오고 있었다.

　"거기 누구요?"

　그가 불안에 섞인 음성으로 다시 소리쳐 보았으나 그의 말은 곧 어둠 속에 갇혀 버렸다.

　그러자 갑자기 그것이 누구인지를 저드는 머리에 떠올렸다. 그를 죽이기 위해 침입한 암살자라는 새로운 사실이 더욱 공포를 느끼게 해주었다.

　지금 층계를 무법자처럼 밟고 올라오는 암살자는 2인조가 분명했다.

　한 사람은 이 건물 어디서인가에서 전기를 모두 꺼버리고, 다른 한 명은 저드가 도망칠 수 있는 단 하나의 출구인 비상 계단을 막고 올라오는 중이었다.

　손전등 불빛은 거의 2~3층 계단 아래까지 와 있었으며 점차 그 속도를 빨리 하고 있었다.

　저드의 온몸은 전율과 공포로 식어가고 있었고. 심장은 곧 터져버릴 듯이 뛰고 있었다. 무릎의 힘마저 빠져 버렸다.

그는 몸을 돌려 자기의 사무실이 있는 층으로 다시 올라왔다. 그리고는 비상구 문을 열고 잠시 귀를 기울였다.

'만일 지금 다른 한 명이 어둠 속 복도에서 자기를 기다리고 있다면?'

아랫쪽 계단을 밟고 올라오는 발자국 소리가 점점 크게 들려왔다. 그만큼 가까이 다가왔다는 것을 말해 주고 있었다. 입안이 바짝 말라 숨조차 제대로 쉴 수가 없었다.

저드는 체념한 듯 복도로 올라섰다. 엘리베이터 앞에서부터 사무실까지의 거리를 측정했다. 그러나 다행이 침입자의 모습은 복도에 없었다.

그가 사무실 앞에 도착하자 복도 끝의 비상구 문이 열리는 둔탁한 소리가 들렸다. 단숨에 달려올 것 같은 공포에 손이 떨려 그만 열쇠를 떨어뜨렸다.

'찰깍'하는 금속성 소리가 났다.

그는 열쇠를 더듬어 찾아서는 황급히 사무실 문을 열고 안으로 들어섰다. 그리고는 이중으로 문을 잠궈 버렸다.

사무실 안에도 어둠은 계속 이어져 있었다. 이제 그 누구도 특수 열쇠 없이는 문을 열 수 없게 된 것이다.

바로 그때 문밖 복도에서 발자국 소리가 들렸다. 그는 사무실 안에도 불이 들어오지 않는다는 것을 알면서도 황급히 전기 스위치를 올렸다. 그러나 예상한 대로 전기는 들어오지 않았다. 빌딩의 전기가 모두 나가버린 것이다.

그는 부속실 출입문을 마저 닫고 전화기가 놓여 있는 곳으로 다가갔다. 그리고는 다이얼을 더듬어 교환양을 불렀다. 신호가 길게 세 번 울리자 교환양의 느린 목소리가 들려 왔다. 그것이 그와 외부 세계를 연결하는 유일한 생명선이었다.

"교환양! 긴급한 일이오. 나 저드 스티븐스 박사인데 19번 파출소의 안젤리 형사를 대주시오. 빨리요!"

"알았습니다. 선생님 번호는?"

저드는 그의 구내 전화번호를 알려 주었다.

"잠깐 기다리세요."

그때 그는 누군가가 복도 문을 만지작거리는 아주 작은 소리를 들었다. 복도 쪽에 손잡이가 없으므로 문을 열기에는 용이하지 않을 것이다.

이제 그들과 두 개의 문을 사이에 두고 있을 뿐이었다.

"빨리 서둘러 주시오, 교환양!"

"잠깐 기다리세요"

바쁘지 않은 감정없는 목소리가 들려 왔다.

"19번 파출소입니다."

저드의 가슴은 뛰었다.

"안젤리 형사를 대주시오. 아주 급합니다."

"안젤리 형사요? 잠깐 기다리시오."

복도 쪽에서는 무슨 일이 일어난 모양이었다. 그는 불분명한 두 사람의 목소리를 들을 수 있었다. 먼저 번 자와 합류한 것이 틀림없었다.

'저들은 무엇을 어떻게 하려는 것인가?'

귀에 익은 목소리가 전화선을 타고 들려 왔다.

"안젤리 형사는 지금 여기 없소. 난 그의 파트너인 맥그리비요."

"난 저드 스티븐스요. 지금 사무실에 있는데 갑자기 전기가 전부 나가고, 누군가 내 사무실 문을 열고 들어오려 하고 있소."

"이봐요, 의사 선생. 이리 와서 얘기하는 게……"

"그곳으로 갈 수 없단 말이오. 누군가가 나를 살해하려 하고 있다니까요."

저드는 거의 고함을 치다시피 소리치고 있었다.

또다시 전화 속에서 침묵이 흘렀다. 맥그리비는 지금도 그를 믿지 않고 있으며, 그를 도울 생각이 없음이 분명했다.

그러자 밖의 문이 열리는 소리가 들리고 부속실 안에서 수근거리는 목소리가 들려 왔다. 이제 암살자들은 부속실에까지 들어온 모양이었다.

'그들은 어떻게 열쇠도 없이 복도 문을 열 수 있었을까?'

어쨌든 그들은 부속실 바로 문 앞까지 들어선 것이다. 저드와 암살자들 사이에는 단지 문 하나만 있을 뿐이었다.

맥그리비의 음성이 계속 수화기에서 들려 오고 있었으나, 그는 거의 정신을 차리지 못하고 있었다.

'너무 늦어!'

그는 수화기를 고쳐 잡았다. 맥그리비가 금방 이곳으로 달려온다 해도 시간이 없었다. 암살자들이 바로 문 저편에 와 있는 것이다.

'생명이란 가느다란 실과 같아서 순간적으로 끊어버릴 수 있는 거요.'

그를 휩싼 공포가 이제는 분노로 변했다. 그는 핸슨이나 캐롤처럼 아무 이유 없이 무참히 살해당할 수 없었으며, 어떤 방법으로든지 싸워야 한다고 마음을 먹었다.

그는 어둠 속을 휘둘러보며 혹시 무기가 될 만한 것이 없을까 찾아보았다. 재떨이, 편지 뜯는 칼 등등…… 그러나 도움이 될 것 같지는 않았다. 그들은 총을 갖고 있음이 분명했다.

저드는 그들이 자기가 있는 문 쪽으로 다가오는 소리를 들었다. 이제 1~2분만 있으면 모든 것이 끝날 것이다.

그러자 그는 마치 그 자신이 환자가 된 것처럼 최후의 마지막 생각들을 정리해 보았다.

앤이 머리에 떠오르자 엄청난 상실감이 온몸을 휩쌌다. 그리고 다른 환자들을 순간적으로 떠올리며, 그들이 얼마나 자기를 필요로 할까 염려해 보기도 했다.

'해리슨 버케'

그는 버케의 사장에게 아직 통보하지 않은 얼마 전의 결정을 생각했다. 그러자 그의 테이프를 넣어둔 책상 서랍이 떠올랐다. 가슴이 이상하게 벅차 올랐다. 어쩌면 싸울 무기를 찾을 수 있을 것 같았다.

그때 저드는 손잡이가 돌아가는 소리를 순간적으로 들었다. 마지막 문이 잠겨 있으나 그것은 아무것도 아니었다.

그는 버케의 녹음 테이프를 넣어둔 책상 쪽으로 몸을 옮겼다. 그러자 어둠의 저쪽에서 문을 몸으로 미는지 삐걱하는 소리가 났다. 이어 열쇠를 꽂는 소리가 들렸다.

왜 그냥 문을 부수지 않는 걸까?

어디에선가 그의 마음 한구석에 해답이 있을 것 같았으나 그것을 생각해 낼 여유가 없었다. 떨리는 손으로 테이프가 들어 있는 서랍을 열고 종이 봉투에서 테이프를 꺼내 녹음기에 걸었다. 어쩌면 이것이 자신을 보호할 수 있는 유일한 기회라고 여겨졌다. 아니 자신의 생명을 이 지상에서 연장할 수 있는 마지막 방법이라는 생각에 그는 서둘렀다.

저드는 거기에 서서 버케와 나눈 대화가 무엇인지를 곰곰이 생각해 냈다. 문에 가해지는 힘이 점점 커지고 있었다.

저드는 속으로 기도를 올렸다. 그리고는 결심한 듯 그것을 행동으로 옮겼다.

"전기가 나가서 대단히 미안합니다."

다시 그는 큰 소리로 말했다.

"그러니 곧 고치겠죠. 해리슨 씨. 자 소파에 누워 긴장을 푸시오."

그러자 문밖의 소리가 갑자기 뚝 그쳤다. 그는 테이프를 끝을 빈 릴에 감고 버튼을 눌렀다. 그러나 아무 일도 일어나지 않았다.

'이 건물 전기가 모두 나가버리지 않았는가?'

그는 다시 문밖에서 열쇠를 돌리는 소리를 들었다. 절망감이 저드를 휩쌌다.

"자. 이제 편안하게 몸을 뉘이시오."

그는 이렇게 큰 소리로 말한 다음 책상 위에서 성냥을 찾아 불을 켰다. 녹음기는 바테리 겸용이었다.

저드는 손잡이를 뱃터리 사용 표지판으로 돌리고 작동 버튼을 다시 눌렀다. 그 순간 문의 자물쇠가 풀리는 '찰칵'하는 소리가 났다. 마지막 기회가 다가온 것이다.

그러자 버케의 거친 목소리가 어둠 속의 방안을 울렸다.

"그게 당신이 말할 수 있는 전부란 말이오? 당신은 내가 갖고 있는 증거조차 들으려 하지 않아요. 당신도 그들 중의 하나가 아니라고 어떻게 장담할 수 있나요?"

저드는 몸이 바짝 얼어붙어 움직일 수도 없었고 가슴은 터질 듯이 뛰고 있었다.

"내가 그들 중의 하나가 아니라는 건 잘 알지 않소?"

저드의 목소리가 뒤를 이었다.

"난 당신의 친구요. 내가 지금 당신을 도와 주려고 하지 않소. 어디 당신이 갖고 있는 증거를 들어봅시다."

"어제밤에 그들이 문을 부수고 들어왔소. 날 죽이려고 말이오. 그러나 난 꾀가 더 많아 침실에서 자지 않고 서재에서 자고 있었단 말이오. 더구나 문에는 모두 새 자물쇠를 달았소."

바깥 부속실의 부스럭 소리가 뚝 그쳤다.

저드의 목소리가 다시 들려 왔다.

"경찰에 신고했나요?"

"물론 하지 않았소. 경찰에도 그들의 끄나불이 있어요. 날 사살하라는 명령을 받고 있단 말이오. 그러나 주위에 사람들이 많이 몰려 있으면 감히 그러지 못해요. 그래서 사람이 많은 곳에만 간다오."

"정보를 줘서 고맙소."

"당신이 말하는 것을 잘 듣고 있어요. 난 모든 걸……."

그 순간 저드는 머리에 강한 충격을 느꼈다. 그 다음 말은 테이프에 녹음한다는 내용이었던 것이다.

그는 몸을 날려 스위치를 눌렀다.

"내 마음 속에 잘 기억하고 있소."

하고 저드는 큰 소리로 외쳤다.

"그리고 가장 좋은 방법을 찾아봅시다."

그는 다시 녹음기를 틀 수가 없었다. 어디서 끝나고 시작하는지 알 수가 없었기 때문이다.

이제 그가 기대할 수 있는 유일한 희망은 바로 문밖에 있는 침입자들이 저드가 환자와 같이 있다는 것을 알기만 하면 그만이었다.

'그들이 그걸 믿는다 해도 과연 그냥 돌아설 것인가?'

저드는 목소리를 높여 다시 말을 시작했다.

"이와 같은 경우는 당신이 알고 있는 것보다 훨씬 더 많아요, 해리슨 씨."

그는 짜증 섞인 소리로 말을 이었다.

"왜 불이 들어오지 않지? 운전수가 밖에서 기다리고 있는 걸 알고 있소? 어쩌면 그가 뭔가를 잘못됐나 해서 돌아올지도 모르겠군요."

저드는 말을 끊고 귀를 기울였다. 그는 문 쪽에서 소근거리는 소리를 들을 수 있었다.

'도대체 그들은 무엇을 애기하고 있는 걸까?'

창밖의 저쪽 거리 밑에서 사이렌 소리가 울려 왔다. 그러자 소근거리는 소리가 뚝 그치고 이어 바깥 문이 여닫히는 소리가 들려

왔다.

정말 그들은 사라진 것일까?

아니면 밖에서 기다리기로 한 것일까?

사이렌 소리가 점점 커졌다. 곧이어 빌딩 앞에서 그 소리가 뚝
그쳤다.

그러자 갑자기 실내의 전등이 모두 켜졌다.

〈제 8 장〉

보이지 않는 얼굴들

"한 잔 들겠소?"

맥그리비는 저드를 물끄러미 쳐다보며 고개를 천천히 저었다.

저드는 맥그리비가 아무 말도 없이 그를 쳐다보는 동안 두 잔째의 스카치를 스트레이트로 마시고 있었다. 아직도 그의 손은 떨리고 있었으며 위스키가 몸 속에 퍼지자, 비로소 긴장이 조금 풀리는 기분이었다.

맥그리비는 건물에 전기가 들어온 지 2분 후에 저드의 사무실에 도착했다. 맥그리비 옆에는 건장해 보이는 젊은 순경이 앉아 속기로 메모를 하고 있었다.

"자, 스티븐스 선생, 다시 한번 더 얘기해 주시겠소."

저드는 숨을 깊이 들여마시고 일부러 목소리를 낮고 차분하게 꾸며서 이야기를 시작했다.

"일을 끝내고 사무실 문을 잠근 다음 엘리베이터로 갔었소.

그러자 갑자기 전기가 나가 버렸소. 내 생각엔 아래층에는 전기가 나가지 않았을 것 같아서 비상 층계로 내려가려 했소."

저드는 그때의 공포감이 되살아나서 잠시 머뭇거렸다.

"그러자 전등을 든 사람이 아래쪽 계단에서 올라오고 있었소. 난 경비원인 비글로우인 줄 알고 이름을 불렀으나, 그는 아무런 대답도 하지 않았소."

"누구던가요?"

"조금 전에 말한 대로요. 누군지 전혀 알 수가 없었고, 아무런 대답도 하지 않아서……."

"어째서 그들이 당신을 죽이려고 올라온다고 생각했소?"

저드의 입술이 분노로 하여 일그러지자, 맥그리비는 냉랭한 눈초리로 그를 쳐다보았다.

"그들이 내 사무실까지 따라왔기 때문이오."

"당신 생각엔 두 사람이 죽이려 했단 말이죠?"

"그렇소. 두 사람이었소. 그들이 속삭이는 소리를 들었소."

"부속실로 들어와서 바깥 문을 잠궜다고 말했는데, 맞나요?"

"그렇소."

"그리고 당신 사무실로 들어와서는 부속실로 통하는 문도 잠궜고요?"

"그렇소."

맥그리비는 부속실로 연결된 문 쪽으로 걸어갔다.

"이 문을 열려고 했단 말이죠? 내 말은 억지로 밀어서 열려고 했느냐 말이오."

"아니오."

저드는 그 당시 자기가 얼마나 당황했는지를 되새기며 수긍했다.

"좋아요. 부속실에서 복도로 향한 문을 열려면 특수한 열쇠가 필요하다고 했소?"

맥그리비가 말했다.

저드는 잠시 머뭇거렸다. 그는 맥그리비가 어떤 방향으로 이야기를 이끌어가려 하는지를 어렴풋이 알 것 같았다.

"그렇소."

"그렇다면, 누가 그 문의 열쇠를 갖고 있소?"

저드는 순간 얼굴이 붉어졌다.

"캐롤과 나밖에 없소."

"청소부들은 어떻소? 어떻게 들어오죠?"

"우리는 특별한 계약을 하고 있소. 캐롤이 일 주일에 삼 일은 일찍 나와 문은 따주고 내가 출근하기 전에 청소를 끝내곤 했소."

"그것 참 불편했겠는데요. 다른 사무실을 청소할 때 여긴 못 들어왔다니 말이요."

"왜냐 하면 내가 갖고 있는 서류들이 아주 중요하기 때문이오. 그래서 차라리 좀 불편한 게 낫다고 생각했소."

맥그리비는 옆에 앉은 경찰이 그들의 대화를 제대로 기록하는지 넘겨다보았다.

"우리가 부속실에 들어올 때 문은 잠겨 있지 않았소. 억지로 연 것도 아니고 그냥 열려 있었단 말이오."

저드는 아무 말도 하지 않았다.

"당신 말에 의하면 그 문의 열쇠는 당신과 캐롤밖에 갖고 있지 않다고 했는데. 잘 생각해 봐요. 스티븐스 선생, 누가 또 그 열쇠를 갖고 있는가를 말이오."

"아무도 없었소."

"그럼 어떻게 그들이 여길 들어올 수 있었다고 생각하시오."

저드는 갑자기 생각이 번쩍 들었다.

"아마 캐롤을 죽일 때 그녀의 열쇠를 복사했을 겁니다."

"가능한 일이오."

싸늘한 미소가 맥그리비의 입가에 서렸다.

"캐롤의 열쇠를 복제했다면 거기에서 파라핀 흔적을 발견할 수 있겠지요. 감정실로 연락해 알아보도록 하겠소."

저드는 고개를 끄덕이며 잠시 동안 승리감에 젖었다.

"자, 그럼 당신이 말한 대로 사무실을 부수고 당신을 죽이려 했고, 침입자가 두 사람이라 이거죠. 물론 여자는 포함되지 않았고, 맞나요?"

"맞소."

저드가 약간 불쾌한 음성으로 말했다.

"그런데 부속실로 들어가서 문을 또다시 잠궜다고 했지요? 그런가요?"

"그렇소."

"그런데 우린 그 문이 잠궈 있지 않은 걸 보았소."

"그들이 그 문에 맞는 열쇠를 가졌음이 틀림없잖소?"

"그런데 문을 열고 난 다음 왜 당신을 죽이지 않았을까요?"

"말하지 않았소? 내가 테이프를 틀었기 때문에 그들이……"

"그 두 사람의 살인자는 건물 안의 모든 전기를 차단하고 당신을 여기 가둔 다음, 사무실을 여는 수고를 하고도 당신을 고스란히 그냥 둔 채 사라졌단 말이오."

그의 목소리에는 경멸의 빛이 서렸다.

저드의 가슴 속에서는 싸늘한 분노가 치밀어 올랐다.

"도대체 뭘 뜻하는 거요?"

"말씀해 드리지, 선생. 난 아무도 여기에 오지 않았고 또 아무도 당신을 죽이려 하지 않았다고 생각하오."

"내 말만 믿지 마시오. 그렇다면 전깃불은? 그리고 야간 경비원인 비글로우는?"

"그는 로비에 있었소?

저드의 가슴이 철렁했다.

"죽었소?"

"우리가 들어올 땐 멀쩡했소. 메인 스위치에 이상한 전선이 끼어 있었다고 하더군. 우리가 들어올 때 그걸 수리하고 나오던 중이었소."

저드는 얼어붙은 듯이 그를 쳐다보았다.

"오!"

"도대체 무슨 장난을 하고 있는 거요. 스티븐스 선생? 이제부터는 날 의지하지 마시오."

맥그리비는 내뱉듯 말하고는 문 쪽으로 몇 발짝 걸어가다가 돌아섰다.

"한 가지 부탁이 있는데, 내게 전화하지 마시오. 만약 무슨 일이 있으면 내가 당신에게 전화하겠소."

옆의 경찰은 노트를 접어 포켓에 넣으며 맥그리비를 따라 밖으로 나갔다.

술을 마신 듯한 기분이 싹 가셔버렸다. 환상은 어디로인가 사라지고 깊은 절망감만이 남았다.

지금 그의 입장이란, 마치 늑대가 나타나지도 않았는데, 마을 사람들을 깨웠던 동화 속의 한 소년의 기분과 꼭 같았다.

하지만 하나의 가능성은 있었다. 그는 그것을 생각하기만 해도 두려운 나머지 머리에 떠올리려 하지 않았으나 어쩔 수 없었다.

그는 자기 자신이 과대망상증에 걸린 것이 아닐까 하는 가능성과 직면해야 했다.

심하게 압박 받은 정신은 허상으로 나타난 것을 사실로 받아들이게끔 변할 수 있는 것이다. 지금까지 그는 너무 일에 몰두했으며 수년 동안 휴가를 가본 적이 없었다.

핸슨과 캐롤의 갑작스런 죽음이 그의 정신 상태에 감정적인 자극을 주어 접촉 반응을 일으키고, 그래서 그 사건을 지나치게 확대해 버려서 사건의 성격이 삐뚤어졌다고 볼 수도 있다.

과대망상증에 시달리는 거의 대부분의 사람들은 일상생활과 환경이 공포를 몰고 오는 것이 보통이다.

자동차 사건을 보자. 만약 그 차가 자기를 죽이려 했다면 운전수가 차 밖으로 나와서 자기가 죽었는지를 확인했어야 했다. 또 오늘 밤 자기를 죽이려 했던 두 사람의 경우도 마찬가지의 결론이었다.

그는 그들이 총을 가진 것을 보지 못했다. 그러므로 그들을 좀도둑으로 보는 것이 더 타당했다. 그렇다고 보면, 사무실에서 목소리가 들리자, 황급하게 도망가 버린 것인지도 모를 일이다.

만일 그들이 살인자들이었다면, 그의 사무실 문을 열고 그를 죽일 수 있는 시간은 충분했다. 어떻게 진실을 밝힐 수 있을까?

이제 그는 경찰에게 도움을 청해야 아무 소용이 없음을 깨닫게 되었다. 자신을 보호해 주거나 의지할 사람은 아무도 없었다.

그러자 하나의 묘안이 떠올랐다. 절망감에서 싹튼 것이지만, 곰곰이 생각해 보니까 타당성이 있었다. 그는 전화 번호부를 찾아서 노란 페이지를 뒤졌다.

〈제 9 장〉

예기치 않은 덫

다음날 오후 4시.

저드는 사무실을 떠나 웨스트 사이드 부근의 어느 곳을 찾아 차를 몰았다.

그 건물은 오래되고 낡아 빠진 적벽돌 아파트였다. 아파트 앞에 차를 멈추고, 저드는 주소를 잘못 찾지 않았나 잠시 머뭇거렸다. 그러자 1층 아파트의 문에 어떤 표시가 눈에 띄었다.

사립탐정 노만 지 무디

각종 사건 해결

비밀 철저 보장

저드는 차에서 내렸다. 바람이 매섭게 불고 있었고, 오후 늦게 눈이 온다는 예보였다.

그는 주위를 살피며 건물 앞으로 걸어갔다.

건물 입구는 음식 냄새와 오줌 냄새 등이 뒤섞여 몹시 불쾌감을 주었다.

저드는 노만 무디라고 이름이 쓰인 벨을 눌렀다. 그러자 부저가 울리면서 문이 열렸다. 그는 아파트 1호에 발을 들여놓았다.

그 문에는 또다시 작은 표지판이 붙어 있었다.

사립탐정 노만 지 무디
벨을 누르고 들어오시오

그는 벨을 또 한 번 누르고 사물실에 들어섰다. 그럭저럭 꾸며진 사무실은 온갖 잡동사니로 가득했다. 한쪽 구석에는 일본식 창문 가리개가 장식처럼 드리워져 있었고. 그 옆에는 구리로 만든 인도풍 전등이 매달려 있었다. 한가운데는 얼마나 오래된 것인지 알 수 없는 낡은 책상이 놓여 있었고 책상 위에는 신문과 잡지들이 무질서하게 쌓여 있었다.

내실로 이어진 문이 열리면서 노만 지 무디가 나타났다. 그는 짝달막한 작은 키에 체중은 3백 파운드가 넘어 보였다. 그래서 마치 굴러가듯이 걸었으며, 저드에게는 마치 움직이는 부처처럼 보였다.

그는 둥글고 명랑한 얼굴에 눈이 크고 가식이 없는 아주 엷은 푸른 빛을 띠고 있었다. 우스울 정도로 머리에는 머리카락이 전혀 없었으며, 꼭 계란 모양의 머리를 갖고 있었다. 나이를 점칠 수 없는 사나이였다.

"스티븐스 씨요?"

무디가 먼저 그를 반겼다.

"닥터 스티븐스입니다."

"자, 이쪽에 앉으십시오"

그는 강한 남부 억양의 목소리로 말했다.

저드는 의자를 찾아 방안을 둘러보았다. 그는 천이 다 낡아 찢어진 안락의자를 보고는 그 위에 놓인 잡지들을 치우고 엉거주춤하게 앉았다.

무디는 엄청나게 큰 흔들의자에 그의 몸을 내려놓았다.

"자, 무엇을 도와 드릴까요?"

순간 저드는 잘못 왔구나 싶은 생각이 들었다. 사무실에 오기 전에 전화로 그는 무디에게 자신의 이름을 자세히 설명했다.

지난 수요일 뉴욕의 모든 신문의 전면에 사건으로 게재된 이름이 저드였다. 따라서 그는 자기의 이름을 전혀 듣지도 못하고 알지도 못하는 탐정을 찾은 것이 되고 말았다.

그는 빨리 사무실을 빠져나갈 구실을 생각했다.

"누가 나를 추천했나요?"

그가 이런 생각을 하는 줄도 모른 채 무디는 말했다.

저드는 그의 기분을 상하지 않게 하려고 잠시 망설였다.

"전화번호부의 노란색 직업란에서 찾았습니다."

무디가 웃었다.

"아, 그렇군요. 그 노란색 직업란이 없었다면, 나는 이미 굶어 죽었을 겁니다. 하하하!"

그는 이렇게 말하며 짧은 웃음을 터뜨렸다.

바보와 마주한 기분이 들었다. 저드는 일어섰다.

"방해해서 죄송합니다, 무디 씨. 여기 오기 전에 좀더 심사숙고했어야 했는데……."

"예, 알겠습니다. 하지만 이미 약속을 했으니까 얼마라도 보수는 지불해 주십시오."

저드는 주머니에서 지폐 몇 장을 꺼내며 말했다.

"얼마나 드리면 되지요?"

"50불입니다."

"50불……?"

저드는 숨을 들이마시고는 화난 몸짓으로 지폐를 세어서 무디의 손에 쥐어 주었다.

무디는 기다렸다는 듯이 돈을 헤아렸다.

"고맙소."

무디가 유쾌하게 말했다.

저드는 바보가 된 기분이 되어 문 쪽으로 걸어갔다.

"선생!"

저드는 몸을 돌렸다.

무디는 돈을 조끼 주머니에 쑤셔 넣으며 너그러운 미소를 띠며 말했다.

"자, 50불이나 지불하셨으니 무슨 일인지 얘기나 한번 들어볼까요?"

무디는 부드럽게 말했다.

"무엇이든 속에 있는 것을 다 털어놓고 나면 몸이 가벼워지실 겁니다."

저드는 뚱보 탐정이 내뱉는 말에 하마터면 웃음을 터뜨릴 뻔했다.

다른 사람들이 속에 있는 걸 터놓고 이야기를 하게 하는 것이 정신분석의 저드의 일이다. 그런데 이제는 자기가 반대의 입장에 놓인 상황이 되고 만 것이다. 웃음이 절로 나왔다.

그는 무디를 잠깐 훑어보았다. 혹시 누가 아나? 이런 인간과도 이런저런 말을 나누다 보면 뜻밖에 얻는 게 있을지도 모른다는 생각이 돌아서려는 그를 붙잡았다.

저드는 천천히 의자에 앉았다.

"보아하니 선생은 마치 세상의 모든 고민은 다 안고 다니는 사람 같군요. 네 개의 어깨가 두 개보다는 견디기에 좀 더 낫지 않을까요?"

저드는 그의 격언도 속담도 아닌 우스운 말을 얼마나 더 견디며 들을지 한심한 생각이 들었다.

무디는 그를 빤히 쳐다보았다.

"뭣 때문에 여길 왔나요? 여자, 아니면 돈? 난 늘 돈과 여자를 빼면 세상에서 문제될 일이 하나도 없다고 믿거든요."

저드는 할 수 없다는 듯 말을 했다.

"음… 누군가가 나를 죽이려 하는 것 같습니다."

무디의 파란 눈이 깜박거렸다.

"죽이려 한다고요?"

"혹시 그런 종류의 일을 전문적으로 조사할 수 있는 사람을 소개해 줄 수는 없나요?"

"아, 물론 그런 사람이 있지요. 바로 저입니다. 이 노만 지

무디가 이 나라 최고의 사립탐정이오."

무디의 이런 말에 저드는 한숨이 저절로 나왔다.

"선생, 이야기해보세요. 우리 둘이서 어디 한번 머리를 짜내 보자고요."

저드는 웃음이 저절로 나왔다. 꼭 그가 환자를 치료할 때의 말과 같았기 때문이다.

'자, 편하게 그냥 마음에 떠오르는 것은 무엇이든지 얘기해 보시지요.'

그는 숨을 깊게 들이마시고 가능한 한 자세하게 지난 며칠 동안에 일어난 일들을 무디에게 털어놓았다. 그와 말을 계속하는 동안, 그는 무디가 거기에 있는 것조차 잊을 정도였다.

지금까지 모호했던 일들을 모두 말로 표현하자 새로운 가능성이 보이는 것 같았다. 그는 무디에게 자신의 정신건강 상태에 대해 갖는 두려움을 조심스럽게 말했다.

저드가 말을 끝내자, 무디는 행복한 표정을 지으며 그를 바라보았다.

"복잡하네요. 누군가가 당신을 죽이려 하는 게 맞든가, 그게 아니면 선생이 어떤 과대망상증에 사로잡혔든지요."

저드는 깜짝 놀라 그를 쳐다보았다.

무디는 그런 저드를 슬쩍 쳐다보며 계속 말했다.

"지금 두 사람의 수사관이 그 일을 맡고 있다고 했죠? 그들의 이름을 기억하나요?"

저드는 잠시 망설이다가 말을 했다.

"프랭크 안젤리와 맥그리비요."

무디의 표정에 거의 느낄 수 없는 변화가 왔다.

"무슨 이유 때문에 그들이 당신을 죽이려 할까요?"

"전혀 종잡을 수가 없어요. 내가 아는 한 적대감을 가질 만한 사람은 없는데……."

"자, 그러지 말고, 누구든지 주위에 약간의 적은 갖게 마련이오. 난 늘 적이란 생활에 양념 구실을 한다고 생각하는 사람이오."

저드는 겁먹은 표정을 짓지 않으려고 애썼다.

"결혼했나요?"

"아니오."

저드가 짜증난 음성으로 말했다.

"그럼?"

저드는 한숨을 쉬었다.

"이봐요. 경찰에서 이미 다……."

"알아요. 경찰과 다른 점은 나는 돈을 받고 당신을 돕는다는 사실이오."

무디는 조금도 동요하지 않았다.

"누구에게 빚을 진 건 없습니까?"

"그저 매달 매달의 청구서 정도입니다."

"환자들은 어때요?"

"어떻다니요?"

"아! 난 늘 조개를 찾으려면 바닷가엘 가야 한다고 믿고 있습니다. 당신의 환자들은 모두 정신 이상자들이 아닌가요? 그렇죠?"

저드는 싸늘하게 말했다.

"정신 이상은 무슨… 다만 약간의 문제를 가진 사람들일 뿐입니다."

"자신들이 해결하지 못하는 감정상의 문제들이겠죠. 그들 중 한 사람이 선생에게 그런 감정을 가질 수도 있지 않을까요? 정말로 꼭 그렇다는 게 아니라, 누군가가 상상으로 당신에게 적대감을 갖는다든가?"

"한 가지만 빼고는 가능한 이야기오. 내 환자들 대부분이 1년 이상 나의 치료를 받고 있습니다. 그 기간 동안 나는 어느 누구보다도 그들 개개인의 삶을 잘 안다고 할 수 있지요."

"그들 중에 당신에게 화를 내는 사람은 없었나요?"

무다는 진지한 표정을 지으며 집요하게 물었다.

"가끔. 하지만 지금 우리가 화난 사람을 찾는 건 아니잖습니까? 우린 이미 적어도 두 사람을 살해했고 또 수 차례에 걸쳐 나를 죽이려고 시도한 살인마적 정신 분열증 환자를 찾는 거 아닙니까?"

저드는 잠시 머뭇거리고는 다시 말을 이었다.

"만일 내 환자들 중에 그런 사람이 있는데도 내가 모르고 있는다면, 당신은 지금 이 세상에서 가장 무능력한 정식분석의와 대면하고 있는 셈이지요."

그가 고개를 들자 탐정은 그를 빤히 쳐다보고 있었다.

"난 늘 중요하다고 생각되는 것을 가장 중요하게 다루는 습관이 있습니다."

무다는 기분 좋은 듯이 말했다.

"우리가 먼저 해야 할 일은 정말 누군가가 당신을 계획적으로 살해하려고 하는지 아니면, 당신 자신이 과대망상증에 걸려 있는지를 알아내는 일이잖습니까."

그는 이제 환하게 웃음을 터뜨렸다.

"어떻게요?"

저드는 자신없는 목소리로 물었다.

"간단하지요. 당신의 문제는, 마치 당신 스스로가 타석에 서서 커브볼을 치려고 하는데, 당신은 누가 볼을 던지는지조차 모른단 말입니까? 먼저 우린 정말 경기가 벌어지고 있는지를 알아야 하지 않겠는지요? 그런 다음 선수들이 누군지도 알아야 하고…… 혹시 차가 있나요?

"예."

저드는 어느듯 이곳을 나가야겠다는 생각을 까마득히 잊고 있었다.

그는 무디의 펑퍼짐하고 천진한 얼굴과 너절한 옷 속에 차분하고 지성적인 능력이 감추어진 것을 느낌으로 알 수 있었다.

"내가 보기에는 선생께서 굉장히 신경이 예민해져 있는 것 같은데, 잠시 휴가를 가는 게 어떨까요?"

"언제쯤요?"

"내일 아침에요."

"그건 불가능해요. 환자들과의…….'

저드는 얼른 반대 의사를 표했다.

무디는 그의 말을 무시해 버렸다.

"그냥 취소하세요."

"도대체 무엇 때문에 그래야 되는지를 통……."

"선생이 환자 치료를 어떻게 하든 내 알 바 아니지만, 나는 내 일에 철저합니다. 여길 나가자마자 여행사로 달려가세요. 그들에게 가만 있자, ……그로씬저 호텔을 예약하도록 하세요. 켓츠킬스를 지나 한참을 달려야 할 겁니다. 아파트에 차고가 있나요?"

"네."

"좋습니다. 자동차를 정비해 놓도록 일러두세요. 길 가운데서 고장이 나면 곤란하니까요."

"다음 주에 가면 안 될까요? 내일은 하루 종일……."

"예약을 한 다음에 사무실로 가서 환자들에게 전화하도록 하세요. 급한 일이 있어 한 일 주일쯤 사무실을 비우게 됐다고."

"그럴 수가 없는데……."

"그럼 안젤리에게 말하세요."

무다는 계속해서 말했다.

"당신이 없는 동안 경찰이 찾아 해결하려면 곤란해지거든요."

"꼭 그래야만 합니까?"

저드가 애원하듯 물었다.

"선생이 낸 50불의 대가를 받아야 할 거 아닙니까. 아, 그리고 한 2백불 정도가 더 필요합니다. 하루 50불에 경비도 포함해서요."

무다는 흔들의자에서 커다란 몸을 일으켰다.

"내일 아침 일찍 출발했으면 합니다. 그래야 어둡기 전에 도착할 테니까요. 아침 일곱 시에 출발할 수 있나요?"

"아! 글쎄요. 해보지요. 거기에 도착하면?"

"운이 좋으면 뭔가 얻을 수 있을 겁니다."

5분 후쯤 저드는 생각에 잠겨 차에 올랐다. 그는 가는 도중에도 무디에게 환자들을 내버려두고 그렇게 빨리 떠날 수 없다고 했지만, 무디는 막무가내였다.

그는 이제 그의 생명을 이 괴상한 사설탐정의 손에 맡기는 꼴이 되어버렸다. 차를 몰아 떠나려 할 때 문에 붙여진 표시가 다시 눈에 띄었다.

각종 사건 해결

'어쩌면 이 친구가 옳을지도…….'

여행 준비는 차근차근하게 진행되었다. 저드는 우선 메디슨가의 여행사에 들렀다. 그들은 그로쎈저 호텔에 예약을 해주었고 컬러 지도와 켓츠킬스의 여행 안내 리플렛도 주었다.

그런 다음 전화 안내 서비스를 불러 환자들과의 약속을 취소하고 다시 연락하도록 시켰다.

그리고 19번 파출소로 전화를 걸어서 안젤리를 찾았다.

"안젤리는 병이 나서 결근했습니다. 급한 용무라면 집 전화를 알려드릴까요?"

특징 없는 목소리가 들렸다.

"네, 그렇게 해주시오"

잠시 후에 그는 안젤리와 통화하고 있었다. 목소리로 봐서 안젤리는 심한 감기에 걸린 것 같았다.

"며칠간 뉴욕을 떠나기로 작정했소. 아침에 떠날 예정입니다. 그래서 알려드리는 것입니다."

안젤리는 전화 끝에서 뭔가 생각하는 듯 잠시 대화를 끊었다. 이윽고 그가 말했다.

"좋은 생각 같습니다. 어디로 갈 건가요?"

"그로씬저로 갈까 합니다."

"좋아요. 맥그리비는 염두에 두지 마세요. 내가 적당히 해두겠습니다."

그는 잠시 머뭇거리다가 말을 이었다.

"어젯밤 선생님 사무실에서 일어난 일에 관해서는 모두 얘길 들었습니다."

"맥그리비가 적당히 꾸민 얘기를 들었겠죠."

저드는 약간 언성을 높여서 말했다.

"선생님을 죽이려 했다는 사람들의 얼굴을 보았나요?"

안젤리는 저드의 말을 믿는 것 같았다.

"못 봤소."

"그들을 찾는 데 도움이 될 만한 것이 없을까요? 피부색이라든가, 나이나 키 같은 것 말입니다."

"미안하지만 어두워서 아무것도 못 봤소."

저드가 정말 미안하다는 듯이 말했다.

안젤리는 코를 훌쩍거렸다.

"오케이, 찾아보도록 노력해 주세요. 돌아올 때쯤 좋은 소식이 기다리겠죠. 조심하십시오, 선생님."

"감사합니다."

저드는 진심으로 감사해 하며 전화를 끊었다.

그런 다음 저드는 피터를 전화로 불러 일 주일간 뉴욕을 떠난 다고 말하고, 뻐케에게 필요한 조치를 해주도록 부탁했다.

이제 책상도 모두 치워졌다.

저드가 가장 아쉬웠던 것은 금요일에 앤 블레이크를 볼 수 없 다는 것이었다. 어쩌면 그녀를 영원히 보지 못할지도 모른다고 하는 알 수 없는 불안감에 저드는 스스로 놀랐다.

아파트로 돌아오는 동안 그는 노만 지 무디를 생각했다. 그는 무디가 무슨 일을 꾸미는지 어렴풋이나마 알 것 같았다.

그가 환자들에게 휴가를 간다고 했으므로, 만일 환자들 중 하나가 살인자라면, 그에게 미끼를 던져 주는 계기를 만들자는 것이었다.

무디는 그에게 전화 서비스와 빌딩의 경비원에게까지도 저드의 행선지를 알리도록 지시했다. 무디의 계획은, 저드가 어디로 가는 지 그를 알고 있는 모두에게 알리려는 생각이었다.

저드가 아파트 건물 앞에 차를 세우자 관리인 마이크가 그를 맞았다.

"내일 아침에 여행을 떠난다네, 마이크. 차고에 연락해서 차를 손보고 기름을 채우라고 해주겠나?"

"물론이죠, 스티븐스 선생님. 몇 시에 차를 대기시킬까요?"

"일곱 시에 출발할 예정이라네."

저드는 엘리베이터로 가는 동안 마이크가 자기를 쳐다보는 것을 은연 중에 느꼈다.

아파트로 들어서자, 그는 문을 잠그고 창문을 조심스럽게 살펴보았다. 모든 것은 그대로 있었다.

그는 코데인 두 알을 먹고 옷을 벗은 다음 욕조에 뜨거운 물을 가득 담고서 하루 종일 긴장으로 헝클어진 몸을 담갔다. 그러자 서서히 긴장이 풀려 오면서 안도감이 찾아들자 욕조에 한동안 그대로 누워 있었다.

왜 무디는 차가 길에서 고장나지 않도록 주의를 시켰을까?

어쩌면 켓츠킬스로 가는 후미진 길에서 공격 당할 가능성이 있다고 생각해서 그런 것일까?

만일 그가 공격을 당한다면 무디는 어떻게 행동할까?

무디는 전혀 자신의 계획을 이야기하려 하지 않았다. 곰곰이 생각을 더듬어 볼수록 그는 자신이 어떤 덫에 걸린 기분이었다.

무디는 저드의 추적자를 잡으려 한다고 했다. 그러나 몇 번 다시 생각해 보아도 결론은 마찬가지였다. 즉 그가 저드 자신을 잡으려는 덫 같았다.

그렇다면 저드가 죽는다 하여 무디에게 이로울 것이 과연 무엇인가?

'오 하나님!'

저드는 생각했다.

'나는 무디를 뉴욕의 전화부를 몽땅 뒤져서 자신의 목숨을 내맡겼는데, 이제 그가 날 죽이려 한다니… 내가 진짜 피해망상증에라도 걸려 버린 것인가!'

그는 눈이 스르르 감기는 것을 느꼈다. 알약과 뜨거운 목욕물이 효과를 내는 모양이었다.

그는 겨우 욕조에서 몸을 일으키고는 두터운 수건으로 물기를 대강 닦은 다음 잠옷으로 갈아 입고는 침대에 들어가서 자명종을 아침 여섯 시로 맞추어 놓았다.

'켓츠킬스!'

그는 다시 생각했다. 꼭 자신의 처지에 알맞는 이름이었다. 그러자 저드는 깊고 피곤한 잠 속으로 급속히 빨려 들어갔다.

아침 6시, 시계가 울리자 저드는 곧 깨어났다. 시간이 전혀 흐르지 않은 것처럼 그의 황폐해진 머리 속에 떠오르는 것!

'지금 난 우연이란 것이 계속해서 일어난다고 믿고 있지 않은가? 또 환자 중의 한 사람이 살인자라는 걸 믿을 수도 없고, 따라서 나 자신이 과대망상 중증이거나 곧 그렇게 될 처지이거나……'

그가 지금 당장 필요한 것은 모든 일 제쳐놓고 다른 정신분석의를 찾아 자신의 증세를 상담해야 하는 일이 더 급한 일처럼 느껴졌다.

그는 로비 박사에게 전화하고 싶었다. 비록 그것이 자신의 직업에 종지부를 찍는 인생의 끝장이라는 것을 알았으나, 지금 와서는 별도리가 없었다.

무디는 자신이 정신 이상자의 사건에 말려든다고 생각하지 않을까? 그래서 휴가를 가라고 권유한 것이 아닐까?

저드를 쫓는 사람을 잡으려는 것이 아니라, 혹시 그의 정신이 돌아버리기를 기다리는 것이 아닐까?

아니면, 무디의 말대로 켓츠킬스에 가서 며칠을 쉬어 보면 어떨까?

그는 홀로 침대에 누워 찬찬히 자신의 처지를 되돌아보려고 애썼다. 그리고는 결심한 듯 휴가에서 돌아오면 로비 박사에게로 곧 달려가는 것이 좋겠다고 생각했다.

그것은 결정하기 힘든 일이었으나 일단 마음을 정하자 기분이 한결 가벼워졌다. 그는 옷을 입고 5일 동안에 필요한 속옷들을 챙겨 여장을 꾸려 가지고 엘리베이터로 향했다.

안내양 에디가 아직 출근하지 않아 엘리베이터를 직접 운전해야 했다. 그는 차고까지 곧장 엘리베이터로 내려가 차고지기 월트를 찾아보았으나 그곳에는 아무도 없었다.

저드는 자신의 차가 콘크리트 벽 옆에 세워져 있는 것을 보고 차로 다가가서 짐을 뒷자리에 놓고 앞문을 연 다음 운전석에 몸을 밀어 넣었다. 그가 시동을 걸기 위해 막 키를 돌리려 하자 어떤 사람이 불쑥 나타났다.

순간 저드의 가슴이 철렁 내려앉았다.

"시간에 맞춰 나오셨군요."

그것은 무디였다.

"날 배웅해 주리라고는 전혀 생각지 않았는데요."

저드는 의외라는 듯 대답했다.

그러자 무디는 얼굴에 가득히 웃음을 띠우며 그를 들여다보았다.

"뭐 별로 할 일도 없고 잠도 오지 않아서 나와 봤지요."

저드는 갑자기 무디가 보여준 재치있는 행동에 감사하는 마음이 들었다.

'자, 모든 게 정상인 것처럼 행동하자. 결코 내 정신 상태가 이상하다는 것을 보여서는 안 되지.'

"당신 생각이 옳은 것 같습니다. 이야기한 대로 며칠 쉬는 게 좋을 것 같습니다."

"오, 그렇다면 뭐 멀리 갈 것 없어요. 다 잘 될 테니까요."

무디가 태평스럽게 말했다.

"무슨 말씀인지……?"

"간단합니다. 내 생각은 무슨 일이든 바닥까지 내려가려면 우선 파는 일부터 해야 한다는 겁니다."

"……."

무디가 차 문에 그의 육중한 몸을 기댔다.

"선생 사건에서 뭐가 문제인지는 알고 있잖습니까? 늘 누군가가 당신을 죽이려 한다면서요."

"그럴지도 모르죠."

"그 '그럴지도 모른다'는 게 날 매혹시키거든요. 누군가 선생을 처치하려 한다는 것과 정말로 당신을 시체로 만들려고 하는지를 알아내기까지는 뭐, 별로 할 일이 없거든요."

"하지만 켓츠킬스는……"

그는 겨우 중얼거리듯 말했다.

"아, 그거요? 이젠 켓츠킬스에는 갈 필요가 없어요."

그러면서 그가 차의 문을 열었다.

"단순한 광고에 지나지 않아요. 난 상어를 잡으려면 무조건 바다에 나가야 한다고 생각하는 사람입니다."

저드는 무디의 얼굴을 살폈다.

"지금 상황으로 봐서는 켓츠킬스가 아니라 그 근처에도 가지 못할 것 같은데요."

무디는 부드럽게 말하고는 자동차 앞으로 가서 후드를 열었다.

저드는 무디의 옆으로 가서 같은 자세로 섰다. 연료 펌프에 세 개의 막대형 다이나마이트가 접착 테이프로 꽉 묶여 있었고, 두 가닥의 가는 전선이 시동기에 연결되어 있었다. 그러나 다른 끝은 끊어져 있었다.

"부비트랩이네요."

무디가 태연히 말했다.

"그런데 어떻게······"

무디는 웃음을 띠었다.

"말하지 않았습니까? 난 잠을 별로 안 잔다고요. 자정쯤 여기에 와 야간 경비원에게 돈을 좀 쥐어 주고 저쪽 구석에서 숨어 있었습니다. 몇 십 달러가 더 들었어요."

저드는 이 작은 뚱뚱보에게 친밀감을 느끼기 시작했다.

"누가 이걸 장치해 놓았는지는 못 봤습니까?"

"네. 내가 오기 전에 이미 작업은 끝나 있더군요. 새벽 여섯 시쯤인가, 이젠 아무도 나타나지 않을 것 같아 들여다보았지요."

그는 끊어진 전선을 가리켰다.

"그 친구들 아주 기막히게 장치를 했더군요. 만일 후드를 활짝 열면 선이 끊어져 뇌관을 폭파하게끔 이중회로 장치를 해놓았어요. 물론 시동을 걸어도 마찬가지로 말입니다. 이 정도의 다이나마이트면 이 차고의 반은 날아갈 겁니다."

저드는 갑자기 뱃속으로부터 심한 충격을 느꼈다. 그러자 무디가 그를 동정어린 눈으로 바라다보았다.

"자, 기운을 좀 내세요. 뭔가 단서가 잡히기 시작하는 것 같거든요. 두 가지를 발견했습니다. 우선 선생이 엉터리가 아니라는 것. 그리고……"

그의 얼굴에서 웃음이 사라졌다.

"누군가 당신을 살해하려고 한다는 게 명확하다는 거지요, 스티븐스 선생!"

무디의 얼굴에 확신에 찬 표정이 어렸다.

<제 10 장>

잠자는 천사들

그들은 저드의 아파트 거실에 앉아 이야기를 나누고 있었다. 무디의 거대한 몸집은 소파에서 흘러 넘치는 것 같았다.

무디는 폭탄 휴즈를 빼서 차 트렁크에 집어넣고 있었다.

"그냥 거기 그냥 놔두고 경찰이 조사하도록 하는게 더 낫지 않을까요?"

저드가 조심스럽게 물었다.

"나는 늘 주장하기를 너무 정보를 많이 알고 있으면, 그게 도리어 혼란만을 조장한다고 봅니다."

"그러나 적어도 맥그리비에게는 내가 거짓말을 하지 않는다는 증거는 되지 않겠습니까?"

"글쎄요."

저드는 무디가 무엇을 노리는지 알 것도 같았다. 그러나 맥그리비는 폭탄을 저드 자신이 고의적으로 차에 장치했다고 생각할 것이 틀림없었다.

또한 사설탐정이 증거를 경찰에 제시한다는 것도 이상한 일임에는 틀림없을 것 같았다.

저드는 무디가 거대한 빙산처럼 느껴졌다. 그의 참 모습은 거대한 체구 속에 감춰져 있으며, 그 속을 자세히 들여다보면 친절하고 흔히 작은 마을에서나 볼 수 있는 그런 마음씨 좋은 사람이 살고 있는 것 같은 안도감을 주었다.

그는 무디의 말을 들으면서 묘하게 기분이 흥분되고 있었다. 적어도 자신이 정신이상자가 아니며 세상에는 우연한 사건이 연달아 일어나지 않는다는 것이 확실해진 것이다. 이 순간에도 암살자는 어딘가에서 그를 노리고 있는 것이 분명했다.

그 암살자는 이제 현실로 나타났으며, 무슨 이유인지는 몰라도 저드가 그의 목표가 된 것이다.

'오! 인간의 자아란 얼마나 쉽게 파괴되는 것인가?'

조금 전까지만 해도 그는 저드 자신이 과대망상증에 걸렸다고 믿으려 하지 않았던가? 그는 이미 무디에게 엄청난 빚을 진 셈이다.

"……당신은 의사고, 난 뭐 별 볼일 없는 늙은이고……"

무디가 말을 계속하고 있었다.

"난 꿀을 따려면 벌통 속에 들어가야 한다고 믿고 있소."

저드는 무디의 뜻을 모두 이해할 것 같았다.

"당신은 우리가 찾고 있는 암살자들의 성격이 어떤가를 알고 싶다고 했죠?"

"음… 아마 더 깊은 데에서 찾아야 할 겁니다."

"그렇게 생각하는 이유가 뭐지요?"

"먼저, 어젯밤 두 사람이 내 사무실에 침입했었소. 정신이상자가 한 명이라면 당신의 추리가 타당하지만, 그러나 두 사람의 정신이상자가 함께 만나 합동으로……"

무디는 고개를 끄덕였다.

"두 번째는 정신이상자라면 확실히 어떤 강박 관념에 사로잡혀 있어요. 그러나 행동에도 일종의 통일성이 있게 마련이지요. 난 핸슨과 캐롤의 왜 죽었는지 그 이유를 전혀 알 수 없단 말입니다. 또 이상하게도 나 자신이 세 번째의 마지막 희생자일 것 같이 생각이 되어서 말입니다."

"어째서 마지막 희생자라고 믿나요?"

무디가 호기심 어린 표정으로 말했다.

"왜냐 하면 그들이 여러 건의 살인을 계획했다면, 나를 죽이는 걸 실패했으니 다음 목표로 넘어갔을 것 아닙니까? 그러나 그들은 집요하게 지금까지 나만 노리고 있다는 겁니다?"

"아, 당신은 선천적으로 탐정의 자질을 타고나셨군요."

무디가 부드럽게 말했다.

저드는 미간을 찌푸리며 계속해서 말했다.

"이해가 가지 않는 점이 몇 가지 있어요."

"어떤 거요?"

"먼저, 살인 동기요. 나를 죽여야 할 이유를 가진 사람이……."

"결국 그 문제로 또다시 되돌아왔군요. 또 다른 건?"

"만일 누군가 날 꼭 죽여야 했다면, 지난 번 차 사고 때, 운전사가 차를 세우고 내가 죽었는지를 확인했을 것 같다는 생각이 듭니다. 난 그때 정신을 잃었으니까."

"아! 그때 벤슨 씨가 나타난 거요."

저드는 무디에게 멍청한 시선을 보냈다.

"벤슨 씨가 그 사고 현장을 목격했어요."

무디가 설명했다.

"난 경찰 보고서를 봤습니다. 그리고 당신이 내 사무실을 떠난 다음 그를 만났었소. 택시값이 3불 50센트나 들었다오. 주시겠죠?"

저드는 아무 말도 하지 않은 채 고개를 끄덕였다.

"아, 그 벤슨은 유명한 모피상인데, 아주 멋진 물건을 가졌더군요. 애인에게 선물하시려면 할인을 주선해 드리지. 그건 그렇고…… 사고가 난 화요일 밤에 그는 동생의 아내가 일하는 사무실 건물을 나오고 있었습니다. 그는 성서판매원인 동생 매튜가 감기에 걸려 있었기 때문에 감기약을 동생에게 전해 주려고 들렀던 거지요."

저드는 초조감을 감추며 꼼짝 않고 자리에 앉아 있었다. 만일 무디가 저렇듯 태평스럽게 앉아서 인간의 권리 선언문을 통째로 암기한다 해도 잠자코 들어줄 수밖에 없었다.

"그래서 벤슨은 약을 동생의 아내에게 전해 주고 건물을 나올 때 그 리무진이 당신을 향해 달려가는 것을 목격한 것이지요. 물론 그때는 당신인 줄 몰랐죠."

저드는 고개를 끄덕였다.

"그 차를 벤슨 쪽에서 보니까 미끄러지며 갈팡질팡하는 것 같았대요. 그러나 차가 당신을 치자 도와주려고 황급히 달려갔다더군요. 그러자 리무진이 당신을 또다시 치려고 뒤로 후진을 했으나 운전사는 벤슨을 보고는 그냥 도망치더라는 것입니다."

저드는 숨을 들이마셨다.

"만일 벤슨 씨가 없었다면……"

"그렇지요."

무디가 부드럽게 말했다.

"벤슨이 아니었으면, 우리 두 사람이 이렇게 만나지 못했을 겁니다. 지금 그들은 장난을 하는 게 아닙니다. 당신을 죽이려고 하는 게 틀림없어요."

"내 사무실에 들어온 건 어떻게 생각하오? 왜 문을 부수지 않았을까요."

무디는 자기의 생각을 정리하려는지 잠시 아무 말도 없었다.

"그게 바로 수수께끼요. 당신이 누구와 같이 있든 간에 사무실로 들어가 당신을 죽일 수도 있었는데, 다른 사람이 있다고 그냥 도망갔다는 게 도대체 맞지가 않아요."

그는 걱정스런 표정으로 말끝을 흐렸다.

"혹시?"

"혹시 뭡니까?"

뭔가 고심하는 빛이 무디의 얼굴에 나타났다.

"아직은……"

"뭡니까?"

"우선은 그냥 덮어두죠. 어떤 생각이 떠올랐는데, 그러나 동기가 없으니까 별 의미가 없어요."

"나를 죽일 만한 이유나 동기가 있는 사람은 없어요."

무디는 잠시 그 말을 되새겼다.

"저드 씨, 당신 환자였던 핸슨이나 캐롤에게만 통하는 무슨 비밀 같은 건 없었나요? 당신들 세 사람만이 아는 비밀 같은 것 말입니다."

저드는 머리를 가로 저었다.

"내가 갖고 있는 비밀이란 환자들 사이와의 비밀, 즉 직업적인 것밖에는 없어요. 또 살인을 정당화시킬 만한 어떤 것도 내 환자들과의 회견에서는 나타나지 않았습니다. 환자들 중에는 비밀경찰이나 외국 스파이, 또는 도피 중인 범죄자도 없어요. 그들은 그저 평범한 사람들로 가정주부, 직장인, 은행원들 즉, 자신들이 직접 문제를 해결하지 못하는 그런 사람들뿐이었죠."

무디는 저드에게 예의 그 시선을 보냈다.

"그러니까, 당신 환자들 중에는 살인 망상증에 걸려 있는 사람은 없다는 거죠?"

저드의 목소리는 단호했다.

"그렇습니다. 어제는 확실하지 않았으나 사실을 말하면, 내 자신이 그런 망상증에 놓여 있는 것이 아닌가, 아니면 당신이 날 조롱하는 것이 아닐까 하는 생각까지 가져 보았습니다."

무디가 웃음을 띠었다.

"나 역시도 그런 생각이 없었던 건 아닙니다. 당신이 내게 전화한 후 내 나름대로 조사를 했지요. 내가 아는 의사 친구들에게 전화도 했고요. 아주 명성이 대단하시더군요."

'흠, 스티븐스 박사냐고 물어본 건 그런 의도에서였군…….'

저드는 깊이 생각했다.

"우리가 지금 이런 증거를 경찰에 제시하면, 그들은 적어도 이 사건 뒤에는 누군가가 있다는 것을 믿을 것 아닙니까?"

무다는 약간 놀라는 표정으로 그를 쳐다보았다.

"그렇게 생각하나요? 아직 우린 많은 걸 찾아내지 못했습니다."

그 말은 사실이었다.

"난 실망하지 않습니다. 곧 뭔가 밝혀질 것 같은 예감입니다. 이제 많이 좁혀졌어요."

저드의 목소리에 혼란의 빛이 보였다.

"그렇소. 범인은 최소한 이 미국 대륙 안에 있으니까요."

무디도 천장을 올려다보며 잠시 생각에 잠겼다. 그는 고개를 저었다.

"가족, 가족을……"

"가족이라니요?"

"저드 씨, 당신이 환자들의 개인 사정을 어느 정도 알고 있다는 것은 믿어요. 그들 중에 누군가가 이런 짓을 하지 않을 거라고 주장한다면 역시 선생의 말을 믿을 수밖에 없지요. 이건 당신의 벌집이고, 당신은 꿀을 지키는 사람이니까."

그는 몸을 앞으로 내밀었다.

"그러나 환자를 치료할 때는 그의 가족들과도 만나나요?"

"아니오. 어떤 경우는 환자가 정신의사의 치료를 받는지조차 가족들이 모르는 경우가 종종 있거든요."

무다는 만족한 듯이 다시 소파에 등을 기댔다.

"그렇군요"

저드는 그를 쳐다보았다.

"그럼 환자 중의 어느 가족이 나를 죽이려 한단 말인가요?"

"그럴 수도 있겠지요."

"가족들은 환자 자신들보다 더 절실한 동기가 없을 텐데."

"그건 나도 모릅니다. 이제부터 내가 할 일을 말해 드릴까요? 지난 4~5주 동안 치료한 환자들의 명단을 좀 주시오. 줄 수 있겠소?"

저드는 잠시 망설였다. 그리고는 단호하게 말했다.

"못 해요."

"환자와 의사 사이의 비밀인가요? 이쯤해서는 저드 씨의 태도를 좀 바꿔야 한다고 난 생각하는데…… 어떻게 하시겠습니까?"

"잘못 짚으셨습니다. 이 사건은 환자나 그들의 가족과는 아무 상관 없어요. 만일 가족 중에 정신이상자가 있으면 정신분석도중에 나타나게 마련입니다."

그는 완강히 고개를 저었다.

"무디 씨, 미안하지만 난 환자들의 사생활을 보호해야 할 의무가 있습니다."

"저드 씨의 파일에도 중요한 것이 없다고 했죠?"

그는 파일에 있는 것들을 생각해 보았다.

존 핸슨은 3번가의 선창 술집에서 선원들을 유혹했고, 테리 와쉬번은 집안으로 초청한 악단원들과 성교했으며, 14세의 에블린 와셔크는 중학교 3학년으로 몸을 팔고 있으며……

"미안합니다. 아무래도 파일만은 보여줄 수가 없네요."

저드는 다시 절망적으로 말했다.

"오케이, 좋아요. 그럼 내 일을 대신 좀 해주시오."

"뭘 해드릴까요?"

"지난 한 달 동안의 녹음 테이프를 모두 꺼내세요. 그런 다음 하나 하나 조심해서 다시 들어 보세요. 조금이라도 이상한 것이 있다면 메모하면서 말입니다."

"그렇게 하고 있습니다. 그게 직업이니까."

"다시 한번 시도해 봐요. 눈을 크게 뜨고, 이 사건을 해결하기 전에 당신이 죽으면 곤란하니까."

그는 코트를 집어들고 팔을 끼었다. 그의 그런 모습은 마치 코끼리가 춤을 추는 것과 같았다. 때때로 뚱뚱한 사람들의 동작은 우아하다고 저드는 생각하고 있었으나 무디의 행동은 민첩했다.

"이번 사건에서 가장 이상한 점이 뭔지 아십니까?"

무디가 생각에 잠겨 있는 듯한 표정을 지으며 물었다.

"뭔가요?"

"두 사람이 저드 씨를 죽이려 한다고 말했지요? 한 사람이라면 이해가 가는데, 왜 두 사람이라고 했나요?"

"모르겠소."

무디는 한동안 저드를 빤히 쳐다보았다.

"아, 이런!"

그가 탄성을 올렸다.

"그게 뭐요?"

"내가 어쩐지 세뇌를 당하는 기분이 드는데…, 내 생각엔 저드 씨를 죽이려는 자가 두 명 이상인 것 같거든요!"

그는 믿을 수 없다는 표정으로 무디를 쳐다보았다.

"미친 사람의 집단이란 겁니까? 전혀 이해할 수 없군요."

무디의 얼굴에 흥분의 빛이 짙어졌다.

"저드 씨, 난 이 게임의 주심이 누구인지 알 것 같습니다."

그의 눈은 빛나기 시작했다.

"아직은 왜, 그리고 어떻게 그러는지는 몰라도……."

"누군데요?"

무디는 고개를 저었다.

"내가 그걸 말하면 과자공장에 보내려고 할 겁니다. 난 언제나 총을 쏘려면 먼저 실탄을 장전해야 한다고 믿는 사람입니다. 우선 연습사격을 좀 해야겠네요. 확실해지면 말씀드리지요."

"알겠습니다."

저드가 실망한 듯 말했다.

무디가 잠시 그를 쳐다보았다.

"저드 씨가 죽지 않으려면 부디 내 생각이 틀리기를 바래야 할 겁니다."

그렇게 말하고 무디는 어디로인가 가버렸다.

그는 택시를 타고 자신의 사무실로 돌아갔다.

금요일 오후였으므로 크리스마스 이브까지는 3일밖에 남지 않았다. 거리마다 허드슨 강에서 불어오는 매서운 바람에도 불구하고 온통 사람의 물결을 이루고 있었다. 상점 윈도우에는 밝고 요란한 크리스마스 장식으로 휘황찬란했다.

아내 엘리자베스와 아직 태어나지 않은 아기. 그가 죽지 않는다면 지난 몇 해 동안의 방황을 끝내고 안락한 삶을 사는 남은 인생을 고대하고 싶었다.

'앤 블레이크하고라면—'

저드는 갑자기 생각을 멈췄다. 결혼한 여자가 사랑하는 남편과 함께 여행을 떠나려는데, 무슨 환상에 젖어 있단 말인가?

택시가 사무실 빌딩 앞에 멈추자, 저드는 사방을 두리번거리며 차에서 내렸다. 그는 초조해졌다. 이번에는 또 무슨 방법으로 그를 죽이려 할까?

사무실에 들어서자마자, 그는 바깥 문을 잠그고 테이프를 보관한 벽장을 열었다. 테이프는 각 환자의 이름표 밑에 날짜별로 분류되어 있었으므로, 그는 최근의 것들 만을 따로 골라서 소파로 가지고 왔다.

그날 약속은 이미 모두 취소해 버렸기 때문에 녹음된 테이프를 들으며 환자 자신과 가족, 그리고 친척간의 일들에 집중적으로 생각을 해볼 작정이었다.

그는 무디의 제의에 상당한 거리감을 느꼈으나, 그것을 마냥 무시하기에는 그를 존경하는 마음이 더 앞섰다.

첫 번 테이프를 녹음기에 올려 놓자, 그 기계를 사용한 마지막 밤이 생각났다. 그게 바로 어젯밤이었던가. 기억을 되살리자 예리한 악몽이 온몸을 휩쓸며 지나갔다. 누군가에 의해서 캐롤이 살해된 이 방에서 또 자기를 죽이려 했다나…….

갑자기 그는 일주일에 한 번씩 시립병원에서 무료 진료를 해왔던 일이 떠올랐다. 그와 같은 사실이 지금에서야 생각난 것은 연이어 발생한 사건들이 시립병원보다는 자기 사무실을 중심으로 해서 일어났기 때문이리라. 그러나…….

그는 벽장 속의 '시립병원' 표시가 된 칸에서 대여섯 개의 테이프를 골라 녹음기에 걸었다.

〈로스 스래함〉

"……사고였어요, 선생님. 낸시가 너무 울었어요. 늘 그랬어요. 그래서 약간 매질을 했을 뿐이에요. 낸시를 위해서였어요."

"낸시가 왜 그렇게 많이 우는지 생각해 봤나요?"

저드의 목소리가 들려 왔다.

"왜냐 하면 너무 버릇이 없어요. 애비가 그래 놓고는 도망가 버렸어요. 낸시는 늘 아빠 딸이라고 생각했고, 그런데 훌쩍 남편이 달아나 버렸잖아요."

"당신과 해리는 결혼한 사이가 아니죠?"

"뭐 그냥 사는 거죠. 곧 결혼할 예정이었어요."

"얼마 동안 같이 살았나요?"

"4년이에요."

"해리가 떠난 후 얼마쯤 지나서 낸시의 팔을 부러뜨렸나요?"

"한 일 주일 되나요? 부러뜨릴 생각은 없었어요. 그냥 울음을 그치지 않길래 커튼 막대기를 잡고 한 번 때렸을 뿐이에요."

"당신 생각엔 해리가 낸시를 더 사랑했다고 보았나요?"

"아뇨. 해리는 제게 미쳐 있었어요."

"그럼 왜 그가 당신 곁을 떠났나요?"

"음, 남자니까요? 남자들이 어떤지는 잘 아시잖아요? 동물이에요, 모두 다! 당신들은 모두 돼지처럼 죽어야 마땅하다구요!"

우는 소리가 들렸다.

저드는 녹음기를 끄고 로스 그래함을 머리에 그려 보았다. 그녀는 정신적인 염세증으로 그녀의 여섯 살 난 딸을 두 번이나 때려 거의 죽게 만들었다.

그러나 이 살인 사건과 로스 그래함의 정신병적인 행동과는 맞지 않는 점이 너무 많았다.

저드는 두 번째 테이프를 걸었다.

〈알렉산더 폴로〉

"경찰에 의하면 당신은 칼로 챔피언 씨를 공격했다는데……."

"하라고 해서 그랬을 뿐이오."

"누가 챔피언 씨를 죽이라고 했나요?"

"그렇소."

"그게 누구요?"

"하나님이오."

"왜 하나님이 그를 죽이라고 했나요?"

"챔피언은 나쁜 사람이기 때문이오. 그는 배우인데 무대에서 봤어요. 그는 상대방 여배우에게 키스를 했소. 관객이 모두 지켜 보는 데서 말이요. 그는 그녀에게 키스를 한 다음에 또……"

"계속하세요."

"그녀의 젖가슴을 만졌어요."

"그게 기분 나쁘던가요?"

"물론이죠! 아주 기분 나빴소. 그게 뭘 의미하는지 이해 못하겠소? 그는 그녀의 육체를 탐했어요. 극장을 나올 때 마치 소돔과 고모라를 다녀온 기분이었소. 벌을 받아야만해요."

"그래서 그를 죽이려고 마음먹었나요?"

"내가 결정한 게 아니라 신이 결정한 거요. 난 신의 명령을 이행한 것 뿐입니다."

"신이 가끔 당신에게 말을 하나요?"

"일이 있을 때만 그렇소. 신은 내가 순수하기 때문에 나를 그의 도구로 선택한 거요. 당신은 내가 어떻게 순수하게 되는지 아나요? 세상에서 무엇이 가장 좋은 세탁제인지 알고 있소? 그것은 부패한 악을 처치하는 길뿐이지요."

알렉산더 폴로, 서른다섯 살로 시간제로 제빵 공장의 보조 노릇을 하는 젊은이였다.

그는 이미 정신병원에 육 개월 동안 들어갔다가 풀려난 경험이 있었다.

과연 신이 그에게 호모인 핸슨과 창녀였던 캐롤, 그리고 그들의 보호자인 저드를 죽이라고 계시했을까?

물론 폴로의 행동은 즉흥적이고 순간적이었다. 그러나 이 살인자들의 수법은 고도로 조직화된 계획적인 방법을 쓰고 있었다.

그는 테이프 몇 개를 더 들어 보았으나 모두 이 사건의 형태와는 연관되지 않았음을 확증하는 마음이 더 앞섰다. 결론은 병원의 환자 중에는 가능성이 없다는 것이었다.

사무실의 파일을 훑어보자, 어떤 이름이 눈에 띄었다.

녹음기에 걸었다.

〈스키트 깃근〉

"안녕하시오, 선생. 내가 꾸민 이 아름다운 날이 마음에 드나
요?"

"기분이 좋은 모양이군요."

"내가 기분이 좋게 보이면 날 또 가두려 할 거요. 어제 저녁 내
쇼를 봤나요?"

"아니, 미안하지만 그럴 시간이 없었소."

"굉장했어요. 잭 콜드가 나보고 이 세상에서 가장 근사한 코메
디언이라고 말했소! 그러자 청중들이 환호성을 지르며 끝없이
박수를 치고 야단들이었소. 그게 뭘 의미하는지 아시겠소?"

"박수를 치라는 싸인을 보냈겠지요."

"아주 명석하구만, 악마 같으니라구. 그러나 유머 감각이 뛰어
난 정신분석의라서 좋네. 지난번 의사는 돌대가리 멍청이인 데다
그 길쭉한 콧수염이라니……."

"왜?"

"여자였으니까!"

웃음소리가 크게 울렸다.

"이봐요, 내가 왜 이렇게 기분이 좋은지 알겠소? 백만 달라……
한 번 세어 보시오. 백만 달라, 바아프라의 아사 직전에 있는 아
이들을 돕기 위해 돈을 난민구제소에 보냈소."

"그래서 기분이 좋은신 거군요."

"그렇소. 그 기사로 전 세계의 신문이 대서특필하고 있으니까."

"그게 중요한 거요?"

"중요하다니 그게 무슨 뜻이오? 아무나 할 수 있는 일인가요? 아무리 나발을 불어 봐요, 피터 팬? 어림도 없지. 그런 돈을 만질 수 있다는 게 얼마나 기분 좋은지 당신은 알기나 알아?"

"몇 번이나 돈을 주겠다고 약속했는데, 정말 주었나요?"

"약속이나 실제 주는 거나 뭐가 다른 겁니까? 백만 불을 준다 약속하고 겨우 몇 불만 주어도 좋다고 야단일 테니. 오늘이 나의 데뷔 기념일이라고 말했습니까?"

"아니오. 축하하오."

"고맙소. 15년이라나… 아직 셸리를 못 만나 보았죠. 지구상에 발을 내디딘 여자들 중에서 제일 근사한 여자였소. 그녀와 결혼한 건 진짜 행운이었소. 근데 그 처남하고 관계가 너무 고통스러웠소. 셸리에게는 벤과 찰리라는 두 남동생이 있는데, 전에 얘기했나요? 벤은 내 텔레비전 쇼의 수석 집필가이고, 찰리는 제작자지요. 아주 천재들이지. 벌써 7년 동안이나 방송해 왔는데 늘 인기 순위가 10위 내에 들었소. 그런 가족들과 인연을 맺게 된 것도 보통 행운이 아니었소. 대부분 여자들은 결혼하면 푸대자루가 되는데, 셸리는 결혼할 때보다 오히려 날씬했소. 한마디로 굉장한 여자지요, 혹시 담배 가진 거 있소?"

"여기 있어요. 담배는 이제 끊은 줄 알았는데요."

"난 사실 내 의지의 힘이 얼마나 강한지 보여주고 싶었소. 그래서 금연을 자청했던 거요. 그런데 다시 피우는 건…… 아! 어제 방송국과 새로 계약을 맺었소. 아주 좋은 조건으로. 시간이 다 됐나요?"

"아뇨. 지루한가요. 스키트?"

"사실을 말하자면, 여기 다시 올 필요가 없을 만큼 난 다 괜찮아졌어요."

"이젠 아무 문제도 없나요?"

"나 말이요? 세상이 모두 내 거요. 하하, 당신에게도 좀 나눠 줄까! 날 많이 도와주었으니. 당신이 번 돈에 내가 투자해서 한 번 해 볼까요? 그러다 보니 생각나는 이야기가 있소. 내가 아는 사람 중에 가발 장사가 있는데, 하루는 정신과 의사를 찾아가 소파에 누워 있었는데, 너무 신경이 날카로와서 한 시간 동안 아무 말도 못 하고 있었답니다. 그리고 나서 의사가 한다는 말이 '시간 다 됐습니다. 진료비는 50불입니다!' 하더라는 겁니다. 그렇게 2년 동안을 지나던 어느 날 의사가 이 친구에게 '궁금한 게 있으면 질문을 해도 좋다'고 하니까, 이 친구가 기다렸다는 듯 '선생님과 동업하고 싶습니다.'라고 했답니다."

여자가 까르르 웃었다.

"혹시 아스피린이나 뭐 그런 거 없소?"

"있어요. 또 두통이 시작됐나요?"

"별거 아니요. 고맙소. 괜찮을 거요."

"왜 그렇게 두통이 자주 나세요?"

"늘 쇼에 신경을 쓰니까. 오늘 오후에 읽어야 할 원고가 있는데……."

"원고 읽는 게 신경이 많이 쓰이시나 봐요."

"아니요. 농담이 시원찮으면 얼굴을 찡그리고 청중을 향해 윙크를 날려주면 청중들은 그게 재밌어서 낄낄거리고… 쇼가 아무리 엉망이어도 이 스키트는 늘 신선한 장미 같거든."

"왜 일주일에 꼭 한 번씩 심한 두통을 앓나요?"

"내가 그걸 어찌 알겠소? 당신이 의사니까 그 이유를 말해 주어야 하는 것 아니요? 그런 바보 같은 질문을 하면서 진료비를 받는 겁니까? 오! 하나님, 당신 같은 머저리가 돌아다니면서 다른 사람들의 생활을 엉망으로 만들고, 이런 간단한 두통도 해결하지 못한다니… 도대체 어디서 의사 면허를 딴 거요? 수의과 대학에서? 당신은 믿을 수가 없어. 엉터리라구! 내가 여기 오게 된 건 셀리가 추천을 해서였지. 그래야 날 떼어놓을 수 있으니까. 지옥이 뭔지 아시오? 흉하고 말라빠진 여자와 15년 동안을 살면 그게 바로 지옥이요. 뭐, 누구 또 사기치고 싶으면 셀리의 동생인 벤과 찰리를 끌어들이오. 보통 멍청한 놈들이 아니니까… 난 그들이 콱 뒈져 버렸음 좋겠소. 날 죽이려 하거든. 내가 당신을 좋아하는 것 같소? 냄새가 나요, 냄새가. 당신 문제가 뭔지 아시오? 자기 환상 속에 빠져 산다는 거요. 그저 하는 일이라곤 환자들의 주머니나 옭아내는 게 고작이지. 내 꼭 당신을 죽이고 말거야, 망나니 같으니라구……."

울음소리가 들려 왔다.

"그 원고 읽는데 가지 않았으면 좋겠어요."

침묵이 흘렀다.

"자, 그 녹음기를 끄시오. 다음 주에 또 오리다, 선생!"

미국의 가장 유명한 코메디언인 그는 이미 10년 전에 정신 병원에 넣었어야 했다. 그의 취미는 젊은 금발의 쇼걸들을 두드려 패는 일이었다.

스키트는 자그마한 체구의 사나이로 처음에는 프로 복서로 삶을 시작했다. 그러나 이제 그가 제일 좋아하는 운동은 호모들의 바에 들어가 그들을 남자 화장실로 끌고가서 정신을 잃을 정도로 때려 주는 일이었다.

종종 이런 일로 스키트는 경찰에서 적당히 사건을 마무리 짓곤 했다.

어쨌든 그는 미국에서 가장 사랑받는 코미디언이다. 그는 살인을 할 만큼 과대망상증이 심했으며 분노에 못 이겨 살인을 할 가능성도 있었다.

그러나 저드는 스키트가 이번의 계획된 살인극을 치를 만한 지경은 이미 지났다고 생각했다. 바로 거기에 해결의 열쇠가 있지 않을까?

그를 죽이려 하는 자가 누구든 간에 그것은 일시적인 충동에서 나온 것이 아니라, 아주 계획적이며 용의주도한 사람들임이 분명했다. 미친 놈들!

그런데 미치지 않은 사람이 누구란 말인가? 과연 살인자가 있는 것일까?

〈제 11 장〉

환상 살인

전화벨이 울렸다. 그가 부탁한 전화 서비스였다. 앤 블레이크
를 제외하고는 모두 연락이 닿았다는 보고였다.

저드는 교환양에게 감사하다고 말하고는 전화를 끊었다.

'그럼 앤이 오늘 올지도 모르겠군.'

그는 그녀를 만날 수 있다는 기대감에 알 수 없는 기쁨을 느꼈
으나, 한편으로는 그런 자신을 이해하기 어려웠다.

하지만, 그녀는 환자로서 의사에게 치료받기 위해 찾아온다는
것을 명심해야만 했다.

그는 앤 블레이크를 생각하며 얼마 동안을 그렇게 있었다.

'과연 나는 앤에 대해 얼마나 많은 것을 알고 있단 말인가?'

그는 앤의 테이프를 녹음기에 걸고 듣기 시작했다. 처음 그를
찾아왔을 때 녹음해 둔 것이었다.

"편안한가요? 블레이크 부인."

"네, 고마워요."

"긴장은 풀렸습니까?"

"네."

"그런데 주먹을 꼭 쥐고 있군요."

"아마 조금은 긴장되나 보죠?"

"무엇 때문에?"

한동안 침묵이 흘렀다. 그녀는 대답이 없었다.

"집에서의 생활을 말씀해 보실까요? 결혼한 지 6개월 됐다고 했죠."

"네."

"계속하세요."

"멋있는 남자와 결혼했어요. 우린 아주 근사한 집에서 살고 있어요."

"어떤 모양의 집인가요?"

"프랑스식 집이에요. 아주 오래된 건물이죠. 집에 가려면 길고 꼬불꼬불한 길을 걸어가야 해요. 지붕 위에는 좀 이상한 청동제 수탉이 있어요. 그런데 꼬리가 부러져서 없어요. 제 생각엔 아주 옛날에 어떤 수렵군이 그걸 쏘아버린 것 같아요. 집은 약 5에이커나 돼요. 물론 숲으로 둘러싸여 있고, 늘 오랫동안 산책을 하곤 해요. 마치 시골에서 사는 기분이에요."

"시골을 좋아하나요?"

"아주 좋아해요."

"남편도요?"

"그런 것 같아요."

"시골은 좋아하지 않는다면 5에이커나 되는 큰 집을 사들였겠습니까?"

"저도 그이를 사랑해요. 날 위해서 그 집을 샀을 거예요. 그인 아주 마음이 넓어요."

침묵이 흘렀다.

"잘생겼나요?"

"그럼요. 앤토니는 핸섬해요."

저드는 알 수 없는 질투심이 솟아났다.

"육체적으로도 잘 어울리나요?"

그 질문은 마치 혀로 썩은 이를 찾는 기분이었다.

"네."

저드는 그녀가 침실에서 몹시 흥분하여 여성다운 모든 것을 다 바치는 그런 형이라고 생각했다.

'아니 이런, 화제를 바꿔야겠군.'

하고는 그는 자신을 나무랐다.

"아이들을 원하나요?"

"아, 네."

"남편도요?"

"네, 물론이죠."

테이프가 돌아가는 소리 이외에 한동안 침묵이 흘렀다.

"블레이크 부인, 아주 절박한 문제가 있어서 오셨다고 하셨는데, 그럼 남편에 관한 일인가요?"

"……"

"어쨌든 대강은 짐작하겠습니다. 조금 전에 부인이 이야기한 것을 모두 종합해 보면 서로 사랑하고 있으며, 신의를 지키고, 아이를 갖기 원하며, 예쁜 집에서 살고 있고, 남편은 성공했고 멋있게 생겼으며, 그런데 문제가 있단 말씀이군요. 6개월 전에 결혼하셨고. 이건 마치 옛날 이야기 같은데요. 제 문제가 뭐죠? 하는 부인의 말이 바로 문제인 것 같습니다."

다시 침묵이 흘렀다. 한참 만에 아주 조심스럽게 그녀가 입을 열었다.

"참 말씀드리기가 곤란해요. 모르는 사람과는 의논할 수 있을 것 같았는데……."

그는 그녀가 그런 말을 하며 소파에 누워서 몸을 돌려 예쁜 눈으로 그를 올려다보던 모습이 생생하게 기억되었다.

"참 어려워요, 선생님!"

그녀는 침묵을 보상하려는 것처럼 빠른 속도로 말했다.

"뭔가를 엿들었어요. 그런데 제가 경솔하게 결론을 내렸나 봐요."

"그럼 남편의 사생활에 관련된 건가요? 다른 여자 문제인가요?"

"아뇨."

"그의 사업에 관한?"

"네……."

"그가 속인다고 생각하나요? 거래 관계가 좀 이상하다든가?"

"그런 문제인 것 같아요."

저드는 이제 뭔가 꼬투리를 잡은 것 같았다.

"그래서 그에 대한 신뢰감이 없어진다는 거죠? 즉 처음에는 보이지 않던 새로운 면이 나타났다는 것입니까?"

"의논드리기가 어려워요. 여기 온다는 것만으로도 그에게 죄를 짓는 것 같아요. 오늘은 이것으로 그만 끝내 주세요. 선생님!"

이렇게 해서 그녀와의 회견은 끝났다. 저드는 녹음기를 껐다.

앤의 남편에게 사업상의 문제가 있음이 분명했다. 세금을 속인다든가, 누구를 도산시킨다든가. 그래서 앤이 속이 상하는 모양이었다. 그녀는 몹시 감정적인 여자로 남편에 대한 신뢰감이 흔들렸음이 분명했다.

그는 앤의 남편에게 혐의를 두었다. 그는 건축업을 한다고 했으며, 그를 직접 만나지는 못했지만. 그의 사업 성격으로 봐서는 존 핸슨이나 캐롤 로버츠나 저드 자신과는 전혀 관계가 없을 것 같았다.

앤 자신은 어떤가? 그녀가 혹시 정신 이상이 아닌가? 살인광적인 정신 이상? 저드는 뒤로 몸을 기대앉아 앤을 객관적인 측면에서 생각하기 시작했다.

그는 앤이 그에게 스스로 말한 것을 제외하고는 아는 것이 없었다. 지금까지 그녀가 말한 배경은 스스로 꾸몄을지도 모른다.

그러나 그래서 얻을 게 무엇이란 말인가? 그것이 살인을 위장하기 위한 것이라면 필연적인 동기가 있어야 했다. 그녀의 얼굴과 목소리에 대한 기억이 그를 사로잡았다.

저드는 그녀가 자신의 이번 사건과는 전혀 관계가 없다는 것을 단정했다. 그 점은 목숨을 걸고라도 믿고 싶었다.

그는 테리 와쉬번의 테이프를 가지러 의자에서 일어섰다. 어쩌면 그가 소홀히 넘긴 대목이 있었을지도 모른다.

테리는 최근에 와서 그녀의 요구에 따라 예정보다 많은 대화를 나누었다. 아직 저드에게 털어놓지 않은 새로운 문제가 생긴 것은 아닐까?

성에 대한 끝없는 충동 때문에 최근의 상태를 말하기란 쉽지 않았다. 그러나 왜 그녀는 요즘 와서 그처럼 많은 회견을 요구했을까?

저드는 그녀의 테이프 중에서 아무 거나 집어서 녹음기에 걸었다.

"자, 결혼에 대해 얘기해 볼까요, 테리? 다섯 번이나 결혼했죠?"

"여섯 번이에요. 하지만 누가 일일이 그것을 헤아리며 사나요?"

"남편들에게는 다 충실했소."

웃음이 터졌다.

"날 흥분시키는군요. 이 세상에는 나를 만족시킬 만한 남자는 없어요. 이건 육체적인 문제예요."

"육체적이라니 그게 뭘 의미하나요?"

"그건 내 자신이 그렇게 생겨먹었다는 거예요. 내 몸은 뜨거운 빈 터와 같아서 늘 채워 줘야 해요."

"정말이라고 믿습니까?"

"늘 채워져야 한다는 것 말인가요?"

"아니, 다른 여자들과 육체적으로 다르다는 것 말이오."

"그래요. 촬영소 전속 의사가 그렇게 말했어요. 굉장하데요. 그런데 그 의사는 형편없어요."

"당신의 차트를 모두 검토했소. 상태학적으로 볼 때 당신은 완전히 정상입니다."

"차트가 무슨 소용인가요? 직접 시도해 보는 게 어때요?"

"사랑을 해 본 적 있소, 테리?"

"당신과도 할 수 있어요."

침묵이 흘렀다.

"그런 표정을 짓지 말아요. 견딜 수가 없어요. 말했잖아요. 난 그렇게 생겨먹었다고. 난 늘 굶주려 있단 말예요."

"물론 당신의 말을 믿어요. 그러나 굶주린 것은 육체가 아니라 당신의 감정이오."

"난 감정으로 섹스하진 않아요. 한 번 시험해 볼까요?"

"그럴 필요까지는 없어요."

"그럼 뭘 원해요?"

"당신을 도와 주길 원해요."

"그렇다면 이리 와 내 옆에 좀 앉아 보세요."

"자, 오늘은 이만합시다."

저드는 녹음기를 껐다. 그는 그녀가 한창 대스타로 명성을 날릴 때 무슨 이유로 헐리우드를 떠났는지에 대해 나눈 이야기를 기억해 냈다.

"어떤 파티에서 술주정꾼을 때렸어요. 그런데 그게 보스였어요. 그래서 쫓겨났어요."

그 당시 저드는 그녀의 가정적인 배경에 집중하느라고 그 점에 대해서는 더 이상 캐지는 않았으나, 이제는 뭔가 의심스러운 점이 보이는 것 같았다. 그것을 좀더 조사해 봐야겠다고 마음먹었다.

사실 그는 헐리우드에 관해서는 별 관심이 없었다. 누가 테리 와쉬번에 대해 깊이 알고 있다는 말인가?

노라 해들리는 유명 배우의 신상에 대해 늘 깊은 관심을 가지고 사생활까지 잘 알고 있었다. 그녀의 집에는 영화에 관한 잡지가 수북히 쌓여 있어서 가끔 피터가 그녀에게 영화광이라고 하기까지 했었다.

노라는 밤마다 그 잡지들을 즐겨 탐독했다. 그는 전화를 들고 다이얼을 돌렸다.

그러자 직접 그녀가 전화를 받았다.

"헬로우!"

"저드?"

그녀의 목소리는 언제나 친절하고 따뜻했다.

"저녁 먹으러 오겠다고 전화하는 거예요?"

"언제 한 번 갈게요."

"그래요, 잉그리드에게도 약속했어요. 아주 예뻐요."

저드는 그럴 거라고 생각했다. 그러나 앤과는 또 다른 아름다움일 거라는 생각을 순간적으로 떠올랐다.

"또한번 약속을 어기면 스웨덴하고 전쟁이 날 거예요."

"아, 알았어요."

"이젠 다 괜찮아요?"

"그럼."

"얼마나 무서운 일이에요."

노라의 목소리에는 주저하는 어두운 빛이 보이는 듯했다.

"저드…… 성탄절날 말이에요. 우리 피터와 함께 지내요. 꼭요."

순간, 그의 가슴에 커다란 충격이 오는 것 같은 아려함을 느졌다.

매년 그랬다. 피터와 노라는 그의 가장 친한 사람들이었으며, 그들은 저드가 성탄절만 되면 혼자 낯선 사람들 사이에서 지칠 때까지 돌아다니다가 깊은 밤 불이 꺼져 있는 아파트 방에 홀로 쓰러져 자는 것을 본다는 것은 가슴 아픈 일이라고 여기고 있었다.

그것은 마치 죽은 사람을 다시 수술대 위에 놓고 해부하는 듯한 자신을 학대하고 찢어 놓는 행위와 같았다.

"저드……"

그는 목소리를 가다듬었다.

"미안하오, 노라. 다음번 성탄 때나 우리 함께 지냅시다."

그는 노라가 얼마나 자기를 생각하는지 잘 알고 있었다.

그녀는 실망을 감추려는 듯 애써 다정스럽게 말했다.

"괜찮아요. 피터한테 그렇게 전할께요."

"고맙소."

그때서야 그는 왜 그녀에게 전화를 했는지 기억이 났다.

"노라, 테리 와쉬번이 누군지 알고 있소?"

"테리 와쉬번? 아, 그 여배우. 왜요?"

"오늘 아침 매디슨 가에서 보았소."

"실물을요, 정말이에요?"

그녀의 음성은 마치 소녀와 같이 변했다.

"어떻게 보였어요. 늙었어요. 젊어요? 말랐던가요? 뚱뚱하던가요?"

"괜찮아 보였소. 대스타였잖소?"

"그럼요. 그녀는 어떤 의미에서든지 간에 가장 위대한 배우였음에는 틀림없어요."

"그런데 왜 헐리우드를 떠났나요?"

"떠난 게 아니라 쫓겨났어요."

'테리는 적어도 그 점에 대해서는 사실을 말했었구나.'

그는 기분이 나아졌다.

"의사들은 모두 모랫더미 속에 머리를 박고 사는가 봐요. 그런 것도 모르는 걸 보면 말이에요. 테리 와쉬번은 헐리우드에서 가장 요란한 스캔들을 뿌렸어요."

"그래요?"

저드는 아무렇지도 않은 것처럼 말했다.

"무슨 일이 있었는데?"

"남자 친구를 살해했어요."

<제 12 장>
벌거벗은 얼굴

다시 눈이 오기 시작했다. 15층 아래의 거리에서 차량들의 소음이 찬바람에 휘날리는 흰 눈송이에 묻혀 아득하게 들려 왔다.

길 건너 빌딩 사무실의 유리창에 어떤 여비서의 얼굴이 녹아 내리는 눈을 따라 어릿어릿하게 보였다.

"노라! 그게 확실한가요?"

"헐리우드에 관한 일이라면 전 백과사전이나 다름없어요. 테리는 컨티넨탈 스튜디오의 사장과 동거생활을 하고 있으면서 한편으로는 조감독과 관계를 맺고 있었어요. 그러자 테리는 그녀의 정부인 조감독이 다른 여자와 놀아나는 현장을 덮치고는 그를 칼로 찔러 죽였어요. 그러자 사장이 나서서 사건을 적당히 무마시켜 과실로 처리했어요. 그때 테리는 헐리우드를 떠나 다시는 돌아오지 않겠다고 약속을 했고요. 뭐 그렇게 된 얘기예요."

저드는 넋을 잃고 자기가 쥐고 있는 전화를 쳐다보았다.

"이봐요, 저드. 아직 전화 안 끊었죠?"

"아, 그럼."

"그런데 목소리가 이상해요."

"어디서 그런 걸 들었소?"

"듣다니요? 그 당시 신문하고 잡지에 다 났어요. 다들 아는 공공연한 비밀이에요."

그러나 저드는 전혀 모르고 있었던 것이다.

"고맙소, 노라. 피터에게 안부 전해 줘요."

그는 전화를 끊었다.

'우연한 사고였군.'

테리 와쉬번은 사람을 살해하고서도 그에게는 전혀 얘기를 하지 않은 것이다. 그녀가 한 번 살인을 한 경험이 있다면……

그는 메모책을 집어들고 테리 와쉬번의 이름을 써넣었다.

그때 전화벨이 울렸다. 저드는 수화기를 집어들었다.

"스티븐스 박사님……?"

"누구신가요?"

"아, 별일없나 해서 전화했습니다."

안젤리 수사관이었다. 그의 목소리는 감기 때문인지 몹시 거칠어 있었다.

"뭐 새로운 게 있나요?"

저드는 잠시 머뭇거렸으나 자동차에 장치되었던 폭발물 사건에 대해 감춰야 할 이유가 없다고 생각했다.

"그들이 또 날 죽이려 했소."

저드는 안젤리에게 무디와 차에 장치된 폭탄 얘기를 자세히 말해 주었다.

"맥그리비가 이번에는 내 이야기를 믿겠죠?"

"폭탄은 어디 있습니까?"

안젤리의 목소리는 흥분에 들떠 있었다.

저드는 잠시 머뭇거렸다.

"제거했소."

"뭐라구요? 누가 제거했는데요."

안젤리는 믿을 수 없다는 듯이 성급하게 말했다.

"무디가 했소. 별 문제 없답니다."

"문제가 안 되다니요! 경찰은 뭣 때문에 있는 거죠? 그냥 봐도 누가 한 것인지 알 수 있는 거잖아요. 우린 M.O 파일을 갖고 있어요."

"M.O 파일이라니?"

"모두스 오페란디modus operandi, 행동 패턴의 약자예요. 누구든지 개인마다 버릇이 있게 마련이어서 어떤 일을 처음 시도하면 대부분 같은 방법을 다시 쓰게 된다는 거예요. 굳이 선생께 말할 필요도 없지만요……."

"그렇소?"

저드는 신중하게 대답했다.

물론 무디도 그것을 알고 있었을 것이다. 혹시 맥그리비에게 폭탄을 보여 줘서는 안될 이유가 있을지도 모른다.

"선생님은 어떻게 해서 무디를 고용하게 되었나요?"

"전화 번호부에서 찾아낸 사람입니다."

그렇게 말하면서도 자신이 좀 우습게 생각되었다.

"아, 그러니까 그에 대해서는 아는 게 별로 없겠네요."

"믿을 수 있는 사람 같더군요. 그런데 왜요?"

"현재로선 아무나 믿어서는 곤란할 것 같아서 그래요."

안젤리가 비교적 침착하게 말했다.

"그러나 무디는 이 사건과는 아무런 관련이 없는 것 같습니다. 전화번호부에서 우연히 찾아낸 사람이니까요."

"어디서 찾아냈던 간에 별 상관이 없어요. 뭔가 이상한 냄새가 나서요. 무디는 당신을 죽이려는 사람들을 옭아 넣으려고 한다고 했죠? 그러나 미끼가 물리기도 전에 그는 덫을 닫아 버렸잖습니까? 누가 그랬는지도 알아보지 않고 말입니다. 필경 박사님의 신뢰를 얻으려고 그런 것이지요."

"그런 측면으로도 생각할 수도 있겠지만……."

"무디가 박사님을 옭아 넣으려는 계획적인 일인지도 모르죠. 우리가 범인을 찾을 때까지 그에게는 아무렇지도 않게 행동해 주셨으면 합니다."

'무디가……?'

믿기지 않지만, 사실 어제만 해도 그는 무디가 자신을 옭아 넣으려 한다고 의심하지 않았던가?

"그럼 어떻게 하면 좋겠소?"

저드가 실망한 소리로 말했다.

"여행을 떠나시는 게 어떨까요? 이번에는 진짜 떠나시는 겁니다."

"환자들을 내버려 둘 수가 없어요."

"스티븐스 선생……."

"무엇보다도 그렇게 해야 해결될 일이 아니란 생각이 들어서요. 뭘 피해야 하는지도 모르고 있잖습니까? 결국 돌아오면 역시 또 모든 게 다시 시작될 거고……"

잠시 두 사람 사이에 침묵이 흘렀다.

"그것도 일리가 있습니다만……."

안젤리는 한숨을 쉬며 난처하다는 듯 말했다.

"언제 무디에게서 연락이 올 건가요?"

"그건 나도 모르는 일이오. 그는 이 사건 뒤에 누가 도사리고 있는지 알고 있는 눈치였소."

"혹시 이 일을 꾸미는 자들이 무디에게 더 많은 돈을 주리라고는 생각해 보지 않았나요?"

안젤리의 목소리에도 긴박감이 있었다.

"그가 선생님을 만나자고 전화하거든 제게 알려주시기 바랍니다. 난 2~3일 더 집에 있을 겁니다. 무얼 하든지 간에 그를 단독으로 만나선 절대로 안 됩니다."

"아무 근거도 없이 새로운 혐의를 만들고 있는 기분이요."

저드가 항의조로 말했다.

"그에게서 연락이 오면 알려주겠소."

저드는 그렇게 약속하고는 전화를 끊었다.

안젤리는 너무 신경과민적인 생각을 하는 것이 아닐까? 무디가 그의 신뢰를 얻기 위해 폭탄에 대해 거짓말을 했을 가능성도 없잖았다. 그런 다음에 간단히 일을 진행시킬 수 있을 테니까 말이다.

이렇게 저드를 안심시켜 놓고는 전화로 불러내어 증거가 있으니까, 어느 곳 어떤 장소로 오라고 유혹해서는, 그리고는……

저드는 몸을 떨었다. 무디의 인간성에 대해 잘못 판단한 것이 아닐까?

저드는 무디를 처음 보았을 때 가졌던 인상을 다시 떠올렸다. 그때 그는 무디가 바보스럽다고까지 생각했었다.

그리고는 그의 홈스펀의 너절한 옷 속에 예리하고 통찰력 있는 성격이 감춰져 있다고 믿게 되었던 것이다. 그렇다고 무디가 믿을 만하다는 것은 아니지 않는가? 그리고 또……

저드는 바깥 부속실 문 밖에 어떤 사람이 와 있는 것을 직감적으로 알았다.

'앤!'

그는 녹음 테이프들을 재빨리 치우고 문 쪽으로 가사 손잡이를 돌렸다.

앤이 복도에 서 있었다. 그녀는 잘 재단된 푸른색 옷을 입고 얼굴에 어울리는 작은 모자를 쓰고 있었다.

그녀는 저드가 자기를 쳐다본다는 것도 모르는 듯 깊은 생각에 잠겨 있었다.

저드는 앤을 바라보면서 그녀에게서 어떤 불완전함이나 자신과 어울리지 않는 무엇이라도 발견하려고 애썼다.

그래서 훗날 앤보다 더 잘 어울리는 여자를 찾겠다는 구실을 만들려고 했다.

"안녕하십니까?"

저드가 낮은 음성으로 말했다.

그녀는 깜짝 놀라며 얼굴을 쳐들었다.

그리고는 엷은 웃음을 지었다.

"안녕하세요."

"들어오시지요, 블레이크 부인."

그녀는 그에게 몸을 약간 스치며 사무실 안으로 들어섰다.

앤은 그 황홀한 자색빛의 눈으로 저드를 쳐다보았다.

"사고를 낸 운전사를 찾았나요?"

그녀의 얼굴에는 근심과 흥미를 띤 표정이 엇갈렸다.

그는 다시금 앤에게 모든 것을 얘기해 버릴까 하는 순간적인 충동을 느꼈다.

그러나 그렇게 할 수는 없었다. 결국은 그녀에게서 값싼 동정을 구하는 것에 지나지 않을 것 같은 회한이 그것을 억제했다.

아니면, 그녀 역시 알 수 없는 위험에 빠질지도 모르는 일이었기 때문이다.

"아직 못 찾았소."

그는 의자를 가리켰다. 앤이 그의 얼굴을 동정에 가득찬 눈빛으로 바라보고 있었다.

"몹시 피곤해 보여요. 좀더 쉬실 걸 너무 일찍 일을 시작하시나 봐요."

그는 그녀의 동정어린 말을 견디기가 어려웠다. 더구나 앤에게서 그런 말을 듣게 되다니!

"아, 괜찮아요. 환자들을 다 취소했는데, 당신에게 연락이 안 됐을 뿐입니다."

뭔가 심상치 않은 듯한 불안한 표정이 앤의 얼굴에 떠올랐다. 저드를 방해해서 미안하다는 표정 같기도 했다.

"죄송해요. 전 전혀 몰랐어요. 그냥 돌아갔으면 하는데요
……."

"아니오, 괜찮습니다."

그는 재빨리 그녀를 붙잡으려는 듯이 황급하게 말했다.

"연락이 안 된 게 다행이었소."

이것이 그녀를 보게 되는 마지막 기회일지도 모른다는 생각이
들었다.

"오늘은 어떻습니까?"

그녀는 잠시 뭔가를 말하려는 듯 망설이다가 마음을 돌리며
말했다.

"조금 혼란이 오는 것 같아요."

그녀는 저드를 이상한 눈초리로 바라보았다. 그 눈빛에는
그가 옛날에 망각해 버렸던 어떤 감정이 서려 있었다.

그녀에게서 따뜻한 육체적인 바람이 풍기는 것처럼 느껴졌다.

그러자 그는 자신이 무슨 생각을 하는지 깨닫고는 멈칫 혼자
놀랐다. 그의 감정이 그녀에게 이입되는 것 같은 환각을 느꼈던
것이다. 마치 심리학을 처음 공부하는 학생처럼 말이다.

"언제쯤 유럽으로 떠나시나요?"

"크리스마스 날 아침예요."

"남편하고 말인가요?"

이게 무슨 바보 같은 질문이란 말인가?

"어디로 가나요?"

"스톡홀름-파리-런던-로마예요."

'로마를 내가 안내할 수 있다면!'

저드는 속으로 생각했다.

그는 로마의 아메리칸 병원에서 1년 동안 인턴 생활을 했었다. 그곳 더블린 정원 옆에는 씨벨이라는 아주 오래된 식당이 있었는데, 그는 그 식당의 노천 테이블에 앉아 햇볕을 쪼이며 수백 마리의 야생 비둘기가 하늘을 어둡게 만들면서 날아다니는 것을 보면서 젊은 날의 한때를 보냈었다.

그런데 앤이 남편과 함께 로마로 간다고 하지 않는가?

"아마 제2의 밀월여행이 될 것 같아요."

그녀의 목소리에는 전문가가 아니면 느낄 수 없는 어떤 긴장감이 감추어져 있었다.

저드는 그녀를 좀더 자세히 살펴보았다. 겉으로는 차분하고 정상인 것처럼 보였으나. 내면에는 어떤 긴장감이 짙게 감추어져 있는 것이 느껴졌다. 사랑에 빠진 젊은 여자가 유럽으로 밀월여행을 떠나는 표정치고는 뭔가 이상한 데가 있었던 것이다. 동시에 그것이 무엇인지도 짐작할 수 있었다.

앤에게 있어 다른 여자와 구별되는 점은 전혀 흥분하는 빛을 드러내지 않는다는 것이다. 혹시 있다 하더라도 다른 강한 감정 때문에 감추어져 있거나 잘 나타나지 않는 이율배반적인 모순에 상처를 받고 있었다. 슬픔, 아니면 후회의 감정일까?

"얼마나 오랫동안 여행할 예정인가요?"

그는 그녀를 곧바로 응시하며 물어 보았다.

작은 미소가 입가에 떠오르며 마치 저드의 진의를 아는 것처럼 곱게 웃었다.

"앤토니의 계획이 아직 확실히 정해지지 않았어요."

"아, 그래요."

저드는 양탄자를 내려다보며 참혹한 기분이 되었다.

'빨리 끝을 내야겠구나.'

그는 앤을 떠나지 못하게 할 수가 없었다.

"블레이크 부인……"

그가 말을 시작하려 했다.

"네?"

저드는 자기의 목소리를 부드럽게 하려고 애썼다.

"오늘 여기 오라고 한 건 그냥 작별 인사를 하고 싶어서였소."

이상하게도 앤에게서 긴장감이 풀려나가는 것 같았다.

"알고 있어요."

그녀는 조용히 말했다.

"저도 그냥 그럴려고 왔어요."

그녀의 목소리에는 다시 무엇인가 이상한 느낌이 서렸다.

마침내 그녀는 일어섰다.

"저드……"

그녀는 그의 눈을 똑바로 쳐다보며 천천히 바라보았다. 그녀의 눈에는 알 수 없는 강렬한 열망이 담겨 있었다.

그런 것은 강한 전류의 흐름과 같아서 마치 육체적인 자극을 받는 그런 느낌이었다.

저드는 앤에게로 다가가려다 순간 우뚝 멈춰섰다. 그녀를 위험에 몰아넣고 싶지 않았다.

다시 입을 열었을 때, 저드의 목소리는 차분히 가라앉아 있었다.

"로마에 가시거든 엽서나 보내주십시요."

그녀는 한동안 그를 건너다보고 있었다.

"몸조심하세요, 저드."

그는 더 이상 말할 수가 없어 그냥 고개만 끄덕였다.

그리고 그녀는 떠나가 버렸다.

전화벨이 세 번 울린 다음에서야 저드는 수화기를 집어들었다.

"아, 의사 선생이시구만."

무디였다.

그의 목소리는 흥분에 젖어 있었다.

"혼자 있습니까?"

"네."

무디는 흥분 속에서도 저드가 확실히 파악할 수 없는 이상한 감정이 섞여 있었다. 조심스러움, 아니면 공포일까?

"저드 씨, 내가 이 사건 뒤에는 뭔가 있으리라는 것을 말한 게 기억납니까?"

"그렇소."

"내가 맞았습니다."

저드는 전율과 함께 소름이 온몸에 끼치는 것을 강렬하게 느꼈다.

"그럼 핸슨과 캐롤을 누가 죽였는지 안단 말이오?"

"그렇습니다. 그리고 왜 그랬는지도 알아냈고. 다음번 목표는 바로 당신입니다."

"이야길 좀 자세히 해봐요."

"전화로는 곤란해요. 어디서 조용히 만나 얘기합시다. 혼자 오세요."

'혼자 오라고!'

"이보세요, 듣고 있는 거예요?"

무디가 큰 소리로 외쳤다.

"네?"

저드는 자기도 모르게 대답했다.

안젤리가 뭐라고 했더라? 무엇을 하든지 간에 무디를 혼자 만나지 말라고 충고하지 않았던가?

"이리로 오는 게 어때요?"

저드는 시간을 끌어 보았다.

"누군가 날 미행하는 것 같아요. 겨우 떨쳐냈어요. 지금 화이브 스타 통조림 공장에서 전화하고 있거든요. 부둣가 23번 가에 있어요."

저드는 아직도 무디가 자신에게 거짓말을 한다고 믿을 수가 없었다. 시험을 해봐야겠다고 생각했다.

"안젤리와 같이 가겠소."

그러자 무디가 날카롭게 말했다.

"아무도 데려와서는 안 돼요. 혼자 오시오."

'음… 이거야! 맞아 들어가는구나.'

저드는 통화를 하고 있는 저편의 뚱뚱한 체구의 무디를 머리 속에 그려 보았다.

선한 얼굴을 하고는 하루 경비를 50불씩이나 요구하며 자신를 죽이려고 덫을 놓다니!

그러나 저드는 아무렇지도 않은 목소리로 말했다.

"좋소. 곧 가겠소."

그는 마지막으로 한 번 더 다짐을 하고 싶었다.

"누가 이 일을 꾸미고 있는지 분명히 알고 있다는 거요?"

"물론이죠, 의사 선생. 돈 빈튼이라고 들어 보았습니까?"

그리고 무다는 갑자기 전화를 끊었다.

저드는 잠시 멍하니 그 자리에 서서 그를 휩싸고 지나간 감정의 소용돌이를 되새겼다.

그는 안젤리의 집 전화번호를 들여다보고 다이얼을 돌렸다. 다섯 번이나 벨이 울려도 전화를 받지 않자, 순간 그가 집에 없으면 어쩌나 하는 어두운 공포감이 몰려왔다.

'무다를 만나러 혼자 가야 한단 말인가?'

그러자 안젤리의 코먹은 소리가 울렸다.

"여보세요?"

"저드 스티븐스요, 무다가 전화를 해왔소."

안젤리의 말이 빨라졌다.

"뭐라고 하던가요?"

저드는 잠시 망설였다. 그를 죽이려고 일을 꾸미고 있는 작은 뚱보에 대한 일말의 헤아릴 수 없는 신뢰감—아니 사람을 배반한다는 죄책감이 마음을 아프게 했다.

"그는 화이브 스타 통조림 공장에서 나를 만나자고 했소. 23번가에 있다면서 혼자 오라고 하네요."

안젤리가 서글프다는 듯이 웃었다.

"그럴 겁니다. 사무실에서 기다리세요. 맥그리비를 불러서 같이 가도록 하겠습니다.”

저드는 천천히 수화기를 내려놓았다.

'전화번호부에서 찾아낸 뚱보 부처님.'

저드는 갑자기 말로 표현할 수 없는 어떤 슬픔을 느꼈다. 그는 무다를 좋아했고 또 믿었었다.

그런데 무다는 그를 죽이려고 기다리고 있는 것이다.

〈제 13 장〉
세 번째의 죽음

20분 후 저드는 안젤리와 맥그리비를 사무실로 맞아들였다. 안젤리의 두 눈은 붉고 물기에 젖어 있었으며 목소리는 꽉 잠겨 있었다.

저드는 병상에서 그를 끌어낸 것이 미안했다. 맥그리비는 간단히 고개만 끄덕여 인사를 했다.

"맥그리비에게 무디가 전화한 내용을 얘기했나요?"

안젤리가 두 사람을 동시에 바라보며 말했다.

"그렇소. 무슨 짓들인지 밝혀 봐야 하니까."

맥그비리가 비딱하게 빈정거리는 투로 말했다.

5분 후. 그들은 표시없는 경찰차를 타고 웨스트 사이드를 질주하고 있었다.

그러자 먼 곳에서 천둥소리와 함께 번쩍거리는 겨울 번개가 하늘을 갈랐다. 빗방울이 차 유리에 떨어지기 시작했다.

자동차가 거리를 빠져 나가자, 우뚝 솟은 마천루의 빌딩들이 혹독한 추위에 움츠려들 듯이 점점 작게 보였다.

차는 23번가를 돌아 허드슨 강을 향해 서쪽으로 끼고 돌았다. 그들은 폐차장과 수리 센타를 지나 차고와 트럭 터미널, 그리고 운송회사들을 차례로 지나쳤다.

차가 10번가에 가까이 다가가자, 맥그리비가 차를 세우라고 손으로 신호를 보냈다.

"여기서 내립시다."

맥그리비는 저드를 돌아보며 말했다.

"무다는 누구와 함께 있다고 하지 않던가요?"

"아니요."

맥그리비는 옷저고리를 풀더니 권총집에서 총을 꺼내 상의 안주머니에 옮겨 넣었다. 안젤리도 그를 따라 했다.

"우리 뒤에서 따라오시오."

맥그리비가 저드에게 명령했다.

세 사람은 세찬 비바람에 고개를 숙이며 걷기 시작했다. 반 블럭쯤 걸어가자 황폐한 건물이 보이고 정문에 희미한 글자가 드러났다.

화이브 스타 통조림 공장

주위에는 손수레나 트럭, 전깃불도 없어 죽은 듯이 어둠 속에 고요했다.

두 형사는 철문 양옆으로 바짝 갈라섰다. 맥그리비가 문을 열어 보았으나 굳게 잠겨 있었다. 주위를 둘러보았지만 초인종은 보이지 않았다. 모두들 귀를 기울였으나 빗소리 이외에는 아무것도 들리지 않았다.

"벌써 일이 끝난 모양입니다."

안젤리가 조심스럽게 말했다.

"그럴 거야. 크리스마스 전날의 금요일이니까, 대부분 회사들이 오전 근무만 했겠지."

맥그리비가 중얼거렸다.

"하역장 입구가 있을지도 모르잖소?"

저드는 두 형사를 따라 빌딩 쪽으로 걸어갔다. 그들은 비스듬히 내려가는 하차장에 도달했다. 그곳 역시 잠잠했다.

그들은 상차대가 있는 곳까지 더 내려갔다.

"자, 불러 봐요."

맥그리비가 저드에게 명령조로 말했다.

저드는 무디와의 약속을 배반한다는 것에 알지 못할 슬픔을 느끼며 잠시 주저했다. 그러나 그는 목소리를 높여 외쳤다.

"무디!"

성난 고양이 한 마리가 그에게 대답하듯 뛰쳐나왔다.

"무디 씨!"

작업대 위에는 커다란 미닫이 나무 문이 있어 창고와 하차장을 갈라놓고 있었다. 작업대로 올라가는 계단도 보이지 않았다.

맥그리비는 덩치에 비해 몹시 빠른 동작으로 작업대 위로 뛰어올라갔다. 안젤리와 저드도 그를 따라 뛰어 올라갔다.

안젤리는 미닫이 문으로 다가가 힘껏 밀어 보았다. 그러나 문은 잠겨 있지 않았다. 거대한 문은 불규칙한 굉음을 내며 열렸고, 창고 안은 칠흙같이 어두웠다.

"손전등을 갖고 왔나?"

맥그리비가 안젤리에게 물었다.

"아니요."

"젠장!"

그들은 조심스럽게 창고 안으로 들어섰다. 저드는 다시 고함을 질렀다.

"무디 씨! 저드 스타븐스요!"

그들이 밟고 지나가는 나무판자의 삐걱거리는 소리 외에는 어떠한 소리도 들리지 않았다. 맥그리비가 주머니를 뒤져 성냥을 찾았다. 그리고는 성냥을 한 개비 켜서 쳐들었다. 약하게 흔들리는 몇 초 동안의 불꽃에 비친 창고는 마치 끝없는 동굴처럼 보였다. 곧 성냥이 다 타버렸다. 그러자 뒤이어 어둠이 이어졌다.

"전기 스위치를 찾아봐. 마지막 성냥개비였어."

저드는 안젤리가 벽을 더듬어 스위치를 찾고 있다는 걸 부스럭대는 소리로 알 수 있었다. 저드는 계속 앞으로 나아갔다.

"여기 스위치가 있군."

'찰칵' 하는 짧은 금속성의 파열음 소리가 났다. 그러나 아무 일도 일어나지 않았다.

"메인 스위치를 꺼버린 모양이군."

맥그리비가 볼멘 소리로 중얼거렸다.

저드는 벽에 몸을 부딪쳤다. 몸을 가누려고 손을 휘젓다 문고리가 손에 닿자, 빗장을 올리고는 힘껏 당겨 보았다. 거대한 문이

쑥 열리면서 찬바람이 온몸을 휘감았다.

"여기 문이 있소."

저드는 소리쳤다.

그는 문지방을 넘어 조심스럽게 안으로 발을 옮겨 놓았다. 그의 뒤에서 문이 닫히자 가슴이 뛰기 시작했다. 안은 저쪽 창고보다 더 어두웠다.

"무디 – 무디 –"

무거운 침묵만이 대답을 하고 있었다. 무디가 이곳 어디쯤인가에 분명 있을 것만 같았다.

'만일 무디가 여기에 없다면 맥그리비는 뭐라고 할까?'

그는 다시 한번 늑대가 오지 않았는데도 고함을 질러댄 소년이 된 것이다.

그가 한 걸음 더 앞으로 나가자 차가운 섬뜩한 물체가 그의 얼굴에 닿았다.

그는 뒷머리에 찬물을 끼얹는 것 같은 전율을 느끼며 재빨리 한쪽으로 비켜섰다.

그는 순간적으로 그를 둘러싸고 있는 죽음과 피의 냄새를 맡을 수 있었다. 그의 주위에는 악마들이 모여서 점차 그를 향해 거리를 좁혀 오고 있었다.

그러자 그의 머리 속은 온통 공포로 일렁거렸고 숨을 쉴 수 없을 만큼 심장의 고동이 빨라졌다.

그는 떨리는 손으로 주머니를 뒤져 성냥을 찾아내서는 불을 그었다. 성냥불에 비쳐 보니까, 그의 얼굴 바로 앞에 커다란 죽은 눈이 그를 노려보고 있었다.

그러나 그것은 고리에 걸려 있는 도살당한 소의 머리였다. 그는 후크에 걸린 짐승의 시체를 한 번 흘깃 보고는 성냥이 다 타기 전에 저쪽에 있는 문을 볼 수 있었다.

그 문은 사무실로 통하는 문인지도 모른다. 무디가 거기서 기다리고 있을 것만 같았다.

그는 칠흑 같은 어둠을 뚫고 문 쪽으로 다가갔다. 다시 차가운 고기 덩어리가 그에게 부딪쳤다. 그는 얼른 옆으로 비켜서서 사무실문을 향해서 조심스럽게 걸어갔다.

"무디!"

그는 안젤리와 맥그리비가 왜 늦는지 알 수가 없었다. 어떤 미친 사람이 흉악하고 잔인한 연극을 하고 있다고 느끼며 도살된 동물들을 지나쳐서 계속 걸어갔다.

문에 가까이 다가갔을 때 또다른 고기 덩어리들이 저드의 몸에 부딪쳤다.

저드는 몸을 가다듬기 위해 걸음을 멈추고 마지막 남은 성냥 한 개비를 그었다. 그러자 한 덩이의 고깃 덩이마냥 노만 지무디의 시체가 성냥 불빛에 일렁이고 있었다.

그때 성냥불이 꺼졌다.

〈제 14 장〉

들리지 않는 목소리

시체 처리반이 일을 끝내고 돌아갔다. 무디의 시체는 옮겨졌고, 저드와 맥그리비, 안젤리를 제외한 다른 사람들은 현장을 떠났다.

그들은 선정적인 나체 달력이 걸려 있는 작은 사무실에 대화를 잃은 채 앉아 있었다.

사무실에는 낡은 책상과 회전의자 한 개, 그리고 파일박스 두 개가 놓여 있었다. 이제는 전기도 들어와 있었으며 전기 히터를 켜놓아 실내는 따뜻했다.

공장장 폴 모레티가 크리스마스 전야 파티에서 곧장 불려와 우선 간단한 심문을 받았다. 성탄절 휴가 전날이라 종업원들은 오전 근무만 시켰다고 설명했다.

그래서 12시 30분에 공장문을 닫았으며, 그가 아는 한 그 시간에 공장 근처에서는 아무도 발견할 수 없었다고 말했다.

모레티는 엉망으로 취해 있었으므로 맥그리비는 그가 더 이상 도움이 되지 않을 것이라고 판단해서인지 집에까지 차를 태워주도록 배려했다.

저드는 무슨 일이 벌어지고 있는지 종잡을 수가 없었다.

그는 무디의 명랑한 성격과 생기에 찬 태도, 그리고 얼마나 참혹하게 살해됐는지를 생각해 보았다.

저드는 자신의 처사를 나무랬다. 자기가 무디를 이 일에 끌어들이지 않았다면, 그 뚱뚱했지만 착한 탐정은 죽지 않았을 것이 아닌가?

거의 자정이 되어가고 있었다. 저드는 또다시 무디와의 전화 내용을 되풀이해서 얘기해야 했다. 맥그리비는 저드를 쳐다보며 시거를 질겅질겅 씹고 있었다.

맥그리비가 입을 열었다.

"탐정 선생께서는 소설을 자주 읽나요?"

저드는 놀라서 고개를 번쩍 들었다.

"아뇨. 왜요?"

"말해 드리지. 선생이 사실을 말했다는 걸 이제야 알겠소. 처음엔 당신이 꾸미는 일이라고 생각했지요. 그건 사실입니다. 그런데 무슨 일이 일어났습니까? 당신은 살인자가 아니라 갑자기 죽여야 할 목표로 변한 겁니다. 자, 먼저 차가 당신을 치었다고 주장했지요?"

"차가 박사를 친 건 사실입니다."

안젤리가 옆에서 말을 거들었다.

"풋나기 경찰이라면 그렇게 말할 수 있겠지."

맥그리비가 싸늘하게 말했다.

"그 다음 당신은 안젤리를 전화로 불러 두 사람이 사무실에 침입해 당신을 죽이려 한다고 했소."

"침입한 건 사실이었소."

저드가 강경하게 말했다.

"아니오, 그렇지 않소. 그들은 특수 열쇠를 썼던 거요."

맥그리비가 저드의 말을 고쳐 주었다.

"당신은 그 사무실의 열쇠가 당신 것과 캐롤이 가졌던 것 두 개였다고 했지요?"

"그렇소. 그들이 캐롤의 열쇠를 복사했을 겁니다."

"난 당신이 뭐라고 얘기했는지 잘 기억하고 있소. 열쇠에서 파라핀 검출 시험을 한 결과, 캐롤의 열쇠에서는 복사되지 않았다고 나왔소."

맥그리비는 잠시 말을 끊었다.

"그리고 경찰에서 그녀의 열쇠를 영치하고 있으니까, 결국 당신 열쇠만 남지 않았소?"

저드는 말을 못한 채 그를 멍청히 쳐다보았다.

"내가 미친 사람의 짓이라는 당신의 주장을 받아들이지 않으니까, 선생은 전화번호부를 뒤져 사설탐정을 고용했소. 그러자 그는 당신 차에 장치된 폭탄을 발견했고, 다만 난 그 폭탄을 보지도 못했습니다. 그러자 당신은 또 다른 시체를 만들어 내서 날 속이려 했습니다. 그러면서 안젤리에게 전화를 걸어 무디란 사람이 당신을 죽이려는 계략을 꾸민다고 했소. 그런데 막상 여기 와 보니, 그 친구는 고기걸이에 죽어서 매달려 있고……"

저드는 그만 화가 치밀어 올라 그의 이야기를 다 끝나기도 전에 소리를 질렀다.

맥그리비는 차가운 눈초리로 한동안 그를 쳐다보았다.

"왜 아직도 당신을 체포하지 않는지 압니까? 아직도 이 괴상한 수수께끼의 동기를 찾지 못했기 때문이요. 그러나 선생, 곧 찾아낼 거요. 내 분명히 약속하리다."

그는 일어섰다.

갑자기 저드는 뭔가 떠오르는 것이 있었다.

"잠깐! 돈 빈튼에 대해 알고 있소?"

"뭐라구요?"

"무디는 돈 빈튼이 이 사건의 배후 인물이라고 주장했소."

"그 사람이 누구요?"

"혹시 경찰에서 알고 있을지도……"

"난 들어 본 적이 없소만……."

맥그리비가 안젤리를 돌아보자, 그도 고개를 저었다.

"좋소. 곧 돈 빈튼을 긴급수배하겠소. 연방수사국, 국제경찰, 그리고 미국 내의 모든 대도시 경찰에 알려 수배하지요."

저드는 고개를 끄덕였다. 누구든 이 사건을 꾸민 자는 경찰에 기록되어 있을 것이므로 확인하는 데는 많은 시간이 걸리지 않을 것이다.

그는 다시금 무디의 비유하는 버릇과 빠른 판단력을 기억해 냈다. 그는 여기까지 미행당했음이 분명했다. 더구나 다른 사람에게 저드와의 만날 약속을 이야기했을 리도 없었다.

그러나 지금은 그들이 찾고 있는 사람의 이름은 알고 있지 않은가?

노만 지 무디의 살해 사건은 이튿날 아침 조간신문 1면을 톱 뉴스로 장식하고 있었다.

저드는 사무실로 가는 도중 신문을 한 장 샀다. 신문에는 저 드가 경찰과 함께 시체를 발견한 증인이라고 간단히 언급돼 있 었는데, 이를 통해 맥그리비가 사건의 전모를 감추고 있음을 어 렵지 않게 알 수 있었다.

맥그리비는 오랜 경력의 수사관답게 능란하게 일을 처리하고 있었다. 저드는 앤이 어떻게 생각할까, 한편으로 궁금한 마음이 들었다.

오늘은 토요일이었으므로 시립병원의 무료 진료를 담당하는 날이었으나 다른 사람을 보내기로 미리 조치를 취했고, 저드 자신은 사무실로 가기로 작정했다.

그는 혼자 엘리베이터를 타고 사무실로 올라가서 복도에 누가 없나 유심히 살펴보았다. 그는 그러면서도 자신이 얼마 동안이나 더 이런 긴장 속에서 버틸 수 있을지 염려하지 않을 수 없었다.

오전 내내 그는 안젤리에게 전화를 해서 돈 빈튼에 대해 문의 해 보고 싶은 강한 충동을 느꼈으나, 그때마다 초조감을 억누 르고 기다렸다.

안젤리는 무엇이라도 발견이 되면 즉시 전화를 해줄 것이다. 저드는 돈 비튼의 살인 동기에 대해 의문을 떠올리며 수수께끼를 풀려고 노력했다.

수년 전. 그가 수련의 시절 때 만난 환자일지도 모르며, 어떤 방법으로든 자신에게 해를 입혔다고 믿는 사람임이 틀림 없을 것 같았다.

그러나 빈튼이라는 이름의 환자는 전혀 기억할 수 없었다.

정오쯤에 그는 부속실 문을 여는 소리를 들었다. 안젤리였다. 그는 훨씬 더 수척해져 있었고 초조한 빛이 역력했다.

그의 코는 볼상사납도록 빨갰으며 코를 훌쩍거렸고, 사무실에 들어서자 피곤한 듯이 의자에 몸을 던졌다.

"돈 빈튼에 대해 뭔가 알아냈나요?"

저드는 기대감을 갖고 물었다.

안젤리는 고개를 끄덕였다.

"연방수사국 지시로 미국 내 주요 도시 전 경찰서에 텔렉스를 보냈어요. 또 국제경찰에까지도요."

저드는 숨을 쉬는 게 두려웠다.

"그러나 돈 빈튼에 대한 기록은 없다고 하네요."

저드는 배에 충격을 받은 것처럼 믿을 수 없다는 표정으로 그를 쳐다보았다.

"그럴 수가? 누군가는 그를 알 게 아니오? 이만한 일을 저지를 사람이라면 하늘에서 떨어질 수는 없잖소?"

"맥그리비도 같은 말을 했어요."

안젤리가 피곤한 목소리로 말했다.

"나하고 다른 경찰관이 밤새도록 맨하턴과 근처의 돈 빈튼을 모두 조사했습니다. 우린 뉴저지와 코네티컷까지 뒤졌습니다."

그는 종이 뭉치를 꺼내 저드에게 보여 주었다.

"우린 전화 번호부에서 11명의 돈 빈튼을 찾아냈습니다. 그중 넷은 빈튼의 ton을 ten으로 쓰는 사람이고, 다른 두 사람은 tin

으로 표기하고 있습니다. 우린 모두 같은 이름으로 취급했지요. 결국은 다섯 사람으로 범위를 좁혀 일일이 확인을 했습니다. 한 사람은 중풍환자였고, 다른 한 사람은 목사, 또 하나는 은행의 부사장이었으며, 또 다른 한 사람은 사건 당일 날 근무했던 소방관이었습니다. 나중 한 사람만이 남았는데, 그는 애완동물 가게를 하는 사람으로, 거의 팔십이 넘어 보이더군요."

저드는 목이 말라 왔다. 갑자기 자신이 이 가능성에 얼마나 큰 기대를 걸고 있는지를 인식하고 있었다.

무엇보다 무디가 확신을 갖지 않았다면, 돈 빈튼이라는 이름을 말했을 까닭이 없었을 것이다. 무디는 빈튼이 단순하게 공범이라고 한 게 아니라, 이번 사건의 배후 인물이라고 분명하게 말했었다. 그런 인물에 대한 기록이 경찰에 없다는 것은 어떤 이유에서든 이해하기 힘들었다.

무디가 살해된 것은 그가 진실을 찾아냈기 때문이다. 이제 무디가 제거되고 오로지 저드 혼자만 남게 된 것이며, 자기 자신에 대한 공격의 올가미가 점점 좁아지고 있는 것이다.

"미안하게 생각합니다."

안젤리가 공손하게 말했다.

저드는 안젤리를 물끄러미 쳐다보다 갑자기 그가 밤을 꼬박 새운 것을 기억했다.

"애써 줘서 정말 고맙소."

안젤리가 몸을 앞으로 기울였다.

"무디가 말한 것 정확히 들었나요?"

"그렇습니다."

그는 눈을 감고 생각을 집중시켰다. 저드는 무디에게 확신을 가질 수 있느냐고 다짐했었다.

그의 귀에 무디의 목소리가 다시 들려 왔다.

'물론이요. 돈 빈튼이라는 이름을 들어 보셨소?"

"그래요. 틀림없어요."

그는 다시 자신있게 강조했다.

안젤리는 한숨을 내쉬었다.

"그럼 우린 막다른 골목에 들어섰군요."

그는 우울한 미소를 지었다.

"좀 쉬는 게 좋겠소."

안젤리는 몸을 일으켰다.

"그래요. 그래야 할 것 같습니다."

저드는 잠시 망설이다가 입을 열었다.

"얼마 동안이나 맥그리비와 함께 일했나요?"

"이번 사건에 처음으로 함께 일하는 겁니다. 그런데 선생님, 왜 그러시는 거죠?"

"정말 그가 나를 살인죄로 옭아 넣을 수 있으리라고 생각하나요?"

안젤리가 다시 코를 훌쩍거렸다.

"그럴 것 같습니다, 선생님. 이제 가서 좀 쉬어야겠습니다."

그는 문 쪽으로 걸어갔다.

"잠깐만, 혹시 해서 그러는데요."

안젤리가 걸음을 멈추고, 다시 그를 돌아다보았다.

저드는 테리 와쉬번에 대해 말했다. 그는 또 존 핸슨의 호모 친구에 대해서도 알아보겠다고 덧붙였다.

"별로 근거가 있을 것처럼 보이지는 않지만, 아무런 단서가 없는 것보다는 낫겠지요."

"내 자신이 살인 대상이라는 데 아주 신물이 납니다. 반격을 해야겠소. 이제부터는 내가 직접 그들을 찾아 나설 겁니다."

안젤리가 그를 쳐다보았다.

"어떻게 말입니까?"

"우린 지금 그림자와 싸우고 있는 중입니다. 증인이 어떤 혐의자의 모습을 말해 주면 경찰에서 자세한 모습을 재현해 주지 않을까요?"

안젤리가 고개를 끄덕였다.

"이게 바로 아이덴트 캣이라는 겁니다."

저드는 흥분을 가라앉히려고 방안을 서성거리기 시작했다.

"이제 이 사건의 배후 인물에 대한 몽타쥬를 얘기하겠소."

"아니, 보지도 못했잖습니까?"

"그게 아니고 아주 특별한 사람을 찾고 있는 겁니다."

저드는 자신의 말을 다시 정정했다.

"어떤 미친 사람이겠지요."

"비정상이란 참 애매해요. 의학적으론 무의미하구요. 건전한 정신이란 현실에 제대로 적응할 수 있는 마음가짐이에요. 그렇게 적응하지 못한다면, 대부분 현실을 회피하거나 일반적인 규율에서 해방되는 초자연적인 존재라고 믿게 되죠."

"이 사건의 배후 인물은 자신이 초인이라고 생각하는가 봐요."

"맞소. 하지만 위급한 상태에 도달하면 세 가지의 선택밖에 없어요. 그것은 다름 아닌 도피, 협상, 공격입니다. 이 사람은 공격형입니다."

"그러니까 정신 이상자군요."

"아니요. 정신 이상자는 살인은 하지 않아요. 집중도가 극히 낮습니다. 우린 훨씬 복잡한 성격의 소유자와 정면 대결하고 있는 겁니다. 그는 소마틱^{somatic}하며 위선자이며, 정신분열증도 있습니다. 동시에 사이클로이드^{cycloid}이기도 합니다. 아니면, 이 모든 증상을 골루 갖추고 있을지도 모르고요. 그러니까 비이성적인 행동이 선행되는 일시적인 기억 상실자와 대면하고 있는 셈입니다. 그러나 중요한 건 그의 외모나 행동은 모든 사람들에게 전혀 정상으로 보인다는 거지요."

"그렇지만 전혀 실마리가 없잖습니까?"

"아니요. 충분한 근거가 있어요. 그의 신체적인 특징을 말해 드리지요."

저드는 눈을 가늘게 뜨고 정신을 집중시켰다.

"돈 빈튼은 보통의 키보다 약간 크고 균형이 잘 잡혔으며 운동가답게 생겼습니다. 외모는 아주 매끈하며 매사에 빈틈이 없어요. 예능에는 별 재주가 없고 즉, 그림을 그리거나 글을 쓰거나 피아노를 칠 줄은 몰라요."

안젤리는 입을 벌린 채 저드를 쳐다보았다.

이제 저드의 말은 점점 빨라지고 있었다.

"그는 사회적인 단체나 클럽에도 가담하지 않았고, 또 그런 걸 운영하지도 못해요. 그는 명령을 하는 입장이고 저돌적이며 성질이 급합니다. 거기다 그는 배포까지 큽니다. 그래서 좀도둑 같은

짓은 저지르지 않지요. 만일 그런 경우라면 은행강도나 유괴, 살인을 할 만큼 잔인한 성격의 소유자입니다."

저드는 점점 흥분했다. 마음 속의 영상이 점점 뚜렷하게 나타났다.

"아마, 그는 부모 중에 어떤 한쪽으로부터 어릴 적에 버림을 당하는 상처를 받았을 거요."

안젤리가 말을 끊었다.

"선생님, 말씀 도중 죄송하지만, 그 사람은 어떤 괴상한 생각에 젖어 있는, 그러니까 마약 같은……."

"아니오. 우리가 찾고 있는 사람은 절대로 마약에는 손을 대지 않아요."

이제 저드의 목소리는 확고했다.

"또 다른 것도 말씀드리지요. 학교 시절엔 신체적으로 서로 접촉하는 운동 즉, 풋볼이나 하키에 관계했고, 체스라든가 단어 맞추기, 수수께끼 놀이 같은 것에는 흥미가 없어요."

안젤리가 의심스러운 눈초리로 그를 바라보았다.

"한 사람 이상이 관계된다고 직접 말씀하지 않았습니까?"

"난 지금 돈 빈튼을 묘사하는 겁니다. 이 사건의 주동 인물 말이요. 또 있어요. 그는 라틴계 사람입니다."

"어떻게 그렇게 생각하나요?"

"왜냐 하면 살인의 방법 때문입니다. 칼, 초산. 그리고 폭탄… 그는 남미나 이탈리아, 아니면 스페인 계통의 인물입니다."

그는 숨을 몰아쉬었다.

"이게 바로 아이덴트 캣이요. 바로 그가 세 건의 살인을 저지르고 또 날 죽이려 하고 있는 인물에 대한 개략적인 설명이요."

안젤리가 침을 꿀꺽 삼켰다.

"어떻게 그런 짐작을 할 수 있습니까?"

저드는 의자에 앉아 안젤리를 향해 몸을 내밀었다.

"그게 내 직업이니까요."

"아, 정신적인 면은 그럴지도 모르죠. 그런데, 보지도 못한 사람의 신체적인 특징을 어떻게 말할 수 있나요?"

"다만 확률을 말할 뿐입니다. 크리슈머라는 의사의 말에 의하면 과대망상증에 걸린 85퍼센트 이상의 사람들은 체격이 좋고 스포츠 타입이랍니다. 이 빈튼이라는 자도 분명히 과대망상증이며 위대함에 눈이 멀어 있어요. 그는 자신이 모든 법에 우선한다고 생각하는 망상증 환자입니다."

"그럼 왜 오래 전에 전신병원에 들어가지 않았을까요?"

"왜냐 하면 가면을 쓰고 있으니까……."

"뭐라구요?"

"우린 누구나 가면을 사용하고 있소. 안젤리. 유아기를 지나자 마자, 우린 진짜 감정과 증오나 공포를 위장하도록 배우고 있어요."

저드의 목소리에는 권위 의식이 담겨 있었다.

"다만 돈 빈튼도 긴장을 하게 되면 가면을 벗어 던지고 순수한 본래의 모습으로 돌아오는 거지요."

"그, 그렇군요."

"그런 사람의 자아는 가장 상처 받기 쉬워요. 만일 위협을 받는다면 곧 깨지고 말지요. 그는 지금 파멸의 나락에 와 있어요.

곧 그의 자아가 파괴될 겁니다."

저드는 잠시 말을 끊었다가 자신에게 말하듯이 속삭였다.

"그는 매나를 가진 사람이오."

"매나……?"

"매나는 원시인들이 악령의 지배를 받아 영향력을 행사하는 점장이를 지칭하는 용어입니다."

"선생님은 빈튼이 그림을 그리거나 글을 쓰거나 피아노도 칠 줄 모른다고 하지 않았습니까? 어떻게 그걸 알 수 있나요?"

"이 세상은 정신분열증을 가진 예술가들로 가득하다오. 그들 대부분은 폭력을 행사하지 않고 세상을 살아가지요. 왜냐 하면 그들의 작업을 통해서 긴장을 해소할 수 있기 때문입니다. 빈튼에게는 그런 분출구가 없어요. 따라서 그는 화산과도 같이 그의 내부 압력을 분출시킬 수 있는 길은 바로 폭력밖에는 없는 겁니다. 즉 핸슨, 캐롤, 무디를 죽이는 것이 곧 그의 내적 분출인 거지요."

"그렇다면 무의미한 살인을 자행했단 말인가요?"

"적어도 그에게는 무의미하지는 않지요. 오히려 반대지요."

그의 머리는 이제 급속히 빨라지기 시작했다. 수수께끼가 한번에 풀려가는 듯한 기분이었다.

그는 왜 진작에 이런 생각을 못 했는지 자신이 원망스러웠다.

"내가 바로 빈튼의 최후 공격 목표예요. 존 핸슨은 나로 오인받아 살해당했고, 살인자들이 실수한 것을 알고는 사무실로 온 거요. 공교롭게도 그때 내가 외출했고, 대신 캐롤이 자리를 지키고 있었다가 당한 겁니다."

그의 목소리는 분노에 떨고 있었다.

"살인자들이 자신들의 정체를 감추려고 캐롤을 죽였을까요?"

"아니오. 우리가 찾는 자는 새디스트가 아닙니다. 캐롤에게서 뭔가를 알아내려고 그녀를 고문했던 거지요. 말하자면 없애버려야 할 무슨 증거라든가…. 그런데 캐롤이 그것에 응하지 않은 겁니다."

"어떤 증거요?"

안젤리가 파고들었다.

"모르겠소. 그런데 바로 그게 이 사건의 열쇠가 되는 핵심이오. 무디가 바로 그 대답을 얻은 거지요. 그래서 죽은 거지만."

"아직도 이해가 안 되는 점이 있어요. 만일 선생님이 길거리에서 죽었더라면 그 증거를 빼앗지 못했을 거 아닙니까? 그게 선생님이 생각하고 있는 이론에 대한 견해와 맞지 않는 것 같거든요."

안젤리는 자기 생각을 고집스럽게 말했다.

"그럴지도 모르죠. 그럼, 그 증거가 내 녹음 테이프라고 가정합시다. 그 자체로는 아무런 가치가 없지만, 내가 다른 사실들과 연결해서 해답을 찾는다면 그들에게는 대단한 위협이 될 수 있지요. 그래서 두 가지 선택밖에는 없는데, 내게서 그걸 빼앗든가 아니면, 내가 그것을 노출시키지 못하도록 나를 제거하는 것이 바로 그 거지요. 먼저 그들은 나를 죽이려고 했으나 실수로 핸슨을 죽였고, 그래서 두 번째 가능성으로 캐롤에게서 그것을 빼앗으려 한 겁니다. 그것마저도 실패하자, 다시 나를 죽이려고 한 것이고요. 그것이 바로 자동차 사고였지요. 결국 무디에 의해 거의 정체가 드러날 위기에 봉착하자, 무디 또한 살해해 버린 겁니다."

안젤리는 미간을 잔뜩 찌푸린 채 석연치 않은 표정으로 저드를 쳐다보았다.

"그래서 지금 그들이 나를 죽이려고 끝까지 따라다니고 있는 겁니다."

저드는 조용히 결론을 내렸다.

"이것은 생사의 게임이고, 또 내가 묘사한 사람은 결코 지지 않으려고 버티고 있는 겁니다."

안젤리는 말을 마치자 권총을 꺼내서 장전됐는지 확인을 했다.

그때 사무실 바깥 문이 열리는 소리가 들려 왔다.

"누구 올 사람이 있나요?"

저드가 고개를 저었다.

"아니오. 오늘 오후에는 환자가 없어요."

총을 손에 든 채 안젤리는 발소리를 죽여 부속실 문 쪽으로 다가갔다. 그런 다음 한쪽으로 비켜서서 문을 힘껏 열었다.

피터 해들리가 당황한 표정으로 서 있었다.

"누구요?"

안젤리가 날카롭게 물었다.

저드는 문으로 다가갔다.

"아, 괜찮아요. 내 친구요."

"이봐! 도대체 무슨 일이 벌어지고 있는 거야?"

피터가 다급하게 말했다.

"미안합니다."

안젤리는 사과하면서 총을 치웠다.

"여긴 피터 해들리고, 이쪽은 안젤리 형사일세."

"도대체 자넨 어떤 스타일의 병원을 운영하는 건가?"

"좀 일이 있어서요."

안젤리가 설명했다.

"스티븐스 박사의 사무실에 도둑이 들었습니다…… 그래서 또 누군가가 되돌아오지 않을까 해서요."

저드가 말을 거들었다.

"그렇다네. 그 친구들이 원하는 걸 찾지 못한 모양이야."

"캐롤의 죽음과 관계가 있나?

피터가 물었다.

안젤리가 저드보다 먼저 말을 했다.

"확실하지 않아요, 해들리 선생. 현재로선 스티븐스 박사와도 이 사건에 대해 언급을 회피하라는 경찰국의 지시요."

"아, 알겠소."

피터는 저드를 쳐다보며 말했다.

"점심 약속은 아직 유효한가?"

저드는 사실 그 약속을 까맣게 잊어버리고 있었다.

"아. 물론일세."

그는 재빨리 대답을 하고는 안젤리를 돌아보았다.

"자, 그럼 대충 얘기가 다 끝났죠?"

"그래요. 이젠 제가 없어도 괜찮겠습니까?"

안젤리는 권총을 집어넣으며 말했다.

"괜찮소."

"좋습니다. 조심하십시오."

안젤리가 말했다.

"아, 걱정마시오."

저드는 엄숙한 표정을 지으며 그와 약속했다.

저드는 점심 식사 도중 줄곧 생각에 잠겨 있었으며, 피터는 더이상 그 문제를 거론하지 않았다.

두 사람은 친구들의 요즘 생활과 서로 아는 환자들에 대해 얘기를 했다.

커피를 마시며 피터가 말했다.

"무슨 곤란한 일이 있는지는 몰라도, 내가 도움이 될 일이라도 있으면……."

"고맙네, 피터. 나 혼자 처리해야 할 일인 것 같아. 끝나면 모두 얘기해 주겠네."

"알았네."

피터는 가볍게 말하고는 잠시 주저하면서 말했다.

"저드, 혹시 자네 지금 위험에 처해 있는 건 아닌가?"

"오, 천만에."

하지만 이 대답과 달리 저드는 이미 세 사람을 살해하고 또 자신을 죽이려는 살인마와 대결하고 있는 것이다.

〈제 15 장〉
쫓는 자와 쫓기는 자

점심을 마친 후 저드는 다시 사무실로 돌아왔다.

그는 어떻게 해야 다시 한번 자신을 최소한의 위험에 노출시킬 수 있을까. 그 가능성을 면밀하게 생각해 보았다.

다시 테이프를 꺼내서 용의점이 될 만한 단서를 찾아보기 위해 주의 깊게 들어 보았다.

그것은 마치 지저분한 말의 전시장과 같아 녹음 테이프가 돌아 갈수록 그 내용은 증오와 공포, 자책감, 과대망상, 외로움, 공허함 그리고, 고통으로 꽉 차 있었다.

3시간 후, 그는 오직 한 사람만을 그의 혐의자 명단에 추가시킬 수 있었다.

그는 브루스 보이드로서 존 핸스과 최근까지 살았던 사람이다. 저드는 핸슨의 테이프를 녹음기에 다시 걸었다.

"⋯⋯ 브루스를 처음 본 순간 사랑에 빠진 것 같았어요. 내가 본 사람 중에서 가장 아름다운 사람이었어요."

"그는 수동적이었나요, 아니면 능동적이었나요, 존?"

"능동적이었어요. 그게 바로 그가 가진 매력이기도 했어요. 그는 아주 강했지요. 사실, 나중에 사랑하는 사이가 됐을 때 그 점에 대해 많이 다투었어요."

"왜?"

"브루스는 얼마나 육체적으로 강한지 몰라요. 가끔 내 뒤로 와서 등을 치기도 했는데, 그걸 사랑의 행동으로 하는 버릇이었지만, 언젠가 한 번 허리를 삘 정도로 충격이 컸었어요. 그땐 난 그를 죽이고 싶은 충동까지 느꼈거든요. 또 악수를 할 땐 손가락이 부서지는 것 같았어요. 그는 미안한 척했지만 남을 괴롭히는 걸 즐기는 것 같은 아주 좋지 못한 습성을 가졌어요. 회초리를 들 필요도 없을 만큼 강했어요."

저드는 녹음기를 끄고 생각에 잠겼다. 호모의 형태는 살인과는 거리가 멀었으나 브루스는 핸슨의 말에 의하면 새디스트이고 지독한 이기주의자 같았다.

그는 명단의 이름을 다시 들여다보았다.

테리 와쉬번

헐리우드에서 한 남자를 죽이고 그 사실을 감추었으며, 브루스 보이드는 존 핸슨의 최근 애인이었다. 그들 둘 중의 하나라면, 과연 누구일까?

테리 와쉬번은 서튼 플레이스의 화려한 아파트에서 살고 있었다. 실내가 벽이나 가구는 물론 커튼까지도 모두 분홍빛으로 장식되어 있었으며, 방에는 값비싼 가구들이 널려 있었고 벽에는 프랑스 인상파 화가들의 값비싼 그림들이 걸려 있었다.

저드는 테리가 나타나기 전까지 두 폭의 마네 그림과 드가 그림, 그리고 모네와 르노와르의 작품을 골라 낼 수 있었다.

저드는 그녀를 방문하겠다고 미리 전화했었다. 그녀는 정말로 그를 맞이할 준비를 하고 있었던 것처럼 얇은 분홍색 네글리제를 입고 있었으며 속에는 아무것도 입지 않고 있었다.

"정말 오셨군요."

그녀는 행복한 듯이 말했다.

"얘길 좀 하고 싶어서요."

"그럼요. 좀 마시겠어요?"

"아뇨, 괜찮아요."

"그럼, 축하하는 의미에서도 혼자 마셔야겠네요."

그녀는 커다란 거실 구석에 마련된 홈바로 걸어갔다.

저드는 순간적으로 생각에 잠기며 그녀를 바라보았다.

그녀는 술을 들고 와서 분홍빛 소파에 저드와 나란히 앉았다.

"드디어 참을 수가 없어서 몸소 나타나셨군. 귀여운 테리를 오랫동안 그냥 내버려둘 수 없을 줄 알았어요. 저, 뭐든지 할게요. 말씀만 하세요. 내가 맛본 사람들을 좀 무색케 해줘 봐요."

그녀는 술잔을 내려놓고 그의 바지 위에 손을 올려 놓았다.

"알아요, 귀여운 것."

그녀는 신음소리로 말했다.

"테리… 들어 봐요. 누군가 날 살해하려 하고 있소."

순간 그녀의 눈에 놀라움이 서서히 어렸다. 연기를 하는 걸까? 아니면 정말로 그러는 것인가?

그는 최근 심야 텔레비전 방송에서 그녀의 연기를 보았었다. 연기는 매우 훌륭했으나 배우로서는 미흡한 데가 있었다.

"내 환자 중의 한 사람이 관련된 것 같소."

"그런데, 왜요?"

"그걸 알아보려는 거요, 테리. 당신의 친구들 가운데 혹시 살인에 대해 말한 사람이 있소? 무슨 게임 중이라든가 장난으로라도 말이오?"

테리는 이제 정색을 하며 머리를 저었다.

"아뇨."

"혹시 돈 빈튼이라는 사람을 알고 있소?"

그는 재빨리 그녀를 바라보았다.

"돈 빈튼? 글쎄요……"

"테리, 살인에 대해서는 어떻게 생각해요."

그녀의 몸이 약간 떨리는 듯했다.

그는 그녀의 팔목을 잡고 있었으므로 맥박이 빨라지는 것을 느낄 수 있었다.

"살인을 생각하면 흥분이 되나요?"

"모르겠어요."

"잘 생각해 봐요. 살인을 연상하면 흥분이 되오?"

저드는 계속해서 추궁하듯 물었다.

테리의 맥박이 불규칙하게 뛰었다.

"아뇨, 그렇진 않아요."

"전에 헐리우드에서 사람을 죽인 사실을 왜 감추었소?"

갑자기 그녀는 손톱이 길게 자란 손으로 저드의 얼굴을 할퀴려고 했다.

그러자 저드는 테리의 손목을 더욱 꽉 쥐었다.

"이 썩어 빠진 녀석 같으니라구. 그건 20년 전의 일이야. 그래서 왔군. 당장 나가요, 나가란 말야."

그녀는 흐느끼면서 몸을 소파에 아무렇게나 던졌다.

저드는 그녀를 한동안 바라보았다. 테리는 스릴을 느끼기 위해 살인을 저지를 수 있다는 감정에 빠져 있는 것 같았다. 심리적인 불안정과 완전한 자아 방어 때문에 그녀를 이용하려 들면 다른 사람을 얼마든지 해칠 수도 있을 것 같았다.

테리는 마치 부드러운 진흙과도 같아 어떤 모양으로도 빚어낼 수 있으리라. 아름다운 조상彫像이라던가 아니면, 위험한 무기로도 빚어낼 수 있을 것 같았다.

그렇다면 누가 최근에 그녀에게 가장 큰 영향력을 끼치고 있는 것일까……?

'돈 빈튼?'

저드는 일어섰다.

"미안하오."

그는 분홍빛 아파트를 떠났다.

브루스 보이드의 집은 그리니취 빌리지의 공원 옆에 외양간을 변조해서 만든 가옥이었다. 흰 자켓을 입은 필리핀인 집사가 문을 열어 주었다.

저드가 이름을 대자, 곧바로 현관으로 안내되었다.

그는 현관에서 15분 정도 더 기다렸으나, 아무도 나타나지 않았다.

그는 안젤리에게 여기 온다는 것을 말할 걸 하고 후회했다.

저드의 논리가 옳다면, 그의 목숨을 노리는 시도가 곧 일어날 것이다.

집사가 나타났다.

"보이드 씨가 곧 나오실 겁니다."

그는 저드를 이층의 단정하게 꾸며진 서재로 안내했다.

보이드는 책상에 앉아 뭔가를 쓰고 있었다.

그는 매끈하고 이상적인 체격에 매부리코를 하고 육감적인 입술을 가진 잘생긴 사람이었으며, 금발을 동글동글하게 빗어 넘겼다.

저드가 들어서자 그가 의자에서 일어섰는데, 키는 거의 육척을 넘었고, 가슴과 어깨는 마치 축구 선수같이 우람했다.

저드는 그가 묘사한 살인자의 몽타쥬를 머리에 떠올렸다. 그것은 브루스와 거의 일치했으며, 또다시 안젤리에게 연락을 하지 않은 것을 몹시 후회했다.

보이드의 목소리는 부드럽고 세련되어 있었다.

"기다리게 해서 죄송합니다, 스티븐스 선생. 제가 브루스 보이드입니다."

그는 명랑한 어조로 말하면서 손을 내밀었다.

저드가 악수를 하려고 손을 내밀자, 보이드는 돌덩이 같은 주먹으로 기다렸다는 듯이 그의 입을 때렸다.

전혀 상상하지 않은 공격을 당한 저드는 뒤에 서 있던 램프를 쓰러뜨리며 마루 바닥에 나가 떨어졌다.

"미안하오, 선생."

보이드는 그를 내려다보며 말했다.

"벌을 받아 마땅하오. 내게 몹쓸 짓을 하지 않았소, 선생? 자, 일어나시오. 마실 걸 만들어 드리리다."

저드는 고개를 흔들며 마루에서 일어나려고 했다. 그가 반쯤 몸을 일으켰을 때 보이드는 또 다시 구두 끝으로 그의 배를 걷어 찼다.

저드는 다시 마루에 나뒹굴며 고통을 이겨지 못해 몹시 괴로워 했다.

"찾아오리라는 걸 알았소, 선생."

저드는 온몸을 휩싸는 고통에 눈을 제대로 뜨지도 못하면서 그를 덮쳐 오는 몸뚱아리를 어림짐작으로 보고 있었다.

저드는 말을 하려 했으나 입을 열 수가 없었다.

"말을 하지 마시오. 더 고통이 심할 거요. 왜 여기 왔는지 잘 알아요. 자니에 대해 묻고 싶어서지요."

보이드가 칼날처럼 말했다.

저드가 고개를 끄덕이자, 보이드는 다시 그의 머리를 걷어 찼다.

저드는 머리 속이 온통 빙빙 돌아서 보이드의 말이 마치 먼 우주에서 들려 오는 것처럼 아득하게 들려 왔다.

"당신에게 자니가 찾아가기 전에는 우린 서로 사랑했었소.

당신은 그녀로 하여금 우리의 사랑이 추하게 느껴지도록 만들었소. 누가 그 사랑을 더럽게 만들었는지 아십니까, 스티븐스 선생? 바로 당신이오."

저드는 자기의 배에 뭔가 강한 타격이 가해져 온몸으로 번져 가는 것을 아득하게 느꼈다.

"누가 당신에게 찾아오는 사람들에게 환자로 취급해서 사랑하라는 말을 지껄이게 했소? 당신은 마치 신처럼 사무실에 버티고 앉아 당신과 똑같이 생각하지 않는 사람들을 저주하고 있는 거요?"

'그건 사실이 아니오.'

저드는 그의 마음 속 어디에선가 대답하는 것을 느꼈다.

'핸슨은 전혀 선택권이 없었소. 내가 선택하도록 도와준 것밖에는 없어요. 다만 그가 당신을 택하지 않았다 뿐이오.'

"이제 자니는 죽었소."

금발의 거인은 저드를 타고 앉아 말을 했다.

"당신이 내 자니를 죽였으니까, 이제 내 손으로 당신을 죽일 차례요."

그는 다시 귀 뒤쪽에 충격을 받고는 의식을 잃어버렸다. 그의 마음의 먼 부분이 그가 서서히 죽어가는 것을 지켜보았다.

그 조그마한 의식의 조각이 겨우 작동을 해서 간헐적으로 의식과 무의식을 구분해 주고 있었다.

그는 살인자가 유색 인종의 라틴 계통이라고 기대했었으나 보이드는 금발이었다.

또 그는 살인자가 호모가 아닐 것이라고 생각했던 것도 잘못

이었다.

그는 마침내 살인자를 찾아냈지만, 자신이 죽어가고 있는 것이다. 그는 의식을 완전히 잃어버렸다.

<제 16 장>

풀리지 않는 수수께끼

그의 의식의 먼 곳에서 어떤 중요한 메시지가 보내지고 있는 것처럼 느껴졌으나, 머리 속이 너무 욱신거려 정신을 집중할 수 없었다.

그는 아주 가까운 곳에서 높은 소리로 우는 날카로운 소리를 듣는 듯했다.

저드는 천천히 그리고 괴로움을 무릅쓰고 눈을 떴다. 그는 이상한 방의 침대에 누워 있는 자신의 모습을 보았다. 방 한구석에서는 브루스 보이드가 울음을 터뜨리고 있었다.

몸을 일으키자, 전신을 휩싸는 엄청난 고통 때문에 자신에게 무슨 일이 일어났던가를 간신히 기억해 냈고, 동시에 걷잡을 수 없는 분노가 치밀었다.

저드가 움직이는 소리를 듣고 보이드가 몸을 돌렸다. 그는 침대 쪽으로 다가왔다.

"당신의 잘못이오."

그는 속삭였다.

"당신이 아니었으면 자니는 나와 함께 안전할 텐데 말이요."

저드는 몸 속 깊이 숨어 있던 복수의 감정 때문에 보이드의 목을 양손으로 움켜잡고 혼신의 힘으로 조였다.

그런데 웬일인지 보이드는 전혀 반항하지 않았다. 그는 눈물을 줄줄 흘리며 그 자리에 서 있었다.

저드는 그의 눈을 들여다보았다. 그것은 혼란의 소용돌이였으며 동요하지 않는 창백함으로 열려 있었다. 저드는 맥이 빠져 그만 천천히 손을 놓아버렸다.

'이런……!'

그는 생각했다.

'난 의사야. 병든 사람이 날 공격했다고 그를 죽이려 하다니.'

그는 지금 눈앞에서 마음이 파괴되어 어쩔 줄 몰라 하는 커다란 어린 아이를 보고 있는 것이다.

그러자 갑자기 무의식 중에서 언뜻 이상한 자각이 떠올랐다.

브루스 보이드는 돈 빈튼이 아니다. 그렇지 않다면 자기 자신이 이렇게 살아 있을 수가 없는 것이다.

보이드는 살인을 저지를 만한 능력이 없는 사람이다. 그래서 살인자의 몽타지와 맞지 않았던 것이다. 그런 점에서 그는 일말의 안도감을 느꼈다.

"당신이 아니었으면, 자니는 지금도 살아 있을 텐데."

보이드는 흐느끼며 말했다.

"지금쯤 여기 나와 같이 있을 것이고, 또 내가 보호해 줄 텐데."

"난 핸슨에게 당신 곁을 떠나라고 하지는 않았소. 완전히 그의 의사대로였고, 스스로 선택했을 뿐이오."

저드는 피곤한 듯이 말했다.

"당신은 거짓말장이오!"

"존이 나를 만나러 오기 전에 이미 당신과의 사이에는 뭔가 잘못되어 있었소."

긴 침묵이 흘렀다. 보이드가 고개를 끄덕였다.

"그렇소, 우린 늘 말다툼을 했었소."

"존은 자아를 찾으려고 무진 애를 썼고, 또 본능적으로 항상 아내와 아이들에게 돌아가야 한다는 압박감을 갖고 있었소. 그도 근본적으로 이성애를 원하고 있었던 것이오."

"맞아요."

보이드가 속삭이듯이 말했다.

"그는 늘 그 얘기를 했었는데, 난 그게 날 혼내 주려고 그러는 줄 알았던 것이오. 그러다 갑자기 어느 날 그는 떠나가 버렸오. 더는 날 사랑하지 않게 된 거요."

그의 목소리에는 절망감이 어려 있었다.

"당신을 사랑하지 않게 된 게 아니라, 친구로서는 끔찍히 생각하고 있었소."

저드가 위로의 말을 했다.

보이드는 저드의 얼굴을 살피며 말했다.

"날 도와주시겠소?"

그의 눈에 절망의 그림자가 짙게 깔렸다.

"도, 도와 주시오. 날 도와 주셔야 하오."

그것은 괴로운 외침이었다. 저드도 한참 동안을 불쌍한 사내를 쳐다보았다.

"그러겠소. 도와 드리겠소."

"정상으로 될 수 있을까요?"

"정상이란 없어요. 사람마다 각기 자기 특유의 정상성을 갖고 있지요. 또 정상이란 사람마다 그 기준이 다르게 마련이오."

"내가 이성을 사랑할 수 있도록 돌려줄 수 있겠소?"

"그건 당신이 얼마나 그러기를 원하느냐에 달려 있소. 정신 분석을 좀 해봅시다."

"만약 실패한다면?"

"그러나 호모를 끊을 수 없다고 판단되면, 적어도 죄의식을 느끼지 않게는 될 수 있으니까, 지금의 상태보다는 나을 거요."

"언제부터 시작할 수 있겠습니까?"

보이드가 물었다.

저드는 갑자기 자신의 처지가 이상스럽게 생각되었다. 그는 앞으로 24시간 이내에 살해될지도 모르면서, 여기 앉아 환자를 치료할 것을 의논하고 있다니. 그런데 그는 아직도 돈 빈튼이 누구인지도 모르고 있다는 사실이다.

저드는 최후의 용의자인 테리와 보이드를 제외시켜야 했다.

이제 그는 처음 출발 때와 다름없는 처지에 와 있는 데 대해 크게 상실감을 느꼈다. 살인자의 생리를 제대로 파악했다면, 다음번 공격은 곧 바로 닥쳐올 것 같았다.

"월요일에 전화해 주시요."

저드는 말을 마치자 몸을 일으켰다.

택시를 타고 아파트가 있는 건물로 돌아오는 도중 저드는 자신이 살아남을 가능성에 대해 곰곰히 생각해 보았다. 그러나 별로 자신이 없었다.

돈 빈튼이 그토록 찾고자 하는 것은 과연 무엇일까? 또 돈 빈튼은 누구인가? 어떻게 경찰에 아무런 기록도 남겨놓지 않았을까? 다른 이름을 쓰고 있다는 말인가?

아니지, 무다는 분명히 '돈 빈튼'이라고 말했었다.

정신을 집중하기가 어려웠다. 택시가 움직일 때마다 참을 수 없는 괴로움이 상처난 몸을 휩쓸었다.

저드는 이미 저질러진 살인과 또 다른 살인 기도를 다시 생각하며 어떤 일정한 패턴이 있지 않나, 그 실마리를 찾으려고 애썼다.

고문을 한 후 살인, 자동차 사고를 가장한 살인 기도, 그리고 차에 장치한 폭탄과 목을 매달아 죽인 일들……

그가 생각할 수 있는 패턴은 떠오르지 않았다. 다만 무자비하고 광적인 폭력밖에 없었다. 그는 다음번 시도가 어떤 형태로 이루어질지를 전혀 모르고 있었으며, 더구나 누가 저지를지조차 모르고 있었다.

그가 가장 위험한 장소로 생각하는 곳이 자신의 사무실과 아파트였다.

그는 안젤리의 충고를 생각했다. 좀더 튼튼한 자물쇠를 아파트 문에 달아야 했고, 경비인 마이크와 엘리베이터 안내양인 에디에게도 잘 살펴 달라고 부탁해야만 했다. 어쨌든 그들만은 믿을 수가 있을 것 같았다.

택시가 그의 아파트 건물 앞에 도착하자, 경비가 택시의 문을 열어 주었다.

그런데 그는 전혀 지금까지 본 적이 없는 생소한 사람이었다.

<제 17 장>
죽음의 얼굴

　그는 몸집이 크고 얼굴이 검붉으며 검고 예리한 눈이 깊숙이 박혀 있는 사람이었다.

　목에는 오래된 상처가 칼자국처럼 나 있었고, 마이크의 경비복을 입고 있었으나 옷이 너무 작았다.

　택시는 떠나버렸고, 저드는 오직 그와 단 둘이 남게 되었다. 갑자기 고통이 엄습해 왔다.

　'이런! 지금, 지금 죽으면 안 되는데!!

　"마이크는 어디 갔소?"

　"휴가를 갔습니다. 선생님."

　'선생님?'

　이 낯모르는 사람은 저드 자신이 누구인지를 알고 있었다. 그리고 12월의 엄동설한에 마이크가 갑자기 휴가를 갔다니……

　그 사람의 얼굴에는 만족한 웃음이 떠돌고 있었다.

저드는 찬 바람이 휘몰아치는 거리를 훑어보았으나 아무도 눈에 뜨이지 않았다.

순간 그는 뛰어 도망갈까 했으나 그의 현재의 상태로는 도저히 불가능한 상황으로 판단되었다.

얼마 전 브루스로부터 온통 맞아서 몸은 구석구석이 쑤셔댔으며 숨을 쉴 때마다 가슴에 심한 고통이 엄습해 왔다.

"무슨 사고를 당했나 보군요."

그 사람의 목소리에는 정말 근심이 깃들어 있었다.

저드는 대답도 하지 않고 곧장 건물 로비로 걸어들어 갔다. 이제 단 한 가지의 방법이 남아 있다면, 에디에게 도움을 청하는 일이었다.

경비가 로비로 따라 들어왔다. 에디는 엘리베이터 안에서 등을 내보이고 돌아서 있었다. 그는 엘리베이터를 향해 가까스로 발걸음을 떼어 놓았다. 그는 순간마다 침착해야 한다고 생각했으며, 그와 단 둘이 있는 기회에서 어서 빨리 벗어나야 했다.

"에디!"

저드가 소리쳤다.

엘리베이터 안의 사람이 몸을 돌렸다.

그 사람도 저드가 본 적이 없는 전혀 초면의 사람이었다. 그는 경비를 축소해 놓은 모습이었으나 목에 상처는 없었다. 그들 두 사람은 형제임에 틀림없었다.

저드는 그들 사이에 갇혀서 꼼짝도 할 수가 없었다. 이제 로비에는 그들 이외에 아무도 없었다.

"올라갑니다."

엘리베이터 안의 사람이 먼저 말했다.

그는 얼굴에 희미한 미소를 짓고 있었다.

'아! 이것이 죽음의 얼굴이구나.'

저드는 이들이 이 사건의 주모자가 아니라 단순히 고용된 직업 청부 살인자라는 것을 확신했다.

그들은 그를 로비에서 죽일 것인가? 아니면 그의 아파트에서 죽일 것인가?

틀림없이 아파트에서 죽일 것이다. 그래야만 그의 시체가 발견될 때까지 시간 여유를 가질 수 있기 때문이다.

저드는 지배인 사무실 쪽으로 걸음을 옮기려 했다.

"카츠 씨를 만나봐야겠소."

키 큰 사람이 그를 가로막았다.

"카츠 씨는 바쁩니다, 선생."

그는 조용히 그러나 위협조로 말했다. 그러자 엘리베이터 안의 사람이 말했다.

"위로 모셔 드리지요."

"아니오. 난……."

저드는 입을 열었다.

"말하는 대로 하시오."

그의 목소리에는 전혀 감정이 없었다.

그때 로비의 문이 열리면서 찬 바람이 불어왔다.

두 쌍의 남녀가 웃고 떠들면서 건물 안으로 들어오고 있었다.

"시베리아보다 더 추운 것 같아요."

한 여자가 말했다.

그 여자의 팔을 잡은 남자는 중서부의 강한 억양이 섞여 있는 사투리로 말했다.

"사람뿐이 아니라 털난 짐승도 못 견딜 날씨야."

그들은 엘리베이터 쪽으로 걸어왔다. 청부 살인자인 경비와 승무원은 말없이 서로를 쳐다보았다.

두 번째 여자가 입을 열었다. 그녀는 몸집이 작고 은빛이 섞인 금발로 심한 남부 사투리를 썼다.

"아! 정말 근사한 밤이었어요. 아주 고마워요."

그녀는 남자들을 돌려보내려 하는 것 같았다.

그러자 두 번째 남자가 항의조로 말했다.

"우릴 그냥 쫓아내려는 건 아니죠?"

"너무 늦었어요, 조지."

한 여자가 말했다.

"그러나 밖은 영하의 날씨입니다. 얼어죽지 않게 뭔가 좀 마실 거라도 줘요."

다른 한 남자가 덧붙여 애원하듯 말했다.

"딱 한 잔만, 그럼 우린 가겠소."

"그럼……"

저드는 숨을 멈추었다. 제발!

금발의 여인이 말했다.

"좋아요. 꼭 한 잔입니다. 모두 알아들었죠?"

웃음을 터뜨리며 그들은 엘리베이터로 들어섰다. 저드도 그들을 따라 들어갔다.

그러자 경비는 그의 동생을 쳐다보며 뭔가 망설이는 듯이 서 있었다. 엘리베이터 안의 동생은 어깨를 한 번 으쓱해 보이고는 문을 닫고 엘리베이터를 위로 운전했다.

저드의 아파트는 5층에 있었다. 그들 남녀가 그보다 먼저 내리면 곤란했다.

만일 그들이 저드보다 더 윗층으로 올라간다면, 그는 그의 아파트로 들어가서 곳곳에 장애물을 설치하고 구원을 요청할 시간을 벌 수 있을 것이라고 생각했다.

"몇 층이죠?"

승무원 동생이 물었다.

작은 금발의 여인이 키득키득거리며 말했다.

"남편은 내가 모르는 남자들을 아파트로 끌어드리는 것을 안다면 뭐라 할까?"

그녀는 승무원을 향해 말했다.

"십층이에요."

저드는 숨을 길게 내쉬었다. 그는 얼른 말했다.

"5층이오."

그러자 엘리베이터 승무원은 저드에게 깊고 고통스러운 시선을 보내면서 5층에서 문을 열어 주었다.

저드가 복도로 나오자, 엘리베이터 문은 다시 닫혔다.

저드는 그의 아파트를 향해 급히 걸어갔다. 열쇠를 꺼내 문을 따고 방안으로 들어섰다. 가슴이 몹시 두근거렸다.

그들은 여기까지 오려면 최소한 5분은 여유가 있을 것이다.

그는 재빨리 문을 닫고 열쇠의 쇠사슬을 채우려고 체인을 벗겼다. 그때 쇠사슬이 바닥에 툭 떨어져 버렸다. 쇠고리는 이미

누군가에 의해 잘라져 있었다

그는 전화가 있는 쪽으로 걸어갔다. 심한 현기증에 몸이 휘청거려 잠시 서서 어지러움이 사라질 때까지 두 눈을 감았다. 귀중한 시간이 흘러가고 있었다.

그는 다시 힘을 다해 전화기 앞으로 걸어갔다. 전화를 걸 사람은 오직 안젤리밖에는 없었으나 그는 지금 병이 나서 집에 있지 않은가? 또 뭐라고 말한단 말인가?

아파트 경비와 엘리베이터 안내원이 돌연 새로 바뀌었으며, 그 두 사람이 자기를 죽이려고 하는 것 같다고 말할 것인가?

그는 자기가 수화기를 든 채 그냥 망연히 서 있는 것을 발견했다. 이제 그들은 여길 걸어들어 와서 자신이 맥없이 서 있는 것을 발견하고는 가차없이 죽일 것이다.

저드는 커다란 남자의 두 눈에 나타났던 표정을 기억했다. 그가 살아날 방법은 오로지 그들을 따돌려 선제 기습을 하는 것뿐이었다. 그러나 어떻게 해야 한단 말인가?

그는 빌딩의 로비를 비추는 작은 CCTV 모니터를 켰다. 로비에는 아무도 없었다.

다시금 고통이 되살아나서 거의 정신을 잃을 지경이었다. 저드는 피곤한 마음을 집중시키고 어떻게 이 절망적인 순간을 무사히 넘길 수 있는가를 생각해 봤다.

지금 그는 긴급한 상황에 빠져 있었다. 그렇다, 긴급상황. 오로지 그에 맞는 대책이 있어야만 했다.

'그렇지⋯⋯!'

다시금 시야가 뿌옇게 흐려 왔다. 전화를 노려보았다.

'긴급상황……'

그는 전화의 다이얼 숫자를 잘 보이게끔 얼굴을 전화기 가까이로 바짝 들이댔다. 천천히 그리고 힘겹게 다이얼을 돌렸다.

벨이 다섯 번째 울렸을 때, 상대편에서 수화기를 드는 소리를 의식했다.

저드의 말은 불분명했고 더듬거렸다. 뭔가를 확실하게 말해야만 했다.

그의 눈이 텔레비전 모니터의 화면에 고정되었다. 보통 옷으로 갈아 입은 낯선 두 사람이 로비를 건너 엘리베이터에서 이쪽으로 오고 있었다.

점점 시간이 흘러가고 있었다.

두 사람은 소리 없이 저드의 아파트로 다가와서 문 양쪽으로 갈라섰다. 몸집이 큰 로키가 문을 지그시 밀어 보았으나 잠겨있었다.

그는 카드를 꺼내 조심스럽게 자물쇠에 끼어 넣었다. 그리고는 동생에게 고개를 끄덕여 보이고는 둘 다 소음기가 달린 권총을 꺼내들었다.

로키는 카드로 자물쇠를 풀고 천천히 문을 열었다. 그들은 권총을 손에 들고 거실로 들어갔다.

세 개의 닫혀진 문이 눈앞에 보였다. 그러나 저드의 모습은 보이지 않았다. 동생인 니크가 첫 번째 문을 열려고 했으나 잠겨 있었다.

그는 형을 보고는 웃음을 지어 보이고 총구를 손잡이 쪽에 대고 방아쇠를 당겼다. 문이 소리없이 간단히 열리면서 침실이 보였다. 둘은 방안을 재빨리 훑으면서 들어섰다.

아무도 없었다. 로키는 거실로 되돌아 나가고 니크는 옷장을 살펴보았다. 그들은 저드가 아파트의 어디엔가 숨어 있으리라는 것을 잘 알고 있었기 때문에 서두르지 않고 행동했다.

그들은 살인을 하기 전의 순간들을 음미하는 듯이 천천히 행동하면서 마치 즐거움을 맛보는 듯했다.

니크는 두 번째 문을 열어 보았으나 역시 잠겨 있었다. 그는 손잡이를 쏘고는 방으로 들어섰다. 그 방은 서재였으나 역시 비어 있었다.

그들은 서로 쳐다보며 웃음을 짓고 마지막 문을 향해 걸어갔다. 그들이 TV 모니터 앞을 지나갈 때 로키가 형의 팔을 붙잡았다. 스크린에는 급히 서두르며 로비를 건너가는 세 사람의 모습이 비쳤다. 그중 두 사람은 수련의의 하얀 가운을 입고 바퀴 달린 응급용 들것을 밀고 있었다. 나머지 한 사람은 왕진 가방을 들고 황급히 따라가고 있었다.

"웬일인가?"

"좀 기다려 봐, 로키. 아마 누군가 아픈 모양이지. 이 건물에는 1백개도 넘는 아파트가 들어 있잖아!"

그들은 수련의들이 들것을 밀며 엘리베이터 안으로 들어가는 것을 멍하니 쳐다보았다.

그들이 뒤따라 엘리베이터 안에 들어서자 곧 문이 닫혀 버렸다.

"잠깐 기다려 봐. 혹시 무슨 사고라면 곧 경찰이 달려오겠지?"

니크가 말했다.

"제기랄, 하필 이런 때에!"

"걱정 마, 스티븐스는 꼼짝 못할 테니까."

그러자 아파트의 문이 활짝 열리고, 들것을 앞세운 의사와 수련의 두 사람이 들이닥쳤다.

두 명의 살인자는 재빨리 권총을 호주머니에 집어 넣었다.

의사가 로카에게 다가갔다.

"죽었소?"

"누구 말이요?"

"자살을 기도한 사람 말이요. 죽었소, 살았소?"

두 명의 살인자는 당황한 듯이 서로를 쳐다보았다.

"뭔가 아파트를 잘못 찾아온 모양이오."

의사는 살인자들을 개의치 않고 침실 문을 열려고 했다.

"잠겼군. 이걸 부숴야겠는데, 좀 도와주시요."

두 형제는 의사와 인턴들이 어깨로 문을 부시는 것을 멍청한 표정으로 쳐다보았다.

의사가 방안으로 발을 들이밀었다.

"들것을 가져 오게."

그는 저드가 누워 있는 침대 옆에 섰다.

"괜찮소?"

저드는 눈의 초점을 맞추려 애쓰면서 고개를 들었다.

"병원!"

그는 겨우 말을 했다.

"곧 갈 거요."

두 명의 살인자가 당황해 하며 지켜보는 가운데 인턴들은

능숙하게 들것을 침실 안으로 밀어 넣고는 저드를 들어 뉘이고
담요로 감쌌다.

"야, 튀자!"

로키가 말했다.

의사는 두 사람이 아파트를 떠나는 것을 지켜보았다. 그리고
는 창백하고 형편없는 몰골로 들것 위에 누워 있는 저드를 향해
돌아섰다.

"괜찮은가, 저드?"

그의 목소리에는 근심이 가득 서려 있었다.

"아주 좋다네."

저드의 목소리는 모기 소리처럼 작았다.

"고맙네, 피터."

피터는 잠시 그의 친구를 내려다보고는 수습의들에게 고개를
끄덕였다.

"자. 가세."

〈제 18 장〉

화려한 유혹

병실은 달랐으나 간호사는 같은 사람이었다. 그녀는 몹시 못마땅한 표정으로 침대 옆에 앉아 있었다.

저드가 눈을 뜨자, 기다렸다는 듯 말을 했다.

"자, 이제 깨셨군요. 해리스 선생님이 오시겠다고 했어요. 먼저 깨어나셨다고 전해야겠어요."

그녀는 굳은 몸짓으로 병실을 나갔다.

저드는 조심스럽게 움직이며 일어나 앉았다. 팔과 다리를 조금 움직여 보았으나 별로 힘들지는 않았다. 그는 병실 건너에 있는 의자에 초점을 맞추었다. 시야가 흐렸다.

"전화를 해볼까?"

저드는 머리를 들었다. 그때 세이무어 해리스 박사가 병실에 들어섰다.

"자, 이제 자넨 우리 병원의 단골이 되셨구만."

해리스 박사가 유쾌한 어조로 말했다.

"상처를 꿰매는 데만 얼마나 많은 시간과 비용이 들었는지 아나? 그래, 잠은 잘 잤나? 저드?"

그는 침대 끝에 걸터 앉았다.

"어린애처럼 세상 모르고 잤다네, 도대체 어떻게 했나?"

"소디엄 루머놀을 놓았다네."

"몇 시인가?"

"한낮일세."

"이런, 여길 떠나야 한다구."

저드가 놀란 듯 말했다. 해리스 박사는 병상일지를 들여다보며 말했다.

"뭣부터 말할까? 뇌진탕? 타박상? 파열상?"

"아, 괜찮다네."

의사는 챠트를 옆으로 밀어 놓았다. 이제 그의 목소리는 심각했다.

"이봐, 저드. 자네 몸은 심한 벌을 받았다네. 자네가 느끼는 것보다 훨씬 더 심각해. 나 같으면 이곳에 며칠 있으면서 푹 쉬겠네. 그런 다음 한 달쯤 휴가를 가면 더 좋고……."

"고맙네, 세이무어."

"자네 듣기좋으라고 하는 말이 절대 아닐세?"

"알아, 하지만 내가 꼭 해결해야 할 일이 있어서 그렇게 할 수는 없으이."

해리스 박사는 한숨을 내쉬었다.

"세상에서 제일 다루기 힘든 환자가 누군지 아나. 의사 선생?

바로 의사들이라네."

그는 화제를 돌렸다.

"피터가 밤새 여기 있었다네. 또 자신의 병원에서 시간마다 전화를 걸어서 자네 용태를 물어 본다네. 그의 말에 의하면 어젯밤 누군가가 자넬 죽이려 했다는 것이야."

"자넨 의사들을 잘 알잖나? 모두들 너무 상상력이 발달되어 탈이잖아."

해리슨은 잠시 그를 쳐다본 다음 어깨를 한 번 으쓱해 보이고는 말을 이었다.

"나야, 일반의에 불과하지만, 자네는 정신분석의가 아닌가? 자네는 자신을 잘 알 테지만, 난 걱정이 된다고. 며칠간이나마 좀 쉬지 않겠나?"

"그럴 수는 없네."

"어쩔 수가 없군. 내일 퇴원하도록 주선하겠네."

저드가 뭔가 말하려 하자, 해리슨은 그를 가로막았다.

"자, 자, 입씨름은 그만두세. 오늘은 일요일이고, 자네를 쫓는 놈들도 쉬어야 할 테니까."

"세이무어……."

"또 하나. 잔소리꾼 할머니 같지만, 자넨 최근에 뭘 좀 먹었나?"

"뭐, 별로……."

"좋아, 미스 베드팬을 시켜 24시간 동안 자넬 충분히 먹여서 기운을 차리게 하겠네. 그리고 저드……."

"왜 그러나?"

"조심하게나. 난 자네 같은 단골 환자를 잃고 싶지 않아."

말을 마치자, 해리슨 박사는 병실을 나갔다.

저드는 잠시 쉴 생각으로 눈을 감았다. 그리고 잠시 후 달그락거리는 소리에 눈을 떴다. 아름다운 아일랜드 계통의 간호사가 식탁을 밀고 들어왔다.

"깨셨군요, 스티븐스 선생님."

그녀는 묘한 웃음을 지었다.

"몇 시인가요?"

"여섯 시예요."

하루 종일 자버린 것이다.

그녀는 침대 식탁 위로 음식 접시를 옮겨 놓았다.

"오늘 저녁은 특별 식사예요. 내일은 크리스마스 이브고요."

"알고 있소."

그는 음식을 입에 넣을 때까지는 전혀 식욕을 느끼지 못했으나 갑자기 심한 허기를 느꼈다.

해리슨 박사는 모든 외부 전화를 차단했고 저드가 평온 속에서 충분히 쉴 수 있도록 모든 조처를 취했다.

내일이면 저드는 그에게 필요한 모든 힘을 다 쏟아야 할 일이 기다리고 있음을 잘 알고 있었다.

이튿날 아침 열 시, 세이무어 해리스가 저드의 병실 안으로 들어섰다.

"자, 나의 친애하는 환자는 오늘 어떠신가? 이제야 사람처럼 보이는군."

"나도 마찬가지라네."

저드가 웃었다.

"좋아. 이제 곧 방문자가 올 것 같은데, 그를 놀라게 하지는 말 게나."

'피터, 아마 노라도 오겠지.'

그들은 최근 들어 병문안을 하느라고 대부분의 시간을 허비 하는 것처럼 보였다.

"맥그리비 반장이라네."

그러자 저드의 가슴이 철렁 내려앉았다.

"자네와 얘기하고 싶어 못 견디겠는 모양이야. 지금 오고 있는 중일세. 자네가 깨어 있기를 바라고 있을 것이네."

그를 체포하려는 것이 틀림없었다. 안젤리가 병으로 출근 못할 때, 저드를 옭아 넣는 것은 쉬운 일이었다.

맥그리비가 한 번 그에게 손을 댄다면 모든 희망은 사라지고 마는 것이다. 그는 맥그리비가 오기 전에 빨리 여길 빠져 나가야 했다.

"수고스럽지만, 간호사에게 이발사 좀 불러 달라고 일러주 게나. 면도를 좀 해야겠네."

저드의 목소리가 이상했던지 해리스는 의미심장한 표정으로 그를 쳐다보았다. 맥그리비가 그에게 무슨 말이든 했기 때문일지 모른다.

"물론일세, 저드."

그는 곧 병실을 나갔다.

문이 닫히자마자, 저드는 침대에서 내려와 바닥에 섰다.

아무튼 이틀 간의 휴식이 기적을 갖고 왔다.

그는 약간 휘청거렸으나 곧 괜찮아졌고 움직이는 데도 별 불편이 없었다. 옷을 갈아입는 데 3분밖에 걸리지 않았다.

그는 문을 조금 열고 복도를 내다보았다. 그를 제지할 만한 사람이 없는 것을 확인한 다음 비상 계단 쪽으로 걸음을 천천히 옮겼다.

그가 막 계단을 내려가려 할 때 엘리베이터가 멎고 맥그리비가 복도로 나와서는 저드가 방금 떠난 병실을 향해 걸어가는 것을 보았다.

그는 민첩하게 움직였으며 뒤에는 정복을 한 순경과 두 명의 형사가 따르고 있었다. 저드는 황급히 계단을 내려가서 구급차 출구를 향했다. 병원으로부터 한 블럭쯤 떨어진 곳에서 저드는 마침 다가오는 택시를 세울 수 있었다.

맥그리비는 병실로 들어가자 한눈으로 비어 있는 침대와 옷장을 훑어보았다.

"사라졌군."

그는 다른 경찰관들에게 말했다.

"아직은 그를 잡을 수 있을 것 같은데……."

그는 전화를 집어 들었다.

"여긴 맥그리비."

그는 빠른 음성으로 말했다.

"비상을 걸도록. 급한 일이야. 스티븐스 박사, 저드 스티븐스. 백인 남자. 나이는……."

택시는 저드의 사무실 빌딩 앞에서 멈췄다. 이제부터는 그에게 안전한 장소라고는 존재하지 않았다. 더구나 아파트는 더 위험해 갈 수가 없어 호텔에 투숙하지 않으면 안될 것 같았다. 사무실로 가는 것도 마찬가지였으나 이번만은 어쩔 수가 없었다.

저드는 전화 번호가 하나 필요하다고 생각했다. 그는 택시 값을 치르고는 곧장 로비로 들어갔다. 온몸의 근육이 쑤셔왔다. 그러나 그는 빨리 움직여야 했다. 그에게는 시간이 촉박했으나, 사무실에서 누군가 그를 기다리고 있다 하더라고 지금의 그로서는 어쩔 수가 없었다.

이제는 누가 먼저 그를 잡느냐 하는 것이 진짜 문제였다. 경찰 아니면 암살자 중에서 말이다.

사무실에 도착하자, 그는 문을 열고 안으로 들어가서는 곧 잠궜다. 내부 사무실의 경비는 이상하게 도전적이었으며, 저드는 더 이상 이곳에서는 환자들을 치료할 수 없다고 판단했다. 환자들에게 위험을 줄 가능성이 많았기 때문이었다.

그는 돈 빈튼이 그의 생활에 몰고 온 회오리 바람을 되새기고는 분노에 몸을 떨었다.

저드는 두 명의 살인자들이 그를 살해하는 일에 실패한 뒤 그의 두목에게 불러가서 당하는 꼴을 눈앞에서 보는 듯했다.

돈 빈튼의 성격으로 봐서 그는 엄청난 분노에 휩싸였을 것이며, 따라서 다음번 공격이 이제 곧 닥쳐올 것이 틀림없었다.

저드는 앤의 전화 번호를 적기 위해 방을 질러갔다. 그는 병원에서 기억해 낸 두 가지 점이 의문스러웠다.

앤과의 치료 약속은 대부분 존 핸슨 바로 앞 차례였다.

그리고 앤과 캐롤은 서로 이야기할 기회가 충분히 많았다. 혹시 캐롤이 저드의 비밀을 별로 신경 쓰지 않고 말해 버렸을 가능성도 많았다.

그렇다면, 앤도 위험에 처해 있음이 확실했다.

그는 잠겨진 서랍에서 전화 번호부를 꺼내 앤의 번호를 확인한 후 다이얼을 돌렸다. 세 번째 벨 소리에 특징 없는 목소리가 대답했다.

"특별 교환입니다. 몇 번 대드릴까요?"

저드가 번호를 말하자, 잠시 침묵이 흐른 후 교환양이 다시 말했다.

"죄송하지만 번호가 틀립니다. 전화번호를 다시 확인해 주세요."

"알겠소."

저드는 전화를 놓았다. 그는 얼마 전에 전화 교환수가 한 말을 기억하려고 애썼다.

그들은 앤을 빼놓고 다른 환자들에게는 모두 연락을 했다고 말했다. 혹시 서비스 전화가 바뀌었을지도 모른다.

그는 재빨리 전화 번호부를 뒤졌다. 그러나 그녀의 남편이나 그녀의 이름이 나타나 있지 않았다.

그러자 저드는 갑자기 앤에게 전화하는 것이 굉장히 중요한 의미를 갖는 것처럼 느꼈다.

그는 그녀의 주소를 베꼈다.

우드사이드 617. 베이언, 뉴저지

15분 후, 그는 에어비스 오피스텔 사무실 카운터에서 차를 빌리고 있었다. 카운터 뒤에는 다음과 같은 표어가 걸려 있었다.

우리는 두 번째, 그래서 더 열심히 노력합니다

'우린 같은 입장이군.'
저드는 속으로 생각했다.

잠시 후 그는 주차장에서 차를 몰고 나왔다. 그는 거리 한 모퉁이를 그냥 돌고 난 후 자기 뒤에 미행하는 자가 없음을 확인한 다음, 조금은 안심된 기분으로 뉴저지를 향해 조지 워싱턴교가 있는 곳으로 차를 몰았다.

베이언에 도착했을 때 길을 묻기 위해 어느 주유소에 차를 세우고 주유소 직원에게 주소가 적힌 종이를 보여주었다.

"다음 모퉁이에서 크게 좌회전하십시오. 세 번째 교차로입니다."

"고맙소."

그는 차를 몰아 알려준 대로 달려갔다.

앤을 다시 만날 수 있다는 희망에 그의 가슴은 지금까지의 고통을 잠시 잊고 있었다. 그녀를 놀라게 하지 않고 어떻게 말을 해야 할까? 남편과 같이 있을까?

저드는 우드사이드로 접어드는 지점에서 좌회전을 한 다음 번지를 훑어보았다.

그는 900번 블럭에 와 있었다. 양쪽에는 늘어선 집들은 작고 오래 됐으며 누추해 보였다.

그는 700번 블럭까지 차를 몰았다. 집들은 점점 더 작고 빈민촌의 모습을 하고 있었다.

앤은 숲이 아름다운 집에서 산다고 하지 않았던가? 그런데 막상 이곳에는 숲 비슷한 것도 없었다.

아무튼 617번지는 잡초가 우거진 빈터였다.

〈제 19 장〉
겨울 번개

저드는 공터 앞에 차를 세우고 다시 생각을 정리해 보기로 했다. 전화번호가 잘못된 것은 실수일 수도 있고, 또 주소도 그렇다고 불 수 있었다.

그러나 두 가지가 다같이 실수일 수는 없는 것이 아닌가?

앤은 처음부터 계획적으로 그에게 거짓말을 해왔음이 틀림이 없었다.

그녀가 자신의 정체를 감추고 사는 곳까지 속였다면, 뭔가 다른 것에 대해서도 숨기는 것이 있음이 틀림없다고 그는 확신했다.

저드는 자기가 그녀에 대해 알고 있는 모든 사실을 객관적인 측면에서 검토해 보려고 애썼다.

그러나 아무것도 입증할 만한 것이 떠오르지 않았다. 그녀는 그냥 그의 사무실에 선약도 없이 불쑥 찾아와서는 그의 치료를 받겠다고 억지를 쓰지 않았던가?

또한 그녀가 찾아오기 시작한 4주일 전부터 이미 그는 문제가 무엇인지를 일부러 노출시키지 않았으며, 그리고는 갑자기 모든 것이 해결되었으므로 더 이상 오지 않겠다고 했던 것이다.

더구나 매번 그의 사무실에 올 때마다 앤은 진료비를 현금으로 지불했기 때문에 그녀의 구좌를 통해 추적할 수도 없었다.

그렇다면 무엇 때문에 환자로 가장했다가 갑자기 사라져 버린 것일까?

대답은 한 가지뿐이었다. 그 생각에 미치자 저드는 심한 육체적인 고통이 동반한 아픔을 몸 전체로 느꼈다.

누군가가 그를 살해하기 위해 계획을 짠다면, 그의 사무실에서의 일상시간과 사무실 내부의 배치를 알려고 했다면, 환자로 가장하는 것보다 더 쉬운 위장이 어디에 있겠는가.

바로 그녀가 그런 역할을 했음이 틀림없었다.

돈 빈튼이 그녀를 환자로 가장시켜 보내서 얻어낼 수 있는 정보는 이미 다 얻어냈으니까 흔적도 없이 사라진 것이다.

모든 것은 처음부터 치밀한 계획 아래 만들어진 일이었음에도, 그것을 심각하게 받아들이지 않았다니!

소위 정신분석의이며 사람들에 대해 전문적인 지식을 갖고 있다고 해도 자신이 속절없이 속아 넘어가는 것을 보고 돈 빈튼과 앤은 얼마나 비웃었을까?

더구나 저드는 자신은 어이없게도 자기를 살해하기 위해 연극을 꾸미는 여자와 사랑에 빠졌던 것이다.

인간의 성격을 판단하는 것, 그는 지금의 자신이 한갓 웃음거리밖에 되지 않는 보잘것 없는 존재라는 걸 생각하면 천길 낭떠러지로 떨어지는 기분이었다.

그러나 그것이 사실이 아니라면? 앤에게 정말 문제가 있어서 그에게 찾아왔고, 그냥 다른 사람을 귀찮게 하기를 원치 않아 가명을 썼다면?

그러다가 자연스럽게 그 문제가 해결되어 버렸고, 그래서 더 이상 의사의 도움이 필요없게 되어 버렸다면?

그러나 저드는 그것이 너무 쉬운 논리의 귀결점이라는 걸 잘 알고 있었다.

앤에게서는 꼭 알아내야 할 어떤 X의 절대값이 있었다. 그는 그 X의 값 속에 무엇인가 지금 일어나고 있는 일과 관련된 것이 있으리라는 가능성을 강하게 느꼈다.

한편 생각해보면, 그녀는 그녀의 자유 의사와는 상관없이 그렇게 행동하도록 강요당했을 수도 있다. 그렇게 생각하면서도 저드는 자신이 바보스럽게 느껴졌다.

그는 자신이 찬란한 갑옷을 입고 곤경에 처해 있는 공주를 구하려는 기사와 같은 착각에 빠지기도 했다.

찢어진 홈드레스를 입은 늙은 여인이 길 건너 건물에서 나타나서는 그를 쳐다보았다. 그는 차를 돌려 다시 시내로 향했다.

그의 뒤로 차들이 줄을 잇고 있었으며, 그 중 한 대가 자신의 뒤를 따를지도 모른다고 생각했다. 왜 그들은 끊임없이 뒤를 쫓는 것일까?

그의 적들은 어디서든지 쉽게 그를 발견할 수 있고 자신의 행동을 낱낱이 알고 있으므로 앉아서 그들의 공격을 멍청하게 기다릴 수는 없었다.

이제부터는 먼저 선제 공격을 가해서 그들의 균형을 무너뜨리고 돈 빈튼을 화나게 함으로써 스스로를 노출시켜 그를 잡아야만 했다.

그리고 또한 맥그리비가 자기를 진범으로 착각하고 붙잡아 꼼짝 못하게 하기 전에 먼저 해치워야 모든 것으로부터 벗어날 수 있었다.

저드는 맨하턴을 향해 차를 몰았다. 이 모든 것의 열쇠는 앤이 쥐고 있으나, 지금 그녀는 흔적도 없이 어디로인가 사라져 버린 것이다.

또 이틀 후면 그녀는 외국으로 떠나버릴 것이 아닌가?

그러자 저드는 갑자기 그녀를 찾을 수 있는 기대감과 시간이 머리에 순간적으로 떠올랐다.

성탄절 저녁, 팬암의 사무실은 세계 도처로 떠날 여행객들이 비행기 좌석을 얻으려고 붐비고 있었다.

저드는 대기하고 있는 여행자들의 대열을 뚫고 카운터로 가 지배인을 만나게 해줄 것을 부탁했다. 그러자 카운터의 아가씨는 그에게 직업적인 웃음을 던진 후 잠깐 기다려 달라고 양해를 구했다. 지배인은 전화를 받고 있는 중이었다.

저드는 카운터 앞에 서서 여러 나라의 말을 들을 수 있었다.

"나는 5일쯤에 인도로 떠날 거야."

"파리는 추울까?"

"리스본에 도착하면 차로 마중을 나와 줬음 좋겠는데."

그 역시 아무 비행기에나 올라 어디로인가 멀리 도망가 버리고 싶었다.

갑자기 저드는 자신이 신체적으로나 육체적으로 얼마나 피로에 젖어 있는지 절실하게 느꼈다.

돈 빈튼은 그의 휘하에 대부대를 거느리고 있는 것처럼 보였으나, 저드는 외롭게 혼자였다. 과연 살아남을 수 있을까?

"뭘 도와 드릴까요?"

저드는 돌아섰다. 키가 크고 미끈하게 생긴 사람이 카운터 뒤에 서 있었다.

"저는 프렌들리라고 합니다."

저드는 그 말을 농담으로 생각하고는 미소를 띠웠다.

"찰스 프렌들리입니다. 뭘 도와드릴까요?"

"아, 난 스티븐스 박사요. 내 환자를 하나 찾으려고 하고 있습니다. 아마 내일 유럽으로 떠나는 비행기 편을 예약했을 거요."

"성함은요?"

"블레이크. 앤 블레이크."

저드는 잠시 주저했다.

"아니면, 앤토니 블레이크 부처로 예약됐음이 틀림없을 거요."

"행선지가 어딘가요?"

"그게 확실치가 않아요."

"그럼 오전이나 오후 어느 쪽 시간에 예약이 됐는지 모르십니까?"

"글쎄요. 그들이 당신네 비행기를 예약했는지 그것조차 확실치 않아요."

프렌들리의 표정에서 친근감이 싹 가셔버렸다.

"그렇습니까? 죄송하지만 도와 드릴 수가 없을 것 같습니다."

저드는 갑자기 절망감에 휩싸였다.

"굉장히 급한 일입니다. 출국 전에 꼭 찾아내야 해요."

"의사 선생님, 팬암은 매일 한 차례 또는 그 이상 전세계의 도시들, 즉 암스테르담, 바로세로나, 베를린, 브뤼셀, 코펜하겐, 더블린, 뒤셀돌프, 프랑크푸르트, 함부르크, 리스본, 런던, 쮜리히, 파리, 로마, 샤논, 슈투트가르트, 비엔나 등지로 출발하는 스케줄이 있습니다. 다른 국제 항공사들도 비슷한 행선지에 같은 숫자의 비행기 편이 운항됩니다. 따라서 하나하나 일일이 접촉을 해야 하는데, 정확한 목적지와 출발 시간을 알려주지 않으면 도움을 받지 못할 겁니다."

이제 프렌들리의 표정에는 초조한 빛까지 떠우고 있었다.

"자, 그럼 이만 실례할까요?"

그는 돌아서려 했다.

"잠깐만요!"

저드가 외쳤다. 이것이 그가 살아남을 수 있는 유일한 기회라는 것을 어떻게 설명한단 말인가?

그를 죽이려는 자들을 찾을 수 있는 최후의 끄나풀인데 말이다.

프렌들리가 성가신 표정을 겨우 억누르며 그를 쳐다 보았다.

"네?"

"혹시 승객에 대한 중앙집중 방식 같은 예약제도는 없나요. 그러니까 이름만 대면 쉽게 알 수 있는……"

"그것도 비행기의 선편 번호를 알아야 합니다."

그렇게 말하고는 프렌들리는 별 볼 일 없다는 듯이 가버렸다.

저드는 멍하니 카운터에 서 있었다. 또다시 실패한 것이다. 이제는 어떻게 해볼 도리가 없다는 절망감에 빠졌다.

한 무리의 이탈리아인 신부들이 마치 중세기에서 튀어나온 듯 검은 긴 옷과 채양이 넓은 검은 모자를 쓰고 바쁜 걸음으로 로비로 들어 왔다.

그들은 모두 싸구려 가방과 상자들, 그리고 선물용 과일 상자들 힘겹게 잔뜩 들고 있었다.

그들 일행은 모두 이탈리아 말로 떠들고 있었으며, 그들 중의 나이가 어려 보이는 스무 살도 채 되지 않은 어린 신부를 놀리고 있는 것처럼 보였다.

저드는 그들의 말로 보아 휴가를 마치고 로마로 돌아가는 중이라는 것을 알 수 있었다.

신부들이 카운터 쪽으로 몰려왔다.

"집에 돌아간다니까, 너무 좋구만!"

여전히 이탈리아 말로 떠들고 있었다.

"그래, 나도 동감이야."

"선생님, 여기 좀 봐요."

"모든 게 다 간수되어 있나?"

"그래요. 그런데……."

"이런, 내 비행기표가 어디 갔지?"

"끄레티노, 표를 잃어버렸나?"

"아, 여기 있어요."

신부들이 제일 어린 신부에게 모두 표를 맡기자, 그는 카운터에 있는 여자에게로 부끄러운 듯이 걸어갔다.

저드는 출구를 쳐다보았다. 회색의 코트를 입은 커다란 남자가 출구 쪽에서 어정거리고 있었다.

젊은 신부가 카운터 뒤의 여자에게 말을 걸고 있었다.

"열 장이요. 열 장."

여자가 그를 빤히 쳐다보았다. 젊은 신부는 그의 영어 실력을 모두 동원해서 조심스럽게 말했다.

"열 장. 발리에타, 아니 표 말이에요."

그는 표 묶음을 안내양에게 주었다.

안내양은 알겠다는 듯이 행복한 웃음을 짓고는 표를 체크하기 시작했다. 다른 신부들이 잘했다는 듯이 껄껄거리며 웃으면서 젊은 신부의 등을 쳐주었다.

저드는 더 이상 그곳에 머물러 있을 필요가 없었다. 이제 곧 그는 어떤 형태로든지 간에 도전을 받을 것이 분명했다. 저드는 천천히 돌아서서 신부들의 곁을 막 지나치려고 할 때였다.

"과르타떼 케 하 팟 또 일 돈 빈튼."

'돈 빈튼이 해놓은 걸 좀 봐!'

저드는 갑자기 온몸의 피가 얼굴로 몰려오는 것을 느끼며 우뚝 그 자리에 섰다.

그는 방금 그 말을 한 짝달막한 신부의 팔을 잡았다.

"실례이지만, 지금 돈 빈튼이라고 말씀하셨죠."

그의 목소리는 거칠었으며, 음정마저 고르지 않았다.

그 어린 신부는 저드를 멍하니 쳐다보고는 잡힌 팔을 빼면서 자리를 옮기려 했다.

저드는 팔에 더 힘주어 붙들었다.

"잠깐만요."

그 어린 신부는 뭔가 당황하는 듯 저드를 불안하게 바라보았다. 저드는 억지로 아무것도 아닌 것 같은 말투로 다시 말했다.

"돈 빈튼? 그게 누구요? 날 그에게로 데려다 줄 수 있겠소?"

그러자 다른 신부들이 모두 저드를 쳐다보았다. 어린 신부는 그의 동료들을 쳐다보았다.

"운 아메리카노 마토."

흥분한 이탈리아 말이 마구 튀어 나왔다. 저드는 곁눈으로 프렌들리가 카운터 뒤에서 이 광경을 지켜보는 것을 보았다.

그러자 그가 카운터 문을 밀치고 저드에게로 다가오고 있었다. 저드는 점증하는 두려움을 억제하려고 안간힘을 썼다.

하지만, 저드는 여기서 물러설 수 없다는 신념에 신부의 팔을 놓고 그에게 가까이 기대면서 천천히 그리고 명료하게 말했다.

"돈 빈튼이 누구요?"

어린 신부는 잠시 저드를 쳐다보다가 얼굴에 즐거운 빛을 띠었다.

"돈 빈튼이요?"

지배인이 험악한 몸짓으로 저드를 향해 걸어왔다. 저드는 신부를 향해 고개를 끄덕였다. 그러면서 지배인은 가장 어린 신부를 가르키며 말했다.

"돈 빈튼…, 큰 사람이란 뜻이요!"

그러자 갑자기 모든 수수께끼가 풀려버렸다.

제 20 장

커다란 사람

"좀 천천히 말해요."

안젤리가 다급하면서도 거친 소리로 말했다.

"뭐라고 말하는지, 전혀 못 알아듣겠습니다."

저드는 숨을 깊이 들이마셨다.

"누가 날 죽이려 하는지 알았단 말이요. 돈 빈튼이 누군지 알아냈단 말이오."

안젤리의 목소리에는 의심의 빛이 역력했다.

"돈 빈튼은 아직 못 찾았는데?"

"왠지 아오? 그것은 개인을 지칭하는 게 아니라, 뭣을 의미하느냐의 문제였소."

"좀 더 천천히 말해 보세요."

저드의 목소리는 흥분으로 떨렸다.

"돈 빈튼은 어떤 사람의 이름이 아니라, 이탈리아 사람들의 표현으로 '커다란 사람'이란 뜻이오. 그게 바로 무디가 말하려 했던 거요. 즉 '커다란 사람'이 내 뒤를 쫓고 있다는 뜻이오."

"무슨 뜻인지 전혀 모르겠는데요, 선생."

"영어로는 아무 뜻도 없어요. 그러나 이탈리아 말로 하면, 뭔가 잡히는 게 없소? '큰 사람'에 의해 조종되는 살인자들의 집단?"

한동안 긴 침묵이 흘렀다.

"라 고자 노스트라? 우리들의 일, 즉 마피아……."

"그래요. 그렇지 않고는 누가 살인자의 집단을 조직하고 초산, 폭탄, 총기 같은 무기를 사용하겠소? 내가 이 사건 뒤에는 분명히 남부 유럽인이 있다고 말한 걸 기억하시오? 그는 이탈리아인입니다."

"글쎄요. 별로 이해가 잘 되지 않는데요. 왜 마피아가 선생을 죽이려 한단 말인가요?"

"그건 나도 모르겠소. 그러나 이건 틀림없어요. 분명한 사실은 무디가 말한 것과 모두 맞아들어 가고 있다는 것이오. 날 죽이려는 건 개인이 아니라, 어떤 단체 조직이라는 사실이오."

"글쎄요. 듣던 중 가장 어처구니없는 이론이군요."

잠시 침묵이 흐른 후, 안젤리가 덧붙여 말했다.

"그럴지도 모르겠군요."

저드는 묘한 안도감이 밀려왔다. 안젤리가 그의 말을 믿지 않는다면 기대할 만한 사람이 더는 없었기 때문이었다.

"누구 다른 사람과 의논했나요?"

"아니오."

"절대 입밖에 내지 마세요."

안젤리는 급박하다는 듯이 말했다.

"박사님의 말이 사실이라면, 생명은 선생님 자신에 매여 있습니다. 사무실이나 아파트 근처에도 가지 말고……"

"알겠소."

저드는 갑자기 기억나는 게 있었다.

"맥그리비가 나에 대한 체포 영장을 갖고 있는 것 알고 있소?"

"그럼요."

안젤리가 잠시 머뭇거렸다.

"맥그리비한테 걸리면 살기는 힘들 겁니다."

'이런…….'

그는 맥그리비에 대해서 만큼은 제대로 판단하고 있었다. 그러나 그렇다고 해서 맥그리비가 이 모든 사건의 배후 인물이라고도 믿기도 어려웠다.

틀림없이 그에게 지시를 내리는 돈 빈튼 같은 거물이 있을 것이라고 확신했다.

"내 말 들려요?"

저드의 입속은 바싹 말라버렸다.

"네."

회색 코트를 입은 사람이 전화통 밖에서 저드를 들여다보고 서 있었다. 좀 전에 봤던 그 사람인가?

"안젤리……"

"왜 그러십니까?"

"맥그리비 말고 다른 사람들은 날 모릅니까? 어떻게 생겼는지 나도 그들을 모르고…… 그들이 잡힐 때가지 어떻게 해야 살아날 수 있겠소?"

전화 박스 밖의 사람이 저드를 노려보고 있었다.

안젤리의 목소리가 다시 들려 왔다.

"연방수사국으로 바로 갑시다. 연결이 되는 친구가 있습니다. 선생님을 보호해 줄 겁니다. 알겠습니까?"

안젤리의 목소리에는 자신감이 넘쳐 흐르고 있었다.

"알겠소."

저드는 무릎에 힘이 빠지는 것을 느꼈으나 고마운 듯이 그 말을 들었다.

"지금 어디 계십니까?"

"팬암 빌딩의 아랫쪽 로비에 있는 전화 박스에 있소."

"움직이지 말아요. 주위에 사람들이 많은 곳에서 잠시 기다려 요. 곧 가겠습니다."

안젤리가 전화를 끊는지 딸각하는 소리가 들려 왔다.

그는 순찰대 사무실의 긴급 전화를 내려놓으면서 심한 우울 감에 빠졌다. 수년 동안 그가 살인자나 강간범 등 온갖 종류의 범죄자들과 접촉해 오는 시간의 흐름에 따라 자신의 주위에는 일종의 보호막이 형성되었으며, 그래서 인간의 기본적인 존엄성을 존중하게도 되었다.

그러나 부패한 경찰의 경우는 달랐다. 그들은 정직한 경찰들이 불철주야 사회악과 싸우며 목숨까지 바쳐 지키는 사회의 기본 질서를 유린하는 악의 온상이었다.

경찰서 안은 바쁜 걸음과 말소리로 가득했으나 그에게는 전혀 들리지 않았다.

두 명의 경찰이 덩치가 큰 술주정꾼에게 수갑을 채워 연행해 오고 있었다.

그들 중 한 명은 눈에 멍이 들어 있었고, 다른 한 명은 피가 흐르는 코를 손수건으로 막고 있었다. 그의 경찰복 소매는 반이나 떨어져 나가 있었다.

그는 피곤한 몸을 일으켜 서장의 사무실이 있는 오래된 복도로 들어섰다. 그는 문을 노크한 다음 안으로 들어갔다. 다 깨진 책상 뒤에 항상 시거 꽁초를 물고 사는 베르텔린 서장이 앉아 있었고, 두 명의 연방수사국 요원이 평상복을 입고 함께 있었다.

문이 열리자, 베르텔리가 얼굴을 들었다.

"어떻게 됐나?"

형사가 고개를 끄덕였다.

"틀림없는 것 같아요. 보관소 담당자의 말에 의하면 수요일 오후 증거물함에서 캐롤 로버츠의 열쇠를 빌려 갔다가 그날 밤늦게 돌려놨다는군요. 그래서 파라핀 실험이 부정적이었고… 그러니까 원래의 키를 사용해서 저드 스티븐스의 사무실로 들어갈 수 있었던 겁니다. 보관소 담당자는 그가 사건을 맡고 있다는 것을 알기 때문에 아무 말도 없이 내줬다는 겁니다.

"지금 그 친구 어디 있는지 압니까?"

한 연방수사국 요원이 말했다.

"아뇨, 미행시켰는데 놓쳤답니다. 어디 있는지 지금으로서는 알 수 없습니다.

"스티븐스 박사를 쫓고 있을 거요."

다른 요원이 말했다.

베르텔리 서장이 그들을 향해 몸을 돌렸다.

"스티븐스 박사는 살아남을 가능성이 있나요?"

한 사람이 무겁게 고개를 저었다.

"만약에 우리보다 그들이 먼저 박사를 발견한다면… 전혀 희망이 없어요."

베르텔리가 고개를 끄덕였다.

"그렇다면 먼저 찾아야겠군."

그의 목소리는 점차 비장해지고 있었다.

"또 안젤리도 꼭 잡아 와야 해요. 어떤 방법으로라도 말이오."

그는 옆에 있는 형사를 돌아보며 명령했다.

"이봐, 그 친구를 꼭 붙들어 오게. 가급적 생포해서 말야, 맥그리비."

경찰차의 무선기에는 단조롭고 토막난 말들이 튀어 나오기 시작했다.

"초비상, 초비상… 전 차량, 전 차량……."

안젤리는 라디오를 꺼버렸다.

"혹시 내가 선생님을 만난 것을 아는 사람이 또 있습니까?"

"아무도 없소."

저드가 그를 안심시키기 위해 힘있게 대답했다.

"라 고자 노스트라에 대해 아무하고도 의논하지 않았죠?"

"당신과 의논했을 뿐이오."

안젤리는 만족한 듯이 고개를 끄덕였다.

그들은 조지 워싱턴교를 지나 뉴저지로 향하고 있었다. 그러나 모든 것은 다 변해 있었다.

먼저 번에는 절망감에 싸여 이 길을 달렸으나, 이제는 안젤리를 옆에 태우고 가면서 더 이상 자신이 쫓기고 있다는 생각이 들지 않았다.

이제는 그 반대로 자신이 추격자가 된 것이다. 그 생각을 하자 깊은 만족감이 온몸에 스며들었다.

안젤리의 제안에 따라 그는 빌린 차를 맨하턴에 남겨두고 경찰 차량 표시가 없는 경찰차를 타기로 했다.

안젤리는 팰리세이드 고속도로를 따라 북으로 달리다가 오렌지버그에서 일반도로로 내려섰다. 그들은 어느덧 올드 태판에 가까워져 오고 있었다.

"아주 멋진 추리를 해내셨습니다, 선생님."

안젤리가 말했다.

저드는 고개를 저었다.

"한 사람의 소행이 아니라, 그 이상의 사람이 관련되었다는 판단이 섰을 때 바로 생각이 떠올랐어야 했는데, 너무 늦었소. 그건 전문 킬러들을 이용한 큰 조직인데 말이오. 내 생각엔 무디가 차에 장치한 폭탄을 보고 그렇게 단정지었던 것 같소. 그들은 어떤 종류의 무기나 다 사용할 수 있으니까 말이오."

앤도 그 중의 하나였다. 그녀도 이 작전의 일부로서 나를 살해할 수 있도록 연극을 한 배우에 지나지 않았다. 설사 그녀가 어떤 일을 했다 하더라도 그녀를 미워할 수는 없었다.

안젤리는 일반도로를 통해 숲이 우거진 곳으로 차를 몰았다.

"당신 친구는 우리가 가는 것을 알고 있소?"

저드가 물었다.

"전화를 했습니다. 우릴 기다리고 있을 겁니다."

그러자 도로 옆으로 사잇길이 갑자기 나타나자, 안젤리는 차를 그쪽으로 몰았다. 한 2킬로미터쯤 달려가다 전자문이 달린 곳에서 차를 세웠다.

저드는 큰 철문 위에 작은 TV카메라가 달린 것을 눈여겨보았다.

'찰칵' 하는 소리가 나며 문이 활짝 열리고는 그들이 통과하자 다시 굳게 닫혀 버렸다. 그들은 다시 길고 구불구불한 좁은 길을 달렸다.

앞쪽 나무숲 사이로, 커다란 저택의 지붕이 잠깐 보였다.

그 지붕 위에는 꼬리가 떨어져 나간 청동제 숫닭이 햇볕에 반사되고 있었다.

〈제 21 장〉

범인은 바로 너다

경찰 본부의 어느 사무실 안. 방음이 잘 되어 있고 밝은 불빛이 넘쳐 흐르는 통신 센터에는 열 명 가량의 경찰이 소매를 걷어 올리고 교환기 앞에 앉아 바삐 움직이고 있었다.

여섯 명씩 각각 한 조가 되어 각기 다른 일을 하고 있었는데, 그 중간에 압축 공기를 이용한 메모 송신구가 놓여 있었다.

외부로부터 전화가 걸려 오면 그 내용을 메모해서 송신구에 넣으면, 그 메모는 윗층으로 전달되어서 즉시 각 사건 해당 파출소나 순찰차로 전달되었다.

통신센터에는 밤낮을 가리지 않고 끊임없는 전화가 걸려 오고 있었으며, 그것은 마치 거대한 도시의 온갖 사건이 홍수를 이루며 쏟아져 들어오는 것 같았다.

공포에 휩싸인 사람, 외로운 노인, 술취한 사람, 상처를 입고 다친 사람 등등 온갖 역경에 빠진 남녀 노소들로부터 걸려 오는,

물감 대신 말로 그려지는 지옥의 그림과 같았다.

오늘 월요일 오후는 뭔가 모를 긴장감이 가득했다.

모든 통신 교환 경찰들은 각자의 전화에 대해 한층 더 심각한 주의를 기울이며 조용히, 그러나 매우 능률적으로 움직이고 있었다. 실종된 저드 박사와 안젤리 형사를 찾기 위하여 많은 형사들과 연방수사국 요원들은 전자통신망을 통해 움직임 하나하나를 살펴보고 있었다.

베르텔리는 맥그리비가 서장실로 들어설 때, 범죄 담당 고문인 알렌 설리반과 이야기를 나누고 있었다. 맥그리비는 앞서 그를 만났을 때 억세면서 정직한 사람이라는 인상을 갖고 있었다.

베르텔리 서장은 설리반과의 대화를 중단하고 질문하는 표정으로 맥그리비를 돌아다보면서 말했다.

"모두들 지시대로 움직이고 있습니다."

맥그리비가 바른 자세로 보고하고 있었다.

"스티븐스 박사의 사무실 맞은편 건물에서 일하는 야간경비원이 수요일 밤에 스티븐스의 사무실에 들어가는 사람을 보았다고 합니다. 그의 말에 의하면 두 사람이었는데, 그들은 열쇠로 문을 열더랍니다. 그는 그들이 거기서 일하는 사람인 줄로 알았답니다."

"얼굴을 확인해 보았는가?"

"안젤리의 사진을 보고는 맞다고 했습니다."

"수요일 밤이라면 안젤리가 독감 때문에 집에 있었다는 날인데."

"맞습니다."

"다른 한 사람은?"

"경비원은 그 사람을 잘 보지 못했다고 했습니다."

한 교환수가 수도 없이 반짝이는 빨간 등 밑에 플럭을 끼고는 베르텔리를 돌아보았다.

"서장님께 온 겁니다. 뉴저지 고속 순찰차입니다."

베르텔리는 연결된 전화를 황급히 집어들었다.

"베르텔리 서장이오."

그는 잠시 듣고만 있었다.

"확실한가?… 좋아! 그 부근에 있는 모든 차량을 그쪽으로 모으고 빈틈없이 길을 차단하게. 무슨 일이 있으면 곧 연락하고…… 고맙네."

그는 전화를 끊고 두 사람을 향해 돌아섰다.

"이제야 실마리가 잡히는 것 같군. 뉴저지에서 한 애숭이 순찰대원이 오랜지버그 근처의 2급 국도에서 안젤리의 차를 발견했다는군. 고속 순찰대가 그 지역을 온통 이 잡듯이 뒤지고 있소."

"저드 스티븐스 박사는?"

"차 안에 안젤리와 같이 있다더군. 살아서 말이오. 걱정 말아요. 곧 찾을 거요."

맥그리비는 시거를 두 개 꺼냈다. 그가 설리반에게 한 개를 권하자, 설리반은 거절했고, 베르텔리가 한 개를 받아들었다.

그는 나머지 한 개를 자신의 입에 물었다.

"이제서야 뭔가 되는 것 같군. 스티븐스 박사는 참 용케도 살아있단 말씀이야."

그는 성냥을 그어 시거에 불을 붙였다.

"조금 전에 박사의 친구인 피터 해들리와 만났습니다. 며칠 전 스티븐스 박사를 만나기 위해 그의 사무실을 찾았는데, 안젤리가 총을 손에 든 채 같이 있더라는 겁니다. 안젤리는 뭔가 도둑이 들어서 어쩌구 하면서 불안한 표정을 짓더랍니다. 제 추측으로는 해들리가 나타나서 스티븐스의 생명을 구했음이 틀림없습니다."

"어떻게 해서 자넨 안젤리가 이상하다고 느꼈나?"

"맨 처음에는 그 친구가 몇몇 상인들을 못살게 구는 데서 의심이 가기 시작했습니다."

맥그리비가 이어서 말했다.

"내가 그들에게 무슨 일 때문에 그러는가를 알아보려 하니까 아무도 입을 열지 않았습니다. 몹시 겁을 먹은 표정이었는데, 왜 그러는지 그 이유를 짐작하지 못했어요. 그 다음부터 안젤리에게는 아무 말도 하지 않고 눈여겨 지켜보았습니다. 핸슨의 살인사건이 터졌을 때, 안젤리가 나에게 와서 그 사건을 같이 맡게 해달라고 자청하더군요. 나를 아주 존경한다면서 말입니다. 그래서 언젠가는 나와 같이 일할 기회가 오기를 기다렸다는 둥 너스레를 떨면서 말입니다. 난 그가 뭔가 수상해서 베르텔리 서장님의 허락을 받고, 그와 같이 일하는 척했습니다. 그가 이 사건을 맡는 건 절호의 기회였습니다. 사건에 속속들이 관여됐으니 말입니다. 그때만 해도 난 스티븐스 박사가 핸슨과 캐롤의 살해에 관련이 깊은 줄은 모르고, 안젤리의 정체를 밝히기 위해 스티븐스를 이용하려고 했을 뿐이었습니다. 난 스티븐스에

대해 엉터리 사건을 뒤집어 씌우고 안젤리에게는 의사를
살인죄로 옭아 넣겠다고 거짓으로 말했습니다. 안젤리가 자신이
전혀 의심받지 않는다는 판단이 서면, 정체를 숨긴 채 목적을
달성시키려는 행동을 할 것이라는 생각이 들어서였습니다."

"그래서 그게 잘 됐나?"

"아닙니다. 안젤리는 박사를 감옥에 넣으면 안 된다고 주장하
는 바람에 내가 오히려 놀랐습니다."

설리반이 의아하다는 듯이 그를 쳐다보았다.

"왜 그랬을까?"

"감옥에 들어가 있으면 박사를 해치우기가 어렵다고 판단했을
겁니 다."

"맥그리비가 자꾸 그런 측면으로 밀고 나가자, 안젤리가 나를
찾아와서 이 친구가 스티븐스 박사를 옭아 넣으려 한다고 귀
띔을 했었소."

베르텔리가 거들었다.

"그래서 우리의 추측이 맞아들어간다고 확신했습니다."

맥그리비가 말했다.

"그러자 스티븐스는 노만 무디라는 사설 탐정을 고용했습
니다. 알아보니까, 무디는 마약 때문에 안젤리가 체포한 무디의
고객과 관련이 있음을 알아내게 되었습니다. 무디는 그의 고객이
전혀 엉뚱하게 죄를 뒤집어 썼다는 것이었습니다. 이제 보니까
무디의 말도 진실이었습니다."

"그러니까, 무디는 처음부터 해답을 뻔히 알고 있었구만."

"그렇게 간단하지는 않습니다. 무디는 아주 머리가 비상한

사람입니다. 그래서 안젤리가 관련이 있으리라고 생각했습니다. 그는 스티븐스 박사의 차에서 폭탄을 발견하고는 곧 그것을 연방수사국에 넘겼지요."

"안젤리가 먼저 그걸 가로챌까 봐 겁냈던 거로군. 증거를 무슨 수로든 없앨 테니까."

"저도 그와 같은 추측을 했습니다. 그런데 누군가 실수로 해서 그 보고서가 안젤리에게 가버렸습니다. 그래서 무다가 그를 쫓는다는 사실을 알게 된 것입니다. 최초의 실마리는 무다가 '돈 빈튼'이라는 이름을 입밖에 냈을 때였습니다."

"라고자 노스트라 즉, 커다란 사람?"

"그렇습니다."

"무슨 이유 때문에 마피아가 스티븐스를 해치우려 한다는 거죠. 어떻게 안젤리와 마피아를 관련시킬 수 있었소?"

"저는 안젤리가 못살게 굴었다는 상인들을 다시 찾아갔습니다. 내가 라고자 노스트라를 내뱉자, 그들은 공포에 떨면서 안젤리는 마피아 조직을 위해 일하면서 욕심을 부려 부수입을 올리고 있었던 겁니다."

"그럼 마피아가 왜 스티븐스를 죽이려 하나요?"

설리반이 다시 물어 왔다.

"그걸 모르겠습니다. 여러 가지 측면에서 수사하고 있지만, 두 가지 실수가 있었습니다. 하나는 안젤리를 미행하다가 놓쳐 버린 것이고, 둘은 안젤리에게 경고를 한 후 스티븐스를 보호하려고 달려갔는데, 어디론가 사라지고 만 것입니다."

그때 교환기에 불이 들어왔다. 한 교환원이 풀럭을 꽂고 잠시 들고 있더니 베르텔리 서장을 향해 말했다.

"서장님 전화입니다."

그는 걸려온 전화를 묵묵히 한참 동안 듣고 있다가 천천히 수화기를 내려놓으며, 맥그리비를 향해 몸을 돌렸다.

"놓쳤다는군."

<제 22 장>
진실의 순간

앤토니 디마코는 무서운 광기를 갖고 있는 사내였다.

저드는 그의 강한 개성이 마치 막을 길 없는 파도처럼 온방 안에 흘러 넘치는 것을 느낄 수 있었다.

앤이 그녀의 남편은 잘생긴 사람이라고 말했을 때, 그것은 정확 한 표현이었다.

디마코는 조각처럼 완벽한 옆 모습과 칠흙 같은 눈, 검은 머리에 회색의 머리칼이 적당히 섞인 전형적인 로마인의 모습, 그대로였다.

그는 40대 중반이었으며 키가 크고 근육질의 육체에 사나운 짐승이 움직이는 듯한 유려한 동작이 특징적이었다.

그의 음성은 굵고 자력이 있듯이 끌리는 목소리였다.

"뭘 좀 드시겠소, 선생?"

저드는 자기 바로 앞에 서 있는 사람을 보고 매료되며 고개를 좌우로 저었다.

누구든지 지금의 디마코를 본다면 그가 완전히 정상이며 매력이 넘치는 주인이라고 믿을 것이 틀림없었다.

화려하게 장식된 서재에는 저드와 디마코, 안젤리 형사, 그리고 아파트에서 저드를 죽이려 했던 로키와 니크 형제 등 다섯 명이 있었다.

저들은 모두 저드를 가운데 두고 원을 그리고 서 있었다.

저드는 이제서야 그의 적들의 얼굴을 쳐다보며 우울한 만족감을 맛보았다. 겨우 이제 와서야 그가 누구와 싸우고 있는 지를 알게 된 것이다.

그는 안젤리가 쳐놓은 덫에 스스로 걸려 들어왔던 것이다.

더군나 무엇보다 슬픈 일은 안젤리에게 전화를 걸어서까지 자기를 잡으러 오도록 했으니 말이다.

배반자 안젤리는 그를 드디어 도살자에게로 몰고 온 것이다.

디마코는 그의 독특한 검은 눈을 굴리면서 저드를 흥미롭게 관찰하고 있었다.

"많은 걸 듣고 있었소."

저드는 아무 말도 하지 않았다.

"이런 모양으로 모시고 온 것을 용서해 주시고, 하지만 몇 가지 물어 볼 게 있소."

그는 온화함을 내뿜으며 정말 미안하다는 듯이 웃었다.

저드는 다음에 무슨 일이 벌어질지를 예측하고 어떻게 대처해야 할 것인가를 생각하고 있었다.

"스티븐스 박사, 내 아내와 무슨 이야기를 나누었소."

저드는 뜻밖이라는 듯이 놀란 목소리로 반문하듯 대답했다.

"당신 아내요? 난 당신의 아내를 모릅니다."

디마코는 비난하는 듯이 머리를 저었다.

"아내는 지난 3주일 동안 매주 두 차례씩 당신 사무실엘 갔었는데……."

저드는 생각에 잠긴 듯 미간을 지푸렸다.

"디마코라는 이름의 환자는 없었소."

디마코는 알겠다는 듯이 고개를 끄덕였다.

"아마 다른 이름을 썼겠지. 처녀 때의 이름인 블레이크, 앤 블레이크."

저드는 조심스럽게 놀라움을 얼굴에 나타냈다.

"앤 블레이크?"

바카로 형제가 가까이 다가섰다.

"그러지 마."

디마코가 말했다.

그가 저드를 향해 돌아섰을 때, 그에게서는 친근한 태도가 싹 가시고 창백한 살기만 번득이고 있었다.

"선생! 내게 장난을 할 양이면 믿기 어려운 일을 할 거요."

저드는 그의 눈을 들여다보고 그것이 사실임을 믿어야 했다.

그는 지금 자신의 생명이 그의 가는 실에 매달려 있다는 것을 너무나 잘 알고 있었다.

"글쎄요… 이 순간까지 앤 블레이크가 당신의 아내라는 걸 전혀 몰랐거든요."

"그럴 겁니다."

안젤리가 말했다.

"그는……."

디마코는 안젤리의 말을 무시했다.

"지난 3주 동안 아내와 무슨 말을 나누었소?"

그들은 이제 진실의 순간에 마주 서 있었다. 저드가 지붕 위에 청동제 수탉을 보았을 때 수수께끼의 마지막 부분이 풀렸던 것이다.

앤이 그를 죽이려는 계획에 가담한 것이 아니라, 그 자신처럼 앤 역시 희생자의 하나였다.

그녀는 앤토니 디마코의 정체가 무엇인지 모르고 다만 건설 회사를 경영한다고 해서 결혼했던 것이다.

그런데 어떤 계기가 있어 남편의 직업에 의심을 품게 되고 또 그가 무엇인가 암흑 속에 가려진 무서운 일에 관여한다고 추측하게 되었던 것이다.

그리하여 아무도 의견을 나눌 사람이 없어 그녀는 정신분석의라면 흉금을 털어놓고 의논을 할 수 있는 대상이라고 생각해서 그에게 왔던 것이다.

그러나 저드의 사무실에 들어서면 남편에 대한 신뢰감 때문에 그녀의 마음 속에 품고 있는 의심스런 점을 얘기하기가 어려웠던 것이다.

"우린 별로 많은 것을 얘기하지 않았소. 당신 아내는 무엇이 문제인지를 얘기하기를 거부했소."

저드는 고른 음성으로 대답했다.

디마코의 검은 눈동자가 그를 노려보면서 무엇인가를 찾으려고 애썼다.

"그런 따위의 대답을 들으려는 게 아니오."

마피아의 두목 아내가 정식분석의를 찾아간다는 것을 알아냈을 때, 디마코는 얼마나 충격을 받았겠는가?

앤의 파일을 찾기 위해 살인을 마구 저질렀다는 것은 당연한 귀결이었다.

"다만, 그녀는 무엇인가에 대해 행복하지 못하다고 말했는데. 그것이 무엇인지는 밝히지 않았소."

"그런 대화는 10초면 끝낼 수 있는 말이오. 난 아내가 당신 사무실에서 보낸 시간을 모두 체크하고 있었소. 그 외에 무슨 얘기를 했소? 내가 누군지도 말했을 텐데."

"그녀는 당신이 건설회사를 소유하고 있다고 했소."

디마코는 저드를 싸늘한 눈초리로 쳐다보았다. 그러자 저드는 땀방울이 이마에 맺히는 것을 느꼈다.

"정신 분석이 뭔지도 좀 알고 있소, 선생. 환자는 마음 속에 있는 건 뭐든지 얘기하지 않습니까?"

"그건 치료의 한 부분이요. 그래서 브레이크 부인, 아니 디마코 부인과는 더 깊은 얘기가 안 된 거요. 더 이상 치료받지 않아도 된다고 생각했었소."

저드는 직업적인 말투로 말했다.

"그러나 계속됐잖습니까?"

"굳이 말할 필요가 없었소. 지난 금요일 날 왔을 때 부인은 유럽으로 여행을 갈 거라고 했소."

"그 후 앤이 마음을 바꿔 먹었어요. 나와는 유럽에 가지 않겠다는 거였지요. 왜 그런지 아시오?"

저드는 정말 알 수 없다는 표정으로 그를 쳐다보았다.

"모르겠소."

"당신 때문이요, 선생."

저드는 가슴이 잠깐 빠르게 뛰었다. 하지만 목소리에 그런 감정이 드러나지 않도록 애서 조심했다.

"이해할 수가 없네요."

"알 수 있을 텐데. 지난밤 앤과 난 긴 이야기를 나누었습니다. 그녀는 나와의 결혼이 잘못된 거라고 생각하더군요. 나와는 더 이상 행복한 가정을 꾸릴 수 없다는 거였습니다. 그러면서 그게 다 당신 때문이라고 고백했습니다."

디마코의 이 말은 마치 최면술을 거는 속삭임과도 같았다.

"당신과 앤이 사무실 안에서 또 소파에서 무슨 일을 했는지 모두 이야기해 주시지요."

저드는 그의 머리를 지나가는 양극의 감정을 억누르려고 애 썼다.

'앤이 나를 그렇게까지 생각했다니!'

그러나 이제 그것이 무슨 소용이란 말인가?

디마코는 그의 대답을 기다리며 끈기있게 저드를 쳐다보고 있었다.

"아무 일도 없었소. 정신 분석에 대해 좀 아신다니 말인데, 여성 환자 대부분은 의사에게 감정적으로 기울어지게 마련이오. 어떤 때는 자신이 의사와 사랑에 빠져 있다고 믿는 경우도 있소. 뭐, 곧 없어지지만 말이오."

디마코의 검은 눈으로 저드의 눈을 바라보며 집요하게 뭔가를 기다리고 있었다.

"그런데 어떻게 부인이 내게 오는 것을 알았지요?"

저드는 지나가는 말처럼 물어 보았다.

디마코는 잠시 저드를 바라본 후 커다란 책상으로 다가가서 마치 단도같이 생긴 날카로운 편지 개봉칼을 집어 들었다.

"내 부하 하나가 당신 사무실 건물로 들어가는 앤을 보았소. 거기에 산부인과가 여러 개 있어서 앤이 나를 놀라게 할 기쁜 일이 있어 가는 줄 알았답니다. 그런데 따라가 보니 당신 사무실이라는 겁니다."

그는 저드를 향해 돌아섰다.

"어쨌든 놀라웠소. 아무튼 그래서 정신과 의사를 찾아간 것을 알아낸 거요. 앤토니 디마코의 아내가 정신분석의에게 내 개인적인 일을 털어놓으려고 하는 것을 말이지요."

"그녀는 전혀 그 점에 대해서는……."

디마코의 목소리는 이상하리만큼 부드러웠다.

"고미씨오네가 회의를 열고 투표 결과 그녀를 죽이기로 결정했습니다. 마치 마피아 내부의 배반자를 죽이듯이 말입니다."

그는 마치 우리 속에 갇힌 위험한 동물처럼 방안을 왔다 갔다 했다.

"그러나 난 다른 사람들처럼 명령을 받을 수는 없었소. 난 앤토니 디마코요. 한 마피아 패밀리의 두목이란 말입니다. 나는 아내가 내 개인적인 일을 의사에게 얘기했다면, 그 의사를 죽일 것을 약속했었소. 이 맨손으로 말이오."

그는 두 손을 들어 보였는데, 한 손에는 날카로운 단도가 쥐어져 있었다.

"그 대상이 바로 당신이오, 선생."

이제 디마코는 저드 주위를 돌면서 말을 계속했고, 디마코가 그의 뒤를 돌 때 저드는 등골에 소름이 오싹 끼치는 것을 느꼈다.

"뭔가 잘못 오해한 것 같은데요……."

저드는 용기를 내서 입을 열었다.

"아니, 당신은 누가 실수했는지 잘 알잖소. 바로 앤이오."

그는 저드를 아래 위로 훑어보았다. 정말로 알 수 없다는 표정이 역력해졌다.

"어째서 앤은 당신이 나보다 낫다고 생각했을까?"

바카로 형제가 움찔했다.

"내 눈에 당신은 아무것도 아냐. 매일 바보처럼 사무실에 출근하고… 그래서, 일 년에 얼마나 벌지? 3만불? 5만불? 10만불? 난 1주일 동안에 그보다 더 벌 수 있단 말야."

디마코의 진짜 모습이 감정의 폭발에 못 이겨 천천히 벗겨지고 있었다.

그의 말은 짧고 흥분에 넘친 외침이었으며, 매끈한 외모에 어울리지 않는 상소리를 내뱉기 시작했다.

앤은 다만 그의 외모만을 보았음이 분명했다.

저드는 이제 살인성 과대망상증에 걸린 디마코의 벗겨진 얼굴을 보고 있는 것이다.

"자넨 그 더러운 년과 붙어 먹었지?"

"그런 적 없소."

저드가 단호하게 말했다.

디마코는 눈에 광채를 발하며 그를 바라보았다.

"그럼 앤은 당신에게 아무것도 아니란 말인가?"

"말하지 않았소? 다른 환자와 다를 게 없었소."

"좋아."

디마코가 말했다.

"앤에게 그렇게 말해."

"뭘 말하라는 거요?"

"조금도 관심이 없다고? 앤을 이리 오게 할 테니까, 그년과 얘기해 봐."

저드의 맥박이 빠르게 뛰기 시작했다. 그에게 앤과 자신을 구할 수 있는 기회가 주어진 것이다.

디마코가 손을 들어 신호를 하자, 방안의 사람들이 복도로 물러갔다.

디마코는 검은 눈을 내려뜨고 저드를 향해 돌아섰다.

그는 부드럽게 미소를 지었다. 다시 가면을 쓴 것이다.

"앤이 아무것도 모른다면, 그녀는 살 수 있소. 그녀를 나와 같이 유럽에 가도록 설득하시오."

저드는 갑자기 입 안이 바짝 마르는 것을 느꼈다. 이제 디마코의 눈빛에는 승리감이 서렸다.

저드는 그 이유를 비로소 알았다. 디마코를 너무 과소 평가한 것이다.

그것은 결정적인 실수였다.

디마코는 체스놀이를 하는 것이 아니었으며, 저드를 꼼짝 못하게 하는 조건을 내걸 만큼 영악했다.

지금에 와서는, 저드가 어떻게 하던 앤은 위험에서 벗어날 수 없었다. 디마코와 함께 유럽으로 가도 그녀의 생명이 위험하기는 마찬가지였다.

그는 디마코가 앤을 살려 두리라고는 믿을 수가 없었다. 마피아가 허락하지 않을 것이다. 유럽에 가면 디마코는 어떤 우연한 '사고'를 가장해서 그녀를 죽일 것이 분명했기 때문이다.

그러나 또한 그녀를 가지 못하게 한다면, 그녀의 즉각적인 죽음을 의미하는 것이었다.

이제는 빠져나갈 구멍이 없었다. 다만 두 개의 덫 중에 어떤 것을 선택하느냐 하는 것만 남아 있을 뿐이었다.

2층에 있는 침실 창문으로 앤은 저드와 안젤리가 도착하는 것을 보았다.

잠깐 동안이나마 그녀는 저드가 이 무서운 곤경에서 자기를 구하러 온다는 착각에 빠졌다.

그러나 안젤리가 권총을 빼서 그를 집안으로 데려가는 모습을 보자, 그런 희망은 물거품처럼 사라져 버렸다.

그녀 남편의 정체에 대해 어렴풋이 짐작은 했지만, 48시간 전에야 확실히 알게 된 것이다.

그것은 몇 달 전 앤이 맨하턴 극장에 연극을 보러 갔다가 주연 배우가 술에 취하는 바람에 예정보다 빨리 집으로 돌아온 날 시작되었다.

앤토니는 집에서 회의를 열 예정이었으며, 그녀가 돌아오기 전에 끝내겠다고 마음먹고 서두르고 있었다. 그녀가 집에 도착했을 때 회의는 아직 진행 중이었다. 놀란 앤토니가 서재의 문을 닫기 전에 앤은 누군가 성난 소리로 외치는 것을 들었다.

"난 오늘 저녁 그 공장을 습격해서 그 녀석들을 몽땅 없애는데 절대 찬성이오!"

그 말투와 방안에 모여 있는 일꾼들의 험상궂은 외모, 그리고 앤토니의 당황하는 모습이 그녀를 불안하게 만들었다.

그녀는 나중에 남편의 설명을 믿으려고 애썼다. 결혼 6개월 동안 앤토니는 자상하고 사려 깊은 남편이었다. 가끔 난폭함이 보였으나, 그는 곧 안정을 되찾곤 했다.

그 일이 있은 몇 주일 후, 우연히 수화기를 들자 앤토니의 목소리가 연결 전화로 들렸다.

"오늘 저녁 토론토에서 오는 화물을 탈취할 거야. 경비원을 처치할 사람을 구하게. 우리 편이 아니면 더욱 좋고……."

그녀는 놀라서 수화기를 놓아 버렸다.

"화물을 탈취……, 경비원을 처치……."

그것은 엄청난 말들이었지만, 일반적인 상업적 용어일 수도 있었다. 조심스럽게 지나가는 말투로 앤은 앤토니의 사업에 관해 질문을 하려 했다.

그러나 강철벽이 가로막는 것과 같은 앤토니는 그녀에게 집안 살림이나 잘 돌보고 자신의 일에는 관여하지 말라고 버럭 화를 냈다.

그럴 때의 그는 완전히 다른 사람이었으며, 그날 두 사람은 그 일로 심하게 다투었다. 다음날 저녁 남편은 앤에게 값진

목걸이를 선사하면서 부드럽게 사과했다.

한 달 후, 세 번째 사건이 터졌다. 앤은 새벽 4시쯤 문이 꽝 닫히는 소리에 놀라 잠이 깼다.

그녀는 잠옷에 겉옷을 걸치고 급히 아래층으로 내려갔다. 앤은 남편이 서재에서 성난 음성으로 누군가와 다투는 소리를 들었다. 그녀는 문 쪽으로 다가가려 했으나 앤토니가 대여섯 명의 모르는 얼굴의 사람들과 얘기하는 것을 보고는 자신의 행동을 자제했다.

그녀가 방해하면 남편이 화를 낼 것이 두려워 결국 앤은 침실로 되돌아가 침대에 몸을 뉘었다.

다음날 아침 식탁에서 그녀는 남편에게 잘 잤느냐고 물어 보았다.

"아주 잘 잤소. 밤 열 시쯤 녹아 떨어졌소."

그때 앤은 비로소 그녀 자신이 곤란한 입장에 처했음을 알았지만, 그것이 어떤 것이며 얼마나 심각한지는 몰랐다. 다만 알 수 없는 이유로 남편이 거짓말을 하는 것이라 여겼다.

도대체 어떤 일을 하길래, 깡패처럼 생긴 사람들과 한밤중에 만나 비밀 회합을 갖는단 말인가?

그녀는 앤토니에게 그에 대해 묻기가 두려웠다. 절망감이 점점 싸였으나 이야기를 나눌 상대가 없었다.

며칠 후, 그들이 가입된 어떤 클럽의 파티에서 누군가가 저드 스티븐스라는 이름의 정신분석의에 관해 이야기가 오고 갔을 때, 그가 굉장히 유명한 의사라는 것을 알게 되었다.

"그분은 대단한 정신의학자란 말야. 무슨 뜻인지 알겠소?

굉장히 매력적이고……, 다만 지나칠 정도로 일에만 몰두하는 타입이라는군."

앤은 조심스럽게 그 이름을 기억해 두었다가 나중에 저드를 찾아갔던 것이다.

저드와의 첫번째 상담은 그녀의 생활을 온통 헝클어 놓았다. 그때 이미 그녀는 감정적인 소용돌이에 깊이 빠져 있었다.

그녀는 그런 혼란에 빠진 자신이 스스로 생각해도 너무 우스워서 다시는 그를 찾지 않겠다는 다짐을 했다. 그러나 그것도 잠시 곧바로 생각을 돌려 자기의 첫 번째 감정이 거짓이며, 그냥 우연한 느낌이라는 것을 스스로 증명하기 위해 다시 그를 찾아갔다.

두 번째 회견 때의 그녀의 반응은 더욱 강렬했다.

그녀는 늘 자신이 센스가 있고 현실적이라는 것을 자랑했으나, 이젠 영락없이 첫사랑에 빠진 17세 소녀와 같이 행동하는 자신을 발견하고 스스로 놀랐다.

그녀는 저드에게 남편 앤토니의 문제를 꺼내기가 불가능했으며, 다른 일에 관해서만 이야기했다.

매번 회견이 끝날 때마다 앤은 이 따뜻하고 근사한 남자에게 점점 더 깊이 빠져들고 있었다.

그러나 그녀는 남편과의 이혼이 불가능한 것을 알고 있었기에 저드와의 사랑에 희망이 없다는 것 또한 잘 알고 있었다.

앤은 자신의 내부에서 어떤 결점이 있어 한 남자와 결혼 후, 6개월 만에 외간 남자를 사랑하게 된 것이라고 생각했다. 그녀는 저드를 다시는 보지 않는 것만이 해결책이라고 믿었다.

그때 이상한 일들이 일어나기 시작했다. 캐롤 로버츠가 살해되고, 저드가 차에 치이고, 또한 무디의 시체가 화이브 스타 통조림 공장에서 발견된 당시 저드가 그곳에 있었다는 기사를 신문에서 읽었다.

그녀는 전에 그 공장의 이름을 어디에선가 본 적이 있는 기억이 떠올랐다. 앤토니의 책상 위에 놓인 화물 공장의 사진 설명에 있었던 것이다.

무서운 의구심이 마음속에 자리 잡기 시작했다.

하지만, 남편 앤토니가 이런 무서운 일들에 관련되어 있다는 사실이 아무리 생각해도 믿을 수가 없었다.

앤은 자신이 헤어날 수 없는 악몽의 구렁텅이 속으로 빠져들어가는 것을 절실히 느끼고 있었다.

그러나 앤은 자신의 그런 심정을 저드에게 말할 수도 없었을 뿐만 아니라, 앤토니와도 상의할 수가 없었다. 다만 그녀는 자신의 의심이 근거가 없는 것이라고 애써 믿으려고 했다.

아무튼 앤토니는 저드의 존재조차 모르고 있지 않은가?

그런데 48시간 전 앤토니가 그녀의 침실에 들어와서 저드와의 일에 대해 캐묻기 시작했다.

그녀의 첫번째 반응은 남편이 그녀를 미행했다는 데 대한 분노였다.

그러나 그것은 그녀를 감싸고 있던 공포감이 현실로 나타나 적중함에 따라 엄청난 악몽으로 변해 갔다.

앤은 분노에 찬 남편의 얼굴을 바라보며, 그가 무슨 짓이든지 할 수 있다는 걸 직감적으로 느꼈다. 살인까지도……

남편에게 심문을 받는 도중 앤은 엄청난 실수를 했다. 즉 저드에 대한 그녀의 감정을 입 밖에 내고 만 것이다. 그러자 앤토니의 눈은 깊은 검은색으로 변했으며, 마치 그 말이 커다란 충격이나 준 듯 머리를 좌우로 천천히 저었다.

혼자 있게 되자, 앤은 저드가 어떤 위험에 처해 있는지 실감하기 시작했다. 그때 그녀는 남편에게 유럽 여행을 가지 않겠다고 말했다.

저드는 지금 자기의 곁인 이 집에 와 있다. 그의 생명이 그녀 때문에 위태롭게 된 것이다.

침실문이 열리면서 앤토니가 들어섰다.

그는 잠시 그녀를 쳐다보며 서 있었다.

"만나볼 사람이 있소."

그가 싸늘하게 말했다.

앤은 노란색 스커트와 블라우스를 입고 머리카락을 뒤로 늘여뜨린 채 서재로 들어섰다. 얼굴은 핼쑥하고 파리했으나, 그녀의 태도에는 단정함이 깃들어 있었다.

"안녕하세요, 스티븐스 선생님. 앤토니가 선생님이 오셨다고 하더군요."

저드는 그들의 눈에 보이지 않은 사람을 위해 연기를 해야 한다고 느꼈다.

그는 앤도 자기와 같은 느낌을 갖고 있으며, 그가 하는 대로 그녀 자신을 맡긴다는 점을 잘 알고 있었다.

저드에게 마지막 기회가 있다면, 앤이 조금 더 오래 살 수 있는

길 외에는 별다른 방법이 없다고 생각했다.

앤이 유럽에 가기를 거부한다면, 앤토니는 그녀를 이곳에서 죽일 것이 틀림없었다.

그는 아주 조심스럽게 말을 골라야 했다. 한 마디의 말은 차에 장치된 폭탄처럼 위험할 수도 있었다.

"디마코 부인, 남편께서는 당신이 함께 유럽 여행을 하지 않겠다고 해서 기분이 안 좋으신 모양입니다."

앤이 들으면서 어떻게 대답해야 할까를 저울질했다.

"아무래도 그냥 유럽을 가시는 게 좋을 듯합니다."

저드는 목소리를 약간 높여서 말했다.

앤은 저드의 눈을 보며 속삭였다.

"그냥 도망가면 어떻게 될까요?"

"그러면 안 됩니다."

그렇게 되면 살아서는 이 집을 나설 수 없을 것이다.

"디마코 부인."

저드는 다시 목소리를 높여 아무렇지도 않다는 듯이 말했다.

"남편께서는 당신이 나와 사랑에 빠졌다고 잘못 알고 계십니다."

그녀가 말을 하려고 입을 열자, 그는 계속 지껄였다.

"저는 그것이 정상적인 감정의 이입이라고 설명했습니다. 즉 모든 환자들이 의사에 대해 가질 수 있는 보편적인 초기 단계의 감정상의 변화라고 말입니다."

앤은 이제 저드의 의도를 눈치챘다.

"알고 있어요. 당신에게 간 것이 바보짓이라고 생각해요. 혼자

서 해결해야 했는데⋯⋯."

그녀의 눈빛은 진심을 말하고 있었다.

그리고 그를 이런 위험에 빠뜨린 것을 사과하고 있었다.

"여행 계획을 다시 생각해 보고 있었어요. 어쩌면 유럽에서 휴
가를 보내면 좋아질 것도 같아요."

그는 안도의 숨을 내쉬었다. 이제 앤이 자기의 뜻을 이해하기
시작한 것이다.

그러나 그녀가 직면한 위험을 알릴 길은 없었다. 혹시 알고 있
지나 않을까? 그렇지만 안다고 해도 무슨 대책이 있단 말인가?

그는 앤이 서 있는 뒤쪽으로 눈을 돌려 숲속으로 시선을 보냈
다. 문득 언젠가 그녀는 숲속을 많이 걷는다고 한 말이 생각
났다.

그래⋯⋯, 숲길에 익숙할지도 모른다. 그렇다면! 그는 다급한
듯이 목소리를 낮추었다.

"앤."

"자, 두 사람 얘기가 끝났소?"

저드는 몸을 돌렸다. 디마코가 소리없이 서재로 들어오고 있었
으며, 안젤리와 바카로 형제들이 뒤따라 들어왔다.

앤이 남편을 향해 몸을 돌렸다.

"끝났어요. 스티븐스 박사님은 제가 당신과 여행을 떠나는 게
좋다고 하셨어요. 충고를 받아들이겠어요."

디마코는 웃음을 띠운 채 저드를 쳐다보았다.

"당신은 굉장한 설득력을 지녔군, 선생."

그는 이제 승리감에 도취한 사람같이 만족감에 젖어 다시 상냥한 태도로 변해 있었다.

디마코가 앤을 돌아보았다.

"여보, 내일 아침 일찍 출발합시다. 위로 올라가서 짐을 싸지 그래."

앤은 잠시 머뭇거렸다. 저드를 이 사람들 손에 맡긴다는 것이 두려웠다.

"저드……"

그녀는 어쩔 줄 몰라 하는 표정으로 저드를 쳐다보았다. 그는 그들의 눈에 띄지 않게 고개를 끄덕였다.

"좋아요."

앤이 손을 내밀었다.

"안녕히 계세요, 스티븐스 선생님."

저드는 앤의 손을 잡았다.

"잘 다녀오십시오."

저드는 앤이 다른 사람들을 둘러보며 고개를 약간 숙여 보이고는 서재를 나가는 모습을 지켜보았다.

디마코도 그녀의 뒷모습을 한참 동안 바라보았다.

"아름답지 않소?"

그의 얼굴에는 이상한 표정이 서렸다.

사랑, 소유감, 아니면 후회스러움일까? 그것도 아니면 그녀에게 가할 벌을 생각하고 있는 것일까?

"그녀는 이 일에 관해서는 아무것도 모르고 있소. 그녀는 여기에 끌어넣지 않는 게 좋을 것 같은데요."

저드가 말했다.

그는 디마코의 태도가 다시 변하는 것을 보았다. 증오감이 퍼지면서 방 안에 온통 불안과 위험이 가득해졌다. 그의 얼굴에는 마치 절정감에 도달한 그런 표정이 감돌았다.

"자, 이제 갑시다. 선생."

저드는 도망갈 곳을 찾아 방을 둘러보았다. 디마코도 그를 집 안에서 죽이기를 원하지 않을 것이다.

바카로 형제들이 굶주린 맹수의 얼굴로 그를 노려봤다. 안젤리는 손을 권총집 가까이에 놓고 창가에 서 있었다.

"나라면 도망칠 생각은 아예 하지 않을 거요."

디마코는 부드럽게 말했다.

"당신은 이제 죽어야 해. 하지만 내 방식대로 할 테니까, 따라오시지."

그는 저드를 문 쪽으로 밀어붙였다. 다른 사람들도 그를 에워싸며 복도로 나섰다.

앤은 이층으로 올라가는 계단에서 아랫층 홀이 보이는 중간쯤에서 걸음을 멈춰섰다.

그녀는 저드와 다른 사람들이 복도에 나타나자 몸을 숨기고 침실로 달려가 창을 통해 밖을 내다보았다.

그들은 저드를 안젤리의 차에 밀어 넣고 있었다.

앤은 얼른 전화로 달려가서 교환을 찾았다. 저쪽에서 대답이 올 때까지 마치 영원한 시간이 지나가는 듯했다.

"교환, 교환! 경찰을 대줘요. 빨리요, 위급 사태예요!"

그때 어떤 남자의 커다란 손이 앤의 앞에 나타나서 수화기를 빼앗아 내려놓았다.

앤은 짧은 비명을 지르며 몸을 돌렸다. 니크 바카로가 잔인한 미소를 잔뜩 띠운 채 산처럼 가로막고 있었다.

<제 23장>
거대한 지평선

안젤리는 헤드라이트를 켰다.

오후 4시였으나 검은 구름이 세찬 겨울 바람에 밀려 해를 가렸기 때문에 사방은 어두컴컴했다. 그들은 한 시간 가량을 달리고 있었다. 안젤리가 운전을 했고, 로키는 조수석에, 저드는 디마코와 함께 뒷좌석에 앉아 있었다.

차를 타고 도로로 나오면서부터 저드는 지나가는 경찰차가 없나 하고 예의 주시하였으나, 안젤리는 별로 사용하지 않는 도로로 차를 몰고 있었기 때문에 지나가는 차량은 거의 없었다.

그들은 모리스 타운을 외곽으로 돌아 206번 도로를 타고 인적이 드문 뉴저지의 중앙부로 향하고 있었다. 회색의 하늘에서 진눈깨비가 쏟아지기 시작했고, 차창에는 커다란 눈송이가 쉼 없이 내려앉고 있었다.

"천천히 가게. 사고가 나면 곤란하니까."

디마코가 명령을 내렸다.

그러자 안젤리는 곧 악셀레이터에서 발을 약간 떼놓았다.

디마코가 저드가 있는 쪽을 향해 몸을 돌렸다.

"우발적인 사고는 대부분 실수 때문에 일어나지. 사람들은 대개 우리들처럼 계획하지 않거든."

저드는 디마코를 천천히 뜯어보았다. 그는 이성이나 논리가 통하지 않는 광기로 가득 차 있었으며, 어떠한 자비심도 없고 아무렇지도 않게 살인하고도 양심의 가책 따위는 전혀 느끼지 않을 인간처럼 보였다.

저드는 이제서야 모든 해답을 얻을 수 있을 것 같았다.

디마코는 그의 아내가 자기 자신과 마피아 가족에게 끼친 오욕을 씻어내기 위해 시실리아인들의 복수 방법에 따라 자신의 손으로 직접 살인을 자행해야 했다.

다만 존 핸슨은 그만 실수로 죽였다. 안젤리가 그 사실을 알려 주었을 때, 디마코는 저드의 사무실로 찾아가 캐롤을 만난 것이다.

불쌍한 캐롤은 디마코 부인이 누구인지 몰라서 녹음 테이프를 내주지 못했던 것이다. 디마코가 좀더 침착했다면, 캐롤은 그의 요구가 무엇이며, 그 부인이 어떤 사람인지를 알아내고 변을 당하지 않을 수 있었을 것이다.

그러나 화를 참지 못하는 디마코의 성격 때문에 캐롤은 죽임을 당한 것이다.

저드를 차에 친 것도 디마코 자신이었으며, 나중에는 안젤리와 함께 사무실까지 와서 그를 죽이려 했던 것이다.

저드에게는 왜 그때 그들이 문을 부수고 들어와 그를 쏘지 않았나 하는 것이 수수께끼였다.

그러나 이제 생각해 보면, 그들은 맥그리비가 저드에게 혐의를 두고 있기 때문에 그의 죽음을 자살로 위장시키려 했음이 분명했다. 그럴 경우 경찰의 조사는 일단락될 테니까 말이다.

'그런데 무디는…… 불쌍한 무디.'

저드가 이 사건을 맡은 형사들의 이름을 말했을 때, 무디는 안젤리가 마피아와 관계가 있다고 믿고 수사를 그런 방향으로 끌고 갔던 것이다.

그는 다시 디마코를 돌아보았다.

"앤은 어떻게 되는 거요."

"걱정 말게. 잘 처리할 테니까."

디마코가 의미심장한 말투로 대답했다.

안젤리의 입가에 옅은 미소가 번졌다.

"그럼요."

저드는 분노가 온몸에 퍼져옴을 느꼈다.

"마피아 이외의 외부인과 결혼한 게 잘못이지."

디마코가 생각에 잠긴 듯 말했다.

"외부 사람들은 우리처럼 느낌이 들지 않는 모양이야."

그들은 이제 거의 황폐한 들판을 달리고 있었다. 먼 거리에 진눈깨비 사이로 커다란 공장들이 점점이 보였다.

"거의 다 왔습니다."

안젤리가 말했다.

"아주 잘했네. 자넨 좀 잠잠해질 때까지 어디 가서 푹 쉬게나.

어디가 좋겠는가?"

"플로리다가 좋을 것 같습니다."

디마코가 알겠다는 듯이 머리를 끄덕였다.

"좋아, 거기라면 연결되는 조직이 있지."

"근사한 여자들을 좀 알고 있어요."

안젤리가 웃었다.

디마코는 백미러로 미소를 보냈다.

"몸뚱이가 까맣게 돼서 돌아오겠군."

"그러길 바랍니다."

로카가 쿡쿡 웃었다.

오른쪽 먼 곳 공장에서 검은 연기가 하늘로 솟고 있었다. 그러자 그들은 그 공장으로 들어가는 좁은 길로 접어들었다.

안젤리는 조심스럽게 차를 몰아 높은 벽으로 둘러싸인 공장의 정문 앞에 차를 세웠다. 문은 닫혀 있었으며, 안젤리가 경적을 몇 번 울리자 비옷을 입은 사람이 나타났다.

디마코를 보자 그 사람은 고개를 끄덕였고 곧 문을 열어 주었다. 안젤리는 공장 안으로 차를 몰았다.

이제 그들은 목적지까지 온 것이다.

19번 파출소에서는 맥그리비가 베르텔리 서장과 연방수사국 요원과 함께 이름이 죽 적혀 있는 리스트를 보고 있었다.

"이건 동부에 있는 마피아의 계보입니다. 또 직계와 두목의 영향권 범위까지 다 적혀 있습니다. 문제는 안젤리가 어느 계보에 속해 있는지를 모른다는 것입니다."

"그 모두를 확인해 보려면 얼마나 걸리겠나?"

베르텔리가 초조하게 물었다.

연방수사국 요원이 대답했다.

"여기 동부만 해도 약 60개의 조직이 있으니까 적어도 24시간은……"

맥그리비가 말을 가로챘다.

"그러나 스티븐스 박사는 지금까지 살아 있을 것 같은 예감이 드는데요."

그때 정복을 한 젊은 경찰이 바쁘게 사무실로 들어섰다. 그는 여러 사람을 보자, 잠시 머뭇거렸다.

"뭔가?"

맥그리비가 돌아보았다.

"뉴저지 경찰은 별로 중요하다고는 생각하지 않지만, 뭐든지 의심스러운 것은 보고하라고 해서요. 어떤 여자가 경찰을 찾더랍니다. 그녀는 지금 위급 사태라고 말했고, 그러다가 곧 통화가 끊어졌답니다. 한참을 기다렸으나 전화는 다시 걸려오지 않았다고 합니다."

"어디에서 온 전화라든가?"

"올드 태판이라는 마을이랍니다."

"번호는?"

"바로 끊어 버려서 확인을 못 했답니다."

"알았어."

맥그리비는 쓴 표정으로 말했다.

"잊어버리게. 어떤 늙은 노인네가 고양이를 잃어버렸다는 거겠지."

베르텔리 서장이 대수롭지 않게 말했다.

그때 맥그리비의 전화가 길게 울렸다. 그는 수화기를 집어 들었다.

"맥그리비요."

방안의 다른 사람들이 일제히 그의 얼굴을 바라보았다. 순간 긴장감이 돌았다.

"좋아. 내가 거기 갈 때까지 절대로 움직이지 말라고 하게. 곧 가겠네."

그는 수화기를 '꽝' 소리가 나도록 내려놓았다.

"고속도로순찰대가 안젤리의 차를 발견했답니다. 밀스톤 근처에서 206번 도로를 따라 남쪽으로 가더라는군요."

"미행하고 있나요."

연방수사국 요원이 말했다.

"순찰대는 반대 방향으로 가고 있던 중이라, 회전해서 따라가니까, 이미 사라져 버렸답니다. 내가 그 지역은 잘 알아요. 거긴 공장 몇 개 와엔 아무것도 없는 곳인데……"

그는 연방수사국 요원에게 몸을 돌렸다.

"그 근처에 있는 공장 이름과 소유자의 이름을 좀 알아봐 주겠소?"

"해봅시다."

"난 그리로 가겠소. 아는 즉시 전화해 주시오. 가세!"

안젤리는 경비실을 지나 이상한 모양으로 하늘 높이 치솟은

굴뚝이 있는 쪽으로 차를 몰아 거대한 파이프와 켄베이어 벨트가 있는 곳에 멈췄다.

안젤리와 바카로가 먼저 나와서 뒷쪽 문을 열어 주었다. 그들은 모두 권총을 꺼내들고 있었다.

"나오시오, 선생."

저드는 디마코를 따라 천천히 차에서 내렸다. 굉장한 소음과 바람이 몰아쳤다.

그들 앞에는 15미터쯤 되는 지점에 압축공기로 빨아들이는 거대한 파이프가 설치되어 있었다. 파이프의 열린 입구로는 압축공기에 의해 무엇이든지 순식간에 빨려들어가고 있었다.

"미국에서 제일 거대한 파이프일세."

디마코는 목소리를 높여서 자랑스럽게 말했다.

"어떻게 작동하는지 보여드릴까?"

저드는 믿을 수 없다는 표정으로 그를 쳐다보았다. 이제 디미코는 다시 완전한 신사로 변해 있었다. 가장을 하는 것이 아니라, 정말 그렇게 행동했기 때문에 더 두려웠다.

디마코는 이제 그를 마치 고장난 시계를 버리 듯이 간단히 그 일을 해치우려 하는 것이다.

"이리 오시오, 선생, 아주 흥미로운 것을 보여드릴 테니."

그들은 모두 파이프 근처로 걸어갔다.

안젤리가 선두에 서고 디마코가 저드와 함께 나란히 섰으며 바카로가 뒤를 따라왔다.

"이 공장은 1년에 1백만 불을 벌어들인다오. 모든 공정은 다 자동이고……"

디마코는 자랑스럽다는 듯이 말했다.

파이프로 가까이 가자, 거의 참을 수 없을 정도의 소음을 토해내고 있었다. 입구로부터 진공실까지 1백미터나 되는 대형 컨베이어 벨트가 길이 20피트에 높이 5피트 되는 대패기가 있는 곳까지 거대한 원목을 나르고 있었으며, 그 대패기에는 대 여섯 개의 날카로운 절단기가 달려 있었다.

대패질이 된 원목은 칼날이 맹렬히 돌고 있는 펄프 교반기로 올라가고 있었으며, 공기는 빗물과 톱밥으로 뒤범벅이 되어 파이프 속으로 빨려 들어가고 있었다.

"원목의 크기는 상관이 없소."

디마코가 자랑스럽게 말했다.

"기계가 36인치 파이프에 맞게 잘라 주니까."

디마코는 끝이 뭉뚝하게 생긴 38구경 콜트를 꺼내 들고는 안젤리를 불렀다.

"안젤리!"

안젤리는 몸을 돌렸다.

"플로리다까지 즐거운 여행을 하게나."

디마코가 방아쇠를 당기자, 안젤리의 하얀 셔츠 자락 앞에 빨간 구멍이 뚫렸다.

안젤리는 얼굴에 미소 비슷한 표정을 지으며 금방 들은 수수께끼를 풀어야 한다는 듯이 디마코를 쳐다보았다.

디마코가 다시 한번 더 방아쇠를 당겼다. 그러자 안젤리는 그대로 땅에 꼬꾸라졌다.

디마코가 로키에게 고개짓을 하자, 그는 안젤리의 시체를 들어서 어깨에 매고 파이프가 있는 곳으로 걸어갔다.

"안젤리는 어리석었어. 미국 내의 경찰 모두가 혈안이 되어 찾고 있는데, 잡히면 나까지 위험하다는 걸 몰랐던 거지."

냉혈한 디마코의 살인하는 모습도 충분히 충격적이었지만, 그 후의 광경은 더욱 엄청난 것이었다.

저드는 바카로가 안젤리의 시체를 거대한 파이프 입구로 운반하는 것을 보고 전율을 금할 수 없었다.

굉장한 흡인력이 안젤리의 시체를 빨아들였다. 바카로는 파이프의 살인적인 흡입력에 빨려 들어가지 않으려고 파이프 입구 쪽에 있는 커다란 쇠손잡이를 붙잡아야만 했다.

안젤리의 시체는 순식간에 톱밥과 각목에 섞여 순식간에 눈앞에서 사라져 버렸다.

그러자 바카로는 입구의 밸브로 다가가서 그것을 비틀었다. 파이프 입구에 거대한 씌우개가 덮이자, 공기 흡입이 중지되면서 갑작스런 고요함이 오히려 귀를 멍하게 만들었다.

디마코는 저드를 향해 몸을 돌리며 권총을 겨냥했다.

그의 얼굴에는 신비스럽고 흥분된 표정이 서렸다. 마치 살인이 어떤 종교적인 심오한 의식처럼 느껴지고 살인 행위가 모든 것을 정화한다고 믿는 것 같았다.

저드는 드디어 죽음의 순간이 왔다고 느꼈다. 공포심이 온몸을 휘감았다. 이 사람이 자기를 죽인 후 앤을 죽일 것이고, 또 다른 사람들을 마구 죽일 것을 생각하자, 뭐라 말할 수 없는 걷잡을 수 없는 분노가 솟구쳤다.

저드의 입에서 분노와 혼란을 이기지 못하는 괴상한 울부짖음이 터져 나왔다.

디마코는 저드의 속을 들여다보듯이 웃고 있었다.

"배에다 갈겨 주지, 선생. 숨이 끊어질 때까지는 조금 오래 걸리겠지. 하지만 앤한테 어떤 일이 생길지를 상상해 보기에는 충분한 시간이 될 거야."

이제는 오직 하나의 희망밖에는 없었다. 그러나 그것은 너무나도 가느다란 희망이었다.

"누군가 그녀를 돌봐 줘야 할 거요. 앤은 진정한 남자를 만나지 못했던 거요."

저드가 입을 열었다.

디마코가 그를 멍하니 쳐다보았다.

저드는 이제 디마코가 들을 수 있게 고함을 질렀다.

"이봐, 자네의 물건이 뭔지 아나? 지금 손에 들고 있는 총일세. 자넨 총이나 칼이 없으면 여자나 다름없어!"

디마코의 얼굴에 서서히 분노가 서리기 시작했다.

"자넨 용기도 없고…… 디마코 자넨, 총이 없으면 아무 것도 아니라구!"

디마코의 두 눈에 붉은 핏발이 서렸다. 그것은 죽음의 빛이었다.

바카로가 한 발짝 다가섰으나, 디마코가 손을 저어 그를 만류했다.

"이 두 손으로 목을 졸라주지!"

디마코는 총을 땅에 던지며 말했다. 먹잇감을 눈앞에 둔 맹수처럼 디마코는 천천히 저드에게로 다가섰다.

저드는 그가 다가오는 만큼 뒤로 물러섰다. 힘으로는 전혀 디마코와 상대가 되지 않았으므로, 그의 마음을 자극해서 몸이 말을 듣지 않게 하는 수밖에 없었다.

저드는 디마코의 가장 상처받기 쉬운 부분인 남자로서의 자존심에 화살을 쏘기 시작한 것이다.

"너는 호모^{동성애자}야, 디마코!"

디마코가 웃음을 터뜨리며 그에게 덤볐으나 저드는 재빨리 몸을 피했다.

바카로가 땅에 떨어진 권총을 집어 들었다.

"제가 해치우겠습니다!"

"상관 마!"

디마코가 내뱉었다.

두 사람은 원을 그리며 빙빙 돌았다. 저드의 발이 진눈깨비에 젖은 톱밥에 미끌어지자, 황소처럼 디마코가 덤벼들었다.

커다란 주먹이 번개처럼 저드의 입가를 후려치자, 그는 뒤로 벌렁 넘어졌다. 그와 동시에 저드는 몸을 일으켜 디마코의 얼굴을 힘껏 때렸다.

디마코는 뒤로 약간 주춤하는 듯했으나 몸을 앞으로 숙이면서 주먹으로 그의 배를 강타했다. 강한 펀치를 서너 번 복부에 받자, 저드는 숨을 쉴 수가 없었다.

디마코의 약을 올리려고 말을 하려 했으나 입을 열 수가 없었다. 디마코가 저드의 위로 덮쳐 왔다.

"배에 구멍이라도 뚫린 거야, 의사 선생!"

디마코가 웃으며 말했다.

"난 권투 선수였어. 코치를 좀 해주지. 먼저 콩팥을 꺼내고 머리통을 자른 다음 눈알을 빼주지. 그럼 숨이 넘어가기도 전에 어서 쏴 달라고 사정 사정할 걸!"

저드는 그의 말을 믿지 않을 수가 없었다. 구름이 갠 하늘에서 추는 이상한 빛 아래 보이는 디마코의 모습은 마치 분노에 찬 한 마리 맹수였다.

다시 저드에게 달려들어 커다란 반지를 낀 주먹으로 그의 뺨을 \찢어 놓았다.

저드 역시 디마코에게 달려들어 양쪽 주먹으로 얼굴을 때렸으나 디마코에겐 아무런 충격도 주지 못했다.

또 다시 디마코는 피스톤처럼 주먹을 연거푸 날려 저드의 몸통을 무지막지하게 가격했다.

저드의 온몸에 고통이 번져 갔다.

"호오, 맷집이 대단한데, 선생!"

그리고는 다시 또 달려들었다.

저드는 자신의 육체가 더 이상의 고통을 견딜 수 없을 것 같았다. 그는 말을 계속해야 했다. 그것이 유일한 희망이었다.

"디마코……."

그는 숨을 헐떡였다.

디마코가 잠시 주춤한 사이 저드가 달려들었다.

그는 몸을 숙여 피하면서 웃음을 띤 채 저드의 양다리 사이를 주먹으로 휘둘러 쳤다. 그러자 저드는 몸을 도사리며 믿을 수 없는 고통에 못 이겨 땅에 쓰러지고 말았다. 디마코는 저드의 몸을 타고 앉아 손으로 저드의 목을 조르기 시작했다.

"이 맨손으로 말야!"

디마코가 고함을 질렀다.

"이 맨손으로 눈알을 빼줄 거야.!"

그는 주먹으로 저드의 눈덩이를 갈겼다.

그들이 206번 도로를 타고 남쪽으로 진행하며 베스먼스터를 지날 때 라디오에서 수신음이 들리기 시작했다.

"긴급사태. 긴급사태…… 모든 차량은 대기하라…… 뉴욕대의 27번 차량…… 뉴욕대의 27번 차량……."

맥그리비는 라디오의 송신기를 집어 들었다.

"여긴 뉴욕대의 27번,…… 말하라!"

베르텔리 서장의 흥분한 목소리가 들려왔다.

"윤곽이 잡혔네, 맥! 밀스톤에서 남쪽으로 2마일쯤에 뉴저지 파이프 라인 공장이 있네. 통조림 공장의 소유자와 같은 세븐 스타 회사로 토니 디마코의 간판화사야."

"그럴 듯하군요. 곧 그리로 가겠습니다."

"얼마큼 떨어져 있나?"

"십 마일 정도입니다."

"잘 부탁하네."

"고맙습니다."

맥그리비는 라디오를 끄고 싸이렌을 울리면서 악셀레이터를 힘껏 밟았다.

하늘이 빙빙 돌고 무엇인가가 그의 온몸을 때리면서 마치 사지가 찢어지는 듯한 고통을 느꼈다.

그는 눈을 뜨려고 했으나 온통 얼굴이 부어 있어 아무것도 볼수 없었다. 갈비뼈가 있는 부위에 다시 주먹이 가해지자, 그는뼈가 부러지는 고통을 느끼는 동시에 디마코의 뜨거운 입김을 얼굴 가까이에서 느낄 수 있었다.

디마코를 보려 했으나 캄캄한 어둠밖에 없었다. 그는 입을열고 퉁퉁 부어오른 혀를 겨우 움직여 신음하듯 말을 뱉았다.

"그것 봐, 내가 오, 옳았어……"

그는 숨을 몰아 쉬었다.

"넌, 사람을 때릴 줄밖에 모르지. 그… 그렇잖아?"

얼굴에 닿던 숨소리가 멎었다. 거대한 두 손이 그를 부여잡고그의 몸을 일으켜 세웠다.

"넌 이제 끝장이야."

저드는 뒤로 몇 발짝 물러섰다.

"너, 나는 짐승이야… 정신병동에 집어넣어야 하는데…… 미친사람들 속……."

디마코의 목소리는 격한 분노로 가득찼다.

"이 자식이!"

"사실이야. 너, 너는 곧 미치게 될걸… 결국 멍청한 또라이가되고 말겠지……."

저드는 방향 감각을 상실한 채 뒷걸음질을 쳤다.

그의 귀에는 입구가 닫혀진 파이프에서 나는 소리가 들리고있었다.

디마코가 커다란 손으로 저드의 목을 움켜 잡았다.

"네놈의 목을 분질러 주지!"

굵은 손가락이 저드의 목을 움켜 잡았다.

'이렇게 죽는 것인가……'

그러면서도 그의 손은 살겠다는 일념으로 자신의 목을 움켜 쥔 디마코의 손을 떼내려고 안간힘을 쓰고 있었다.

이 순간 저드는 손을 뒤로 돌려 무언가를 잡기 위해 더듬었다. 거의 숨이 넘어갈 즈음, 그의 손에 파이프의 밸브가 손에 잡혔다.

마지막 남은 힘을 짜내 밸브의 손잡이를 비틀면서 동시에 몸을 돌려 디마코의 몸이 파이프 입구를 향하도록 했다.

갑자기 거대한 압력이 두 사람을 끌어당기기 시작했다. 저드는 바람에 딸려가지 않으려고 두 손으로 밸브를 온힘을 다해 붙잡았다. 디마코는 파이프에 빨려들어가면서도 저드의 목을 놓지 않았다. 저드의 목을 쥔 손을 놓으면 살 수 있었으나, 죽어라 저드의 목을 놓아주지 않았다.

저드는 디마코의 얼굴을 볼 수는 없었으나, 그의 목소리는 엄청난 바람 소리에 섞여 상처난 맹수와 같이 들려왔다.

이제 밸브를 잡고 있는 저드의 손도 밸브에서 빠지기 일보직전이었다.

그때였다. 디마코의 손이 그의 목에서 벗어나기 시작했다. 하늘을 가르는 듯한 비명과 함께 파이프의 흡입음이 악마의 괴성처럼 들렸다.

디마코가 파이프 속으로 빨려들어가 사라져 버린 것이다.

저드는 뼈 속까지 스며드는 아픔과 피곤한 몸으로 화석처럼 그 자리에 그대로 서 있었다.

곧 바카로가 총을 쏠 것이라 생각하는 찰나에 한 방의 총소리가 울렸다.

몽롱한 저드의 귀에 몇 발의 총성이 더 울렸다. 이어서 요란한 발자국 소리와 그의 이름을 부르는 소리를 들었다.

"저드 씨, 저드 씨!"

맥그리비였다.

"저드 씨, 괜찮습니까?"

맥그리비를 비롯한 몇 사람이 그를 파이프로부터 떼 놓았다.

저드의 눈에서 눈물인지, 피인지 아니면, 빗물인지 분간할 수 없는 축축한 것이 부어오른 뺨으로 흘러내렸다.

부어오른 한쪽 눈을 억지로 뜨자, 맥그리비가 보였다.

"앤이 집에 있소, 디마코의 부인 말이요. 그녀를 빨리 구해내야 하오!"

저드가 숨가쁘게 말했다.

하지만 맥그리비는 이상하다는 듯이 그를 쳐다만 보고 있었다. 무슨 말을 하는지 도무지 알 수가 없었기 때문이었다.

그는 맥그리비의 귀에 입을 갖다 대고 천천히 한 마디 한 마디 더듬거리며 말했다.

"앤 디마코… 그녀는… 아직 집에……."

맥그리비는 순찰차로 걸어가 라디오 송신기를 집어 들었다.

차겁고 매서운 바람이 저드의 온몸을 휩쓸며 불고 있었다. 그의 발 아래에 쓰러져 있는 몸체가 어렴풋이 보였다. 죽어 있는 로키 바카로였다.

'결국 이겼군…….'

그러나 그 승리는 아무 의미도 없었다. 도대체 무엇에 대한 승리란 말인가? 저드는 문명인이라 생각했던 자신이 순간이나마 야만적인 동물로 변했던 것에 기묘한 수치심을 느꼈다.

그는 정신이 불안전한 인간을 극도의 긴장 상태로 몰아넣고 끝내는 그를 살해한 것이다. 그것은 평생 그를 따라다니게 될 커다란 짐이 될 것이다.

비록 그것이 정당 방위였다 해도 어떤 면에서는 그것을 즐긴 것이었다. 디마코나 바카로보다 하나도 나을 게 없는, 결코 용서할 수 없는 것이었다.

문명인란 정말 얇고 위험할 정도로 연약한 막에 불과하며, 그 막이 찢어질 때 인간이란 동물의 근성을 들어내며 자신이 쌓아 올렸던, 그래서 문명이라 자부하던 원시 상태로 되돌아가는 것이다.

그러나 저드는 그 문제를 생각하기에는 너무 피곤한 상태에 있었다. 지금은 다만 앤이 안전한가를 알고 싶을 뿐이었다.

맥그리비는 이상하리만치 친근한 태도로 저드를 바라보고 있었다.

"그 집으로 가던 경찰차가 있어 연락이 됐소, 안심하시오."

저드는 고맙다는 듯이 고개를 끄덕였다.

맥그리비는 그의 팔을 잡고 차가 있는 곳으로 데리고 갔다. 그는 아픈 몸을 끌고 천천히 마당을 가로질러 갔다.

비가 그치고 있었다. 지평선 저쪽에서 뇌우를 몰고 왔던 먹구름이 12월의 찬바람에 쓸려 사라지고, 서쪽 지평선 구름 사이로 눈부신 태양이 조금씩 모습을 드러내면서 성탄절이 밝아

오고 있었다. 〈끝〉

시드니 셸던 장편 미스터리 소설
생사의 게임

초판 발행 1988년 7월 30일
중판 발행. 2020년 4월 20일

시드니 셸던 지음
홍석연 옮김
홍철부 펴냄

펴낸곳 문지사
등록 제25100-2002-000038호
주소 서울특별시 은평구 갈현로 312
전화 02)386~8451/2
팩스 02)386~8453

ISBN 978-89-8308-553-5 (03840)

값 15,000원